ちくま学芸文庫

呪われた部分

全般経済学試論・蕩尽

ジョルジュ・バタイユ
酒井 健 訳

筑摩書房

Georges Bataille

La Part maudite

Essai sur l'économie générale

*

La Consumation

Les Éditions de Minuit

1949

Dans la collection "L'Usage des richesses"

目次

第二部　歴史のデータI　蕩尽の社会

＊注に関して　原注については各節末に、訳注は該当する本文箇所に〔　〕で掲出した。また、本文で語られる重要な史上の人物については生没年を（　）の中に記しておいた。

呪われた部分

全般経済学試論

蕩尽

「溢れ出る豊かさこそが美なのだ」
ウィリアム・ブレイク

「まえがき」

数年前から私は、《今何をご準備なのですか》との問いに答えねばならないことが何度かあって、困惑しながら《経済学の著作です》と言わねばならなかった。相手からすれば、私からこんな企画を聞かされるとは、思ってもみないことだったのだ。少なくとも私のことをよく知らない人たちはそうだった（拙著に対する通常の関心は文学の次元にあって、こうした反応は致し方ないことだったのかもしれない。しかしそもそも拙著を既定のジャンルに分類することはできない相談なのだが）。私の返答はただ表面的な驚きを引き起こしただけだが、それでも苦い思い出が一つある。私は自説を紹介せねばならず、とはいえ数語で言いえたことはどうにも不正確で、相手からすれば理解しがたいものだった。それゆえ、こう言い足さねばならなかった。私が書いている本（つまりここに出版に到った拙著）は、経済学の専門家のやり方で事実を考察しているのではなく、人間の供犠、教会の建設、宝石の贈与が小麦の販売と同じほど重要性を持つ、そういう視点に立っている、と。要するに、私は、《全般経済学》の原理を明らかにしようとしてうまくいかなかったのだ。この《全般経済学》とは、生産よりも富の《消費》（つまり《蕩尽》）のほうを、重要な対象にする経済学のことである。本書の題名を尋ねられたときには私の困惑はさらに増した。『呪われた部分』という題名〔一九四九年この総題のもとに本書は出版された〕は人目を引くことはできたが、情報らしいものは何も伝えていなかった。しかし、そうとなれば、私はもっと先へ対応を進めておくべきだったのだ。つまりこの題名が問題にしている「呪う」という事態を取り除きたい、この気持ちをはっきり表明しておくべきだったのだ。まったくもって私の企図は広大でありすぎたし、広大な企図というものは、発話するといつも誤解される。この企図は現実を覆す何らかの介入を用意していると語ったら、笑い者になること必定である。だがこの企図は現実を覆すはずだ。それがすべてなのである。

今日、拙著はここに存在している。だが書物というものは、どこかに**位置づけ**られないならば、なにものでもない。つまり一般の思潮のなかで当の書物に帰せられる位置を批評が定めてくれてはじめて、書物は「存在している」と言えるようになるのだ。私は今、これと同様の困難に直面している。拙著はここに存在している。だがその「まえがき」を書いている今現在、私は、一個の学問の専門家たちの注目を拙著に集めることができずにいる。この第一試論は、特殊な学問領域の外に出て、ある問題に取り組んでいる。その問題とは、当然提起されるべきであるのに今日まで提起されてこなかった問題だ。つまり学問の各分野――地球物理学にはじまって、社会学、歴史学、生物学から経済学にいたるまで――が地球上のエネルギーの動きを考察して提起する個々の問題すべてを解く鍵として提起される問題なのである。心理学もまた、広くみれば哲学もまた、経済のこの根源的な問題と無関係とは言えないはずだ。芸術、文学、詩に関して語りうることさえもが、私が今ここで研究している動きと第一に関係している。この動きとは、超過エネルギーの動きであり、沸騰する生の場面に現れる動きである。ともかく、こうした事情ゆえに、拙著のような本は、万人のためになりながら、同時にまたどの人のためにもならないのかもしれない〔バタイユはニーチェの『ツァラトゥストラはこう語った』の巻頭言「万人のためでありながら誰一人のためにもならない書物」を念頭に置いているのだろう〕。

ここにはたしかに危険もある。つまり諸学の冷静で凍りつくような探求を続けて、その反対の事態が待つ地点へ行き着こうというのだから。その地点とは、この探求の対象が、人をもはや無関係のままにしておかず、それどころか人の心を燃えたたせる、そういう地点なのである。じっさい、私が考察している沸騰、地球を活気づけているこの沸騰は、同時にまた**私の**沸騰でもあるのだ。つまり私が探求するこの対象は、私というこの主体自身と、いやもっと正確にいえば、**沸騰点にある主体自身と**区別して捉えることができないのである。まさにこうしたわけで私の企図は、一般の思潮のなかに位置を得る困難の以前に、最も内奥の難題に突き当たっていた。ただしこの難題は、本書の根本的な意義を提供してもいるのだが。

自分の研究対象を考察しているあいだ、私は自分自身の身において、沸騰状態を拒むことができずにいた。ただしこの沸騰状態のなかで私は、避けがたい目的を、つまり冷徹で打算的な操作の価値を、発見したのだった。私の探求は、知識の獲得をめざしていて、冷静さと打算を必要にしていた。しかしそうして得られた知識は、結局、一個の間違いを教えてくれる知識だったのだ。その間違いとは、どの打算にもある冷静さがもたらす間違いである。言い換えると、私の研究は、当初、人間の知的資源全体の**増大**をめざしていたのだが、その成果が私に教えてくれたのは、そうして得られた知の蓄積は、せいぜい、不可避な支払い期日を前にしての支払い猶予にすぎない、わずかな後ずさりにすぎないということだった。蓄積された富の価値がこの富の蕩尽の一瞬のなかにだけ生じる、そういう期日を前にしての支払い猶予にすぎない、後ずさりにすぎないということなのである。本書において私は、エネルギーは結局のところ浪費されるしかないと語ったわけだが、そういう書物を書きながら私自身、自分のエネルギーと自分の時間を浪費ではなく仕事のために使っていたのである。根本において私の探求は、人類のために獲得された財の総和を増大させたいという欲望に応えるものだった。ということは、私は、浪費という本書の真実にときたま応えることしかできず、この真実を書き続けることができなかったと言わざるをえないのかもしれない。

ともかく誰も待望していない本、これまでにはっきり表明されたどの経済学の問題にも答えていない本、もしも著者がそうした既存の経済学の講義を忠実に聴講していたならば書くことはなかったであろうような本。結局のところ、私が今日、読者に提供するのはこんな奇妙な本なのである。だから、読者は最初から不信感を抱くことになるかもしれない。だがそうはいっても！　もしかして、どんな期待にも応えずにいるほうがいいのかもしれないのである。人を不快にするものを、人が力不足ゆえにあえて意図的に無視したがるものを、提供するほうがよいのかもしれないのである。人を不快にするもの、人が無視したがるもの、これは、言い換えれば、荒々しい動きで人を突然驚かせて、ひっくりかえしてしまうものであり、心の安らぎを奪うものである。大胆な転覆行為と言ってもいい。さらに言い換えれば、**見る**ということを欲しない不安感に支配されて頑固に硬直してしまった諸問題の停滞状況ならびに個別化した諸思想の停滞状況を、世界と一致した一つのダイナミックな動きに取りかえるということなのである。期待に背を向けたからこそ、私は、この極端に自由な思想を持つことができたのだ。世界の自由な動きに諸概念を対応させることの思想を持つことができたのだ。たしかに秩序立ってゆっくり作業を進める厳格さの諸規則を無視するのはむなしいことだ。しかしもしも我々が、型にはまった知識の眠りに留まっているのなら、どうやって謎を解決できるというのか。どうやって宇宙の次元へ我々を導いていけるというのか。もしもこの拙著を読んでいただける忍耐心、さらに勇気をもお持ちならば、拙著の諸考察が主義を曲げない理性によって規則正しく進められているのを目にするだろうし、政治問題に対する解決が伝統的な英知から試みられるのを見てとることになるだろう。しかしまた読者は拙著で次のような断言にも遭遇することになる。すなわち、**時間のなかの性行為は、空間のなかの虎と同じだ、**という断言だ〔いずれも浪費を体現しているということ〕。こうした性行為と虎との比較は、詩的幻想の余地などないエネルギーの経済学的考察に由来している。しかしこの比較は、力の戯れの次元に思想を置こうと欲している。この力の戯れとは、我々共通の打算には対立しているのだが、しかし我々の生活を支配しているのである。結局、こうした真実が現れる視界においてこそ、より普遍的な次のような命題が真の意味を帯びてくる。すなわち、**生物と人間に根本的な問題を提起しているのは、必要性ではなく、その反対物、つまり《奢侈（贅沢《ぜいたく》な浪費）》**だという命題である。

　こう述べたうえで私は、批評に対して読者が不信感を抱くように駆りたてたい。新たな見解に対して、反論できないような批判を差し向けるのはたやすい試みなのだ。というのも、多くの場合、新たなものは人の度肝を抜くし、また正確に理解されることもない。それに批判は単純化された側面を対象にしている。著者、そして自称反論者さえもが認めていない、もしくは一時の単純化の限界内でのみ認めている側面を対象にしているのだ。初読のときに生じるこうした単純な断定の障害が、本書の作成に要した一八年のあいだに私の視界から消える可能性はほとんどなかったのである。とはいえ、本書を始めるにあたって、私は、簡単な見取り図を呈示するだけにしておく。本書に関係する問題は無数にあって、これに全部取り組むことなど私にはできないのだから。

　ことに第1巻の本書においては、私が導入する視点から生のすべての活動を詳しく分析することは諦めるほかなかった。残念なことに、《生産的消費》と《非生産的消費》という概念が本書の議論すべてにおいて根底的な価値を持ってしまっている。現実の生活は、あらゆる種類の消費から成り立っているのであって、完全に生産的な消費も知らないし、純粋に非生産的な消費というのも、ほとんど知らない。だから、《生産的消費》と《非生産的消費》という最初の根本的類別をやめにして、生のすべての様相を秩序立って記述することこそ行うべきなのだ。私は最初、私の思想を理解しやすくしてくれる特権的な事実をまるごと提供しようと思った。しかしこの思想は、ささやかな事実、それゆえ無意味だと誤認されている事実を考察しなかったのならば、しっかり組み立てられえない、そういう思想なのだ。

同様にまた、本書では経済危機が、決定的な事件という意味を必然的に持っているのにもかかわらず、ただ簡略に、表面的にしか描かれていない。だからそこから破壊力のある結論を導きだすのは無駄だろうと私は思っている。正直言って、全体像か個々の現象かの選択に迫られていたのだ。私には、自分の思想の全体像を示すことと、木々が森全体の眺望を遮っているような、込み入った事実の相互影響のなかに埋没することとを同時に果たすことはできなかった。私は、後者の選択肢、つまり経済学者たちの仕事をここでもう一度やり直すことは避けたかった。だからまた、経済危機で提起された問題についても、これを、自然界の普遍的な問題と比較してみることに留めてしまった。私は経済危機の問題を新たな光で明らかにしたかったのだが、しかし過剰生産の危機の複雑な関係を事細かに分析することを最初から断念していた。具体例を挙げて言えば、生産増加の要素と浪費の要素が帽子や椅子の製造に関わってくることを詳細に算定する作業を断念してしまったということだ。私は、「ケインズの瓶」の謎〔浪費が大きな経済効果を生むという矛盾のこと。

イギリスの経済学者ジョン・メイナード・ケインズ（一八八三―一九四六）が語った次の例え話が念頭に置かれている。「いま、大蔵省が古瓶に紙幣をいっぱい詰めて廃坑の適当な深さのところに埋め、その穴を町のごみ屑で地表まで塞いでおくとする。そして百戦練磨の自由放任の原理にのっとる民間企業に紙幣をふたたび掘り起こさせるものとしよう（もちろん採掘権は紙幣産出区域の貸借権を入札に掛けることによって獲得される）」（『雇用、利子および貨幣の一般理論』（一九三六）、間宮陽介訳、岩波文庫、上巻、二〇〇八年、一七九頁）。この採掘作業が失業対策になり、地域の活性化を生み、最終的に当初の紙幣の浪費をはるかに上回る経済効果を生んだということ」を解き明かす様々な理由を大きな視点で呈示してみたかった。食、死、有性生殖といったエネルギー横溢の骨の折れる迂回路を辿って、この呈示をしてみたかったのだ。

今日私はこんな簡略な見地に留まっている。だがこれは、私が断念してしまったということではない。もっと広汎な作業[1]を未来に先送りしているだけである。不安の分析を論述することも、ほんの短い期間、延期している。

しかしこの不安の分析こそが、唯一、以下の二つの政治的方法の対立をかなり鮮明に際立たせることができるのである。すなわち、一方の方法は、不安に駆られた解決追求の方法、恐怖からの方法であり、自由への追求に対して、自由に最も対立する命令を混ぜ合わせている。もう一方の方法は、精神の自由からなる方法で、地球全体の生の資源を念頭に置いている。この方法においては、瞬間のなかですべてが解決され、**すべてが豊饒になる。**というのも、この方法は、宇宙に見合っているからだ。私が強調したいのは、精神の自由において解決の追求は、エネルギーが溢れ出る横溢そのもの、エネルギーが有り余る余剰そのものであるということなのだ。このことがこの追求に圧倒的な力を与えている。不安から政治問題を提起してばかりいる人々にとって、こんなふうに政治問題を解決するのは不快なことだろう。不安が政治問題を提起するのはたしかに必然的なことではある。しかし政治問題の解決は、ある一点で、不安の解除を必要にしている。本書は政治的提案へ向かっているし、末尾ではこの提案をはっきり打ち出しているのだが、しかしその提案の意義はこうした不安に捉われない明晰な態度に関係しているのである。(2)

(1) この第1巻には続きがある。そのうえこの第1巻は、私が監修する叢書の一冊として出版される。この叢書はとりわけ《全般経済学》の著作の刊行に特化している。

(2) 私はここで友人でX線実験所長のジョルジュ・アンブロジーノへの謝辞を記しておきたい。彼がいなければ、私はこの著作を作ることはできなかっただろう。というのも、学問は一人だけの人間の所作ではまったくないからだ。学問は見解の交換であり、共通の努力を求める。本書はその重要な部分をアンブロジーノの研究に負っている。個人的に残念に思っているのは、彼が原子力の研究に関係したために、《全般経済学》の研究から離れてしまっていること、すくなくとも一時的にそうなっていることである。私がここで書き表しておきたいのは、私とともに開始した地球上のエネルギーの動きについての研究をとりわけ再開してほしいという願いなのである。

第一部　理論の導入

第1章　全般経済学の意義

第1節　経済は地球上のエネルギーの流動に依存している

自動車のタイヤを取りかえたり、腫《は》れものを切りとったり、葡萄《ぶどう》畑を耕したりするときには、まったく限定された操作を行えばいいのであって、これは簡単である。これらの行動が対象にしているタイヤ、腫れもの、葡萄畑といった要素は、世界のすべてと完全には切り離されていないのだが、しかしまるで切り離されているかのようにこれらの要素に働きかけることができる。タイヤ、腫れもの、葡萄畑は世界全体の部分になって世界とつながっているというのに、人は一瞬たりともこの全体のことを考える必要に駆られずに、こういった作業を全うすることができる。それに、こうした作業によって変化が生じても、外部の世界を目に見えて変えてはいないし、また、外部からの働きかけがこの操作の一挙手一投足に目立った影響をもたらしているわけでもない。しかしアメリカの自動車生産のような大規模な経済活動が考察の対象になってくると、事情は一変する。さらに、経済活動全般が対象になればなおのこと、事情は一変する。

自動車の生産と経済の**全般的な**動きとのあいだの相互依存はかなり明瞭である。しかし全体として捉えられた経済活動となると、ふだんは、まるで孤立した作業体系が問題になっているかのように、研究されてしまう。たしかに生産と消費は関係している。しかし両者をいっしょに考察すると、人は、両者を一つの根本的な作業のように、それも他から多少とも独立した一つの作業のように扱って研究することがそれほど苦もなくできるように思えてきてしまう。

こうした方法は正当であるし、学問は別のやり方をとってはこなかった。しかし経済学は、物理学と同じような次元の成果をあげてはいない。物理学は、まず一個の特定の現象を研究し、ついで研究可能な現象すべてを整合化させて考察している。経済現象を個々に分離させるというのは容易なことではないし、また逆に、経済現象の全体を整合化して捉えるというのも、たやすくできることではない。したがって経済現象に関しては次のような問いをたてることが可能だ。すなわち生産活動の全体は、この全体を取り囲んでいるものから受け取る変化を見ながら、あるいはこの全体が自分の周囲にもたらす変化を見ながら、考察されるべきではないのか。言い換えれば、人間による生産と消費の体系を、より広大な全体の内部にある体系として考察すべきなのではあるまいか、という問いである。

学問の分野では、こうした問いは通常、アカデミックな性格を帯びてしまうし、これとは逆に経済の動きはアカデミズムの枠組を越えてしまうので、最初の問いのあとに、別の問い、それももっと抽象的でない問いが次々に提起されても驚く人は一人もいない。次々生じる問いとは次のようなものだ。産業の発展の全体のなかには、社会間の紛争、その結果としての地球規模の戦争〔第一次世界大戦はオーストリア・ハンガリー帝国内の民族紛争から始まった〕が含まれているのではないだろうか。つまり一言で言えば人間の地球全体での活動のなかには、**経済の全般的データ**を研究してはじめて現れてくる原因と結果があるのではなかろうか。まず**全般的な**帰結を捉えたうえでなければ我々は、経済というこれほどに危険な活動（しかもいっときも捨てることのできない活動）の主人にはなれないのではなかろうか。もしも我々が経済力をたえず発展させるのならば、地球上のエネルギーの動きに関係した**全般的な**問題を提起すべきなのではあるまいか。

これらの問いのおかげで我々は、これらの問いが導入する原理の理論的な意義と実践上の影響範囲をわずかでも見ることができるようになる。

第2節　体系の成長に役立ちえない余剰エネルギーを、利益を求めずに、消費する必要性について

地球規模の活動は、宇宙の一現象として考察されるのだが、その地球規模の活動の一つの特殊事例を、経済のなかで——つまり**富の生産と使用**のなかで——再認識するというのは、一見して簡単なことだ。地球の表面では、ある動きが生じている。その動きは、この地球上という一点での宇宙エネルギーの流動に起因している。人間の経済活動は、この動きを取りいれる。つまり人間の経済活動は、この動きに起因する様々な可能性をいくつかの目的に差し向けて活用するということなのだ。だがこの動きは、一つの表情〔虎の表情を指す。食の浪費の恐ろしさを表わすとバタイユは見ている。第一部第2章第9節を参照のこと〕といくつかの法則を持っている。ただしこれらの法則は、これらの法則を活用し、またこれらの法則に頼っている人々からほとんど認知されていないのだ。したがって次のような問いが呈示される。地表の生の領域全般に及ぶ流動エネルギーの在り方は、人間の活動によって変質させられているのか。それとも逆に、人間の活動の方が、自分の意図を、この全般的なエネルギーの在り方によって歪められているのではないのか。なにしろ人間の活動はこの全般的なエネルギーの在り方を認知せず、無視していて、変えることができずにいるのだから。

私はこうした問いに不可避な答えをすぐさま述べておきたい。

まったく人間の方こそが、地表のエネルギーの流動という自分の生活に関わる物質面のデータを無視しており、そのおかげで、あいもかわらず深刻な間違いを強いられているのである。人類は与えられた物質資源を活用している。しかしたとえ人類が、じっさいそうしているように、自分たちの遭遇した身近な困難の解決（この解決を人類は大急ぎで一個の理想のごとくに定義しなければならなかった）にだけ物質資源の使用を限定するにしても、人類は、自分たちが生産のために活用する力に対して、この力の持つことのできない目的を設定しているのである。じっさい人類の活動は、我々の身近な目的を越えて、宇宙の無益で無限の自己実現(1)の後を、知らず追いかけているのだ。

もちろん、これほどに全面的な無視に由来する間違いは、ただ単に、明晰さが人間に必要だというだけではすまされない。もしも人間の目的を達成するために、人間の目的を超えるエネルギー流動の動きを実現させなければならないとなると、この目的達成は容易なことではなくなるということなのだ。たしかに人間の目的とそれを超えるエネルギーの流動とはまったく両立しえないというわけではない。しかし我々は、両者を両立させるためには、もはや両者の一項つまり世界的なエネルギーの流動を無視してはならないのである。無視してしまうと、我々の活動はあっという間に戦争という大惨事へ向かってしまうのである。

根本的な事実から出発することにしよう。地球上のエネルギーの動きが決定している状況において、生命体は、原則として、生命の維持に必要なエネルギーよりも多くのエネルギーを受け取っている。この超過エネルギー（富）は一体系（たとえば一生命体）の成長に使用されうる。もしもこの体系がもうこれ以上成長することができないとなったならば、あるいはまた超過分がこの体系の成長に完全に使用されえなくなったのならば、利益を求めずにこの超過分を消費することが必要になってくる。意図的にしろ、そうでないにしろ、だ。輝くやり方で、あるいは少なくとも大惨事とは違う仕方で、である。

（1） ここでいう「宇宙」は宇宙の物質性のことであり、これは、その近未来の様相であれ、遠い未来の様相であれ、思考の彼方でしかない。――また「実現」とは「自己実現をする」もののことであり、「実現される」もののことではない。――さらにまた「無限の」という言葉は、限定された決定に対立し、また設定された目標にも対立している。

第3節　限定された生命体および集団の貧しさと、生きた自然の富の過剰

生産力を増すことこそが人間の活動の理想的な目的だとする考えに慣れてしまっている

人々は、最終的に人は富をもたらすエネルギーを惜しみなく消費しなければならないといった考えや、利益をもたらす一連の作業はその収益を無益に浪費することだけを決然とめざすといった考えを拒否する。生産されたエネルギーのかなりの部分を霧散させる必要性を肯定するというのは、合理的な経済を支える判断に逆行することなのだ。我々は、富が破壊されねばならない例をいくつか知っている（たとえば過剰に生産されたコーヒーの豆を海に投げ捨てるといった行為だ）。しかしこうした衝撃的な行為を、従うべき模範として呈示するのは狂気の沙汰なのだ。こうした行為は、無力さを打ち明けるようなものであって、誰一人、そこに富のイメージ、富の本質を見出すことができない。じっさい、目的として意図していなかった破壊（コーヒー豆の海中投棄のような）は、結局のところ挫折という意味を持っている。こうした破壊は不本意ながら行わざるをえなかった行為であり、不幸なことなのだ。これを望ましい行為だとは人は断じてみなさない。だがそうはいっても、この行為は、ほかに解決を見出せない場合の操作の典型例なのである。もしも地球上の生産的な富の**全体**を視野におさめて考えてみるならば、生産された物が生産的な目的に使用されるのは、この生命体、つまり経済的な人類〔経済効率を考えている人々〕が、設備を増大させうる限りでのことでしかない。つまり、全部使用されることもなければ、つねに使用されることもなく、無限定に使用されうるということもないということだ。超過は、収益にならない操作を介して消尽されねばならないということである。最終的な消尽は、地上のエネルギーを活性化する動きを必ずや完全に実現することになるはずである。

消尽とは逆の事態がふだん目につくが、これは、経済がいっときも**全般的に**考察されていないからなのだ。人間の精神は、学問においても生活においても、経済の諸操作を、一個の単体に引き戻して考えてしまう。その単体とは、**個別の**体系（生命体の体系にしろ企業体の体系にしろ）の基本型に則ったものなのだ。つまり経済活動は、ひとつの全体として考察されてはいても、目的が限定されている個別の操作にそって理解されているのである。人間の精神は、操作の全体を組みたてて一般化している。そうして経済学は孤立した一個の状況を一般化するだけで満足してしまっている。経済学は、経済的人間の目的という限定された目的のためになされる諸操作に対象を限定している。経済学は、いかなる特殊目的によっても限定されないエネルギーの活動を考慮することができない。このエネルギーの活動とは、陽光の動きに捉えられ影響を受けている**生物全般**の活動のことだ。生物は陽光の現象であり結果にほかならないのである。**生物全般**にとって、地表のエネルギーはつねに過剰な状態であり、問題はいつも「奢侈《しゃし》」（原語はluxe、「贅沢《ぜいたく》」とも）に関連した言葉で提起される。この場合、選択は富を蕩尽するやり方に関わっているだけなのだ。欠乏の問題が提起されるのは、個別の生命体あるいは生命体の限定的な集団に対してなのである。しかしながら人間は孤立しているだけの存在でもないし、自分に必要な資源を生きた世界や他の人間たちから奪っているだけの存在でもない。人間は、生物のエネルギー体外表出（つまりエネルギーの浪費）の全般的な動きに活気づけられてもいる。人間はこの表出の動きを止めることができない。生物界の頂点という人間の至上の立場〔一九四〇年代からバタイユの重要概念となる「至高性」と同じ言葉（souveraineté）が用いられているが、ここでは内的体験の極限での自律的な境地を言うこの概念と違った外的な位置を指しているので「至上の立場」と訳しておいた。ただしすぐあとには「至高性」の自己消費を思わせる記述がなされている〕さえもが人間をこの表出の動きと同じ存在にさせてしまう。この至上の立場は人間を特権的に世界全般の栄光の操作へ、無益な消費へ、差し向けるのだ。**欠乏**への意識、つまり分離した存在特有の貧しさへの意識（分離した存在はいつも資源に不足しており、永遠の**困窮**になっている）のおかげで、人間は、このように世界へ差し向けられることを拒んでいるのだが、人間がそうした否定を行うにしても、その否定は地球上のエネルギーの動きをいささかも変えられない。エネルギーは、生産力という枠組のなかでは無制限に増大していくことができないのである。最終的に、大河が海に注ぐように、エネルギーは我々から離れていき、我々にとっては消えていく運命にあるのだ。

第4節　戦争は大惨事という仕方での超過エネルギーの消費とみなされる

我々が世界全般のエネルギーの動きを無視したところで無益な消費というエネルギーの動きの最後の在り方になんら変化は生じない。我々はこの最終局面を知らずにいることができるし、忘却することもできる。にもかかわらず、我々が生きているこの大地は、多様に増大する破壊行為のための領野にすぎないのだ。我々の無知は、せいぜい、次のような異論の余地のない結末を招くだけなのである。すなわち、知らずにいたのが災いして、我々は、もしも知っていたならば、自分の好きなように**操作する**ことができたものを**耐え忍ぶ**はめになるという結末である。知らずにいると、我々は、自分たちを心地よくしうる世界のエネルギーの表出の在り方を選ぶことができなくなる。無知は、とりわけ人間とその制作物を大惨事的な破壊へ差し向ける。なぜならば、もしも我々が超過エネルギーを自分で破壊するという力を持たないのならば、この超過エネルギーは使用されえなくなる。そしてまさにそうした超過エネルギーこそが、調教できない無垢の動物のように、我々を破壊するのである。避けがたい爆発の犠牲になるのは我々自身なのだ。

生き生きした力の過剰は、地域的に赤貧の経済をも充血させて、じっさいにきわめて危険な破滅要因になったりする。それゆえ充血を緩和する方策が、どの時代においても、意識の最も暗い人においてさえ、熱狂的な探求の対象になったのだ。古代社会はこの方策を祭りのなかに見出した。いくつかの古代社会はまた、役に立たない荘厳なモニュメントを建設した。我々近代人は、超過エネルギーを《サーヴィス産業》の多様化に費やして、生活を容易に送れるようにしている。[1] そうして我々は、余暇の時間を増やして超過エネルギーの一部を解消させようとしている。だがこうした回避策はいつも不十分なのだ。そしてこうした回避策が不十分な消費である（いくつかの点で）にもかかわらず**超過して**存在しているがゆえに、いつの時代も、戦争という破壊行為へ無数の人間と大量の有益な財が差し向けられてきたのである。今日、武力紛争の相対的な重要度は増した。この重要度は、知ってのとおり惨憺《さんたん》たる規模に達してしまった。

近年このように戦争の重要度が増した背景には、産業の飛躍的な発展がある。多く製品を生み出したこの動きは、最初期においては、超過エネルギーを吸収して、戦争活動にブレーキをかけていた。近代産業の発展は、一八一五年から一九一四年までのあいだ（一八一五年は戦争に明け暮れたナポレオン帝政が終わった年、一九一四年は第一次世界大戦勃発の年。この一〇〇年間にフランスは政治、経済、産業など様々な面で紆余曲折を経ながら近代化を遂げていく）、相対的に平和の時代をもたらした。[2] 先進諸国においては、生産力が上昇し、資源を増大させ、同時にまた急速な人口増加を可能にした（これは工場という骨格の発展に付随する肉付きの面である）。だが技術革新が可能にした増産はやがて困難になる。増産それ自体が、超過エネルギーの増大をもたらすようになったのだ。第一次世界大戦（一九一四—一八）が勃発したとき、増産の限界はじっさいにはまだ特定の地域においてさえ到達されていなかった。第二次世界大戦（一九三九—四五）もまた意味するところは、生産体系がそれ以後もう発展しえない（先進諸国の外に向けて、いや結局その内に向けても）ということではなかった。だが生産体系は、発展の停止の可能性を予測した。そして阻止するもののない増産のために安直な手段を用いることをやめた。産業生産の過剰が近年の二つの戦争の原因だ、少なくとも第一次世界大戦の原因だ、という説が否定される場合もある。だがこの過剰こそ、二つの戦争が表出させた当のものなのである。この過剰の膨大さこそが、二つの戦争をとてつもなく激しいものにしたのだ。したがって、超過エネルギーは無益に消費されねばならないという全般的な原則は、経済を超える動きの結果として考察されると（つまり経済のあまりに狭い意図を超えて考察されると）、これまでの事実の全体を悲劇として明示し、それとともに、だれも否定することのできない重要性を帯びてくる。それゆえ我々は、すでに脅威になりつつある三度目の戦争を回避する希望をはっきり語ることができるようになる。しかしそのためには我々は、過剰生産を、困難に陥っている産業の生産の合理的な拡大に注ぎこむか、あるいはまた、エネルギーをまったく蓄積せずただ非生産的に浪費する事業に注ぎこむか、いずれかの方途を取らねばならない。

これは多くの問題、それも疲労困憊《こんぱい》させるほど複雑な問題を、引き起こす(3)。だが人は、そうした問題が必要にする実践的な解決に簡単には到達できないと疑ってみることはできても、解決の重要性それ自体に異議を差し挟むことはできないはずだ。

私は、もうこれ以上読者を待たせずに、せめて次のことだけは明確にさせておきたい。すなわち成長の拡大それ自体が、経済原則の転倒を——さらには経済原則を支える倫理の転倒をも——要請しているということである。**限定的な**経済の展望から**全般的な**経済の展望へ移るということは、まさしくコペルニクス的転回を、つまり思考——そして倫理——の逆転を、実現するということなのだ。最初から、もしも富の一部、それも大量とみなされる部分が、消滅へ差し向けられるのならば、もしくは、利益の可能性のないまま非生産的な使用に差し向けられるのならば、商品を代価なしに譲渡するということも妥当なことに、いや**不可避な**ことにさえなってくる。そうなると、ピラミッドの建設のような純然たる浪費はもちろんのこと、成長を追求する可能性も、贈与に従属するということになっていく。世界全体で産業を発展させるためには、アメリカ人が、彼らの経済に対して、利益なしの操作の余地を持たねばならないと明晰に理解することが必要なのだ。世界規模の巨大な産業ネットワークは、タイヤを取りかえるようなぐあいには、運営されえない……。このネットワークは、宇宙のエネルギーの流動に依存し、これを限定することができず、その法則を無視することもできない。無視したらたいへんな結果が待っているのだ。こうした意味でこのネットワークは宇宙のエネルギーの流動を表現していると言える。自分を超える動きを、まるでタイヤを取りかえる整備工の狭い精神で徹底的に秩序づけようとする者に不幸あれ！

（1）工業が無限定の発展を遂げることができないのに対して、経済の第三部門（第一部門が農業、第二部門が工業）と呼ばれ、保険や販売の先進組織、そしてまた芸術家の仕事をも含む《サーヴィス産業》についてはそうは言えないとされている。
（2）次章第7節参照のこと。
（3）理論と歴史に特化したこの第1巻の枠のなかでは、こうして提起された問題のすべてを扱うことは問題になりえない。

第2章　全般経済学の法則

第1節　生命化学エネルギーの過剰、および成長

原則として一個の生命体は生を保証する操作（肉体の諸機能の活動、および動物では食物獲得をめざした必要不可欠の筋肉の行使）に必要な分量よりも多くの分量のエネルギーを保有している。このことは成長と生殖といった機能から見て明らかなことだ。じっさい、もしも植物や動物が超過エネルギーをふだん保有していないのならば、成長も生殖も可能にはならないはずである。生命の化学操作は、エネルギーを無益に消費したあとで、過剰エネルギーをまた受け取り、そしてこれをまた産出していく。生物の原理が欲しているのはこうしたことだ。

ここでは過度に事細かく分析を展開しないで、家畜たとえば子牛を考察してみることに

する。まず私は、子牛の食料の産出を可能にする他の動物のエネルギーあるいは人間のエネルギーの様々な貢献についてはこれを考察から外しておかねばならない（もちろん、いかなる生命体も他の生命体の寄与に依存しているし、もしもこの寄与が好ましいものであるならば、生命体は必要なエネルギーをそこから引き出してくるであろう。逆にこの寄与がないのだったら、すぐに死なざるをえなくなる）。肉体の諸機能の活動は、保有しうるエネルギーの一部分を使用しているだけなのだ。動物は成長を保証する超過エネルギーを持っている。通常の場合、この超過分の一部分はその動物があちらこちらへ行き来するうちに費やされてしまう。しかし飼育者が子牛を首尾よく寝たままで維持しておくならば、子牛の体重はこの恩恵を受けて増える。動きが節約された分のエネルギーは脂肪となって現れることになる。もしも子牛が子牛のまま屠殺されないのならば、いずれ次のようなときがやってくる。やがて成長の速度が遅くなって、増加した超過エネルギーの総量がもはや成長によって消費されなくなるときがやってくるのである。つまり子牛は性の成熟に達するということだ。雄の場合、その生命力は、闘牛のような荒ぶりに費やされ、雌の場合は、妊娠と牛乳の産出に差し向けられる。ある面で生殖は、個体の成長から一集団の成長への移行を意味している。もしも雄牛を去勢するならば、その個体の体重はいっとき再び増加し、人はこの雄牛からかなりの量の労働力を得ることになる。

自然界には新生児の人工的な肥満飼育もなければ、去勢もない。私は家畜を例として選んでよかったのだが、しかし根本的には動物流儀の動きはいたるところで同じなのだ。どの場合でも、過剰エネルギーは、成長を助長するか、あるいは個体の荒々しさを助長するかなのである。子牛と雌牛、闘牛と去勢された雄牛は、この大きな動きにより豊かで見慣れた例示を付け加えたのにすぎない。

植物も動物と同じ過剰を表わしている。しかしその過剰はもっとはっきりしている。植物はその全体が成長であり生殖なのだ（機能的な活動に必要なエネルギーは微々たるものだ）。だがこうした無限定の繁殖は、これを可能にし、**しかもこれを限定している**条件に照らして考察されねばならない。

第2節　成長の限界

ここで生の最も全般的な条件を簡略に語ることにする。そのために私は決定的な重要性を持つ事実だけを強調するに留めたい。太陽エネルギーは繁殖する生の発展の原理だというのがこの事実である。我々の富の源泉と本質は、太陽の光のなかに与えられている。太陽は、代わりに何かを得ることなく、ただ惜しみなくエネルギーを――つまり富を――供与している。太陽は何も受け取らずに与えているのだ。天体物理学者がこの絶え間ない浪費を測定する以前に人々はすでにこのことを感じとっていた。太陽が農作物を実らせるのを見て、人々は、太陽に属する栄光を、代償を得ずに与える人の行為に結びつけていた。この場合、道徳的価値判断の二つの根源を記しておく必要がある。かつて価値は非生産的な栄光に与えられていた。しかし今日では、生産の程度に価値が与えられている。エネルギーの無益な消費よりもエネルギーの獲得のほうに価値が置かれるようになったのだ。栄光は、栄光の行為の結果が役に立っているという有用性の価値判断のなかで正当化されるようになったのである。しかし古風な感情(「古風な」の原語「アルカイックな」(archaïque)は時代的に「古い」という意味と、未開の原住民の風習のように様式として「非近代的な」という意味を持つ。バタイユにおいては「近代的な」(moderne)の対立概念として重要)は、実利的な判断によって——そしてまたキリスト教道徳によって——鈍らされたとはいえ、今なお生きているのだ。この感情は、とりわけブルジョワ世界に対するロマン派の抗議のなかに見出せる。この感情がその権利を全面的に失っているのは、経済の古典派の発想のなかだけのことなのだ。

太陽の光は地球上にエネルギーの過剰をもたらす。だがはじめ、生物は、このエネルギーを受け取り、それを自分がアクセスできる空間の限界内で蓄積する。それからこのエネルギーを光り輝かせる。あるいは浪費する。しかしこのエネルギーのかなりの部分を光り輝かせるまえに、最大限、このエネルギーを成長のために使う。成長を続けることができなくなったときにはじめて浪費への転換がなされる。したがって本当の超過は、個体あるいは集団の成長がひとたび限界に達したときにやっと始まるのだ。

各個体にとっても、各集団にとっても、直接の制限は他の個体あるいは他の集団によってもたらされる。しかし地球の圏域（まさに**生命圏**(1)のことだ。つまり生にとってアクセス可能な空間のことである）が唯一の現実の限界になっている。**個体**も集団も、他の個体、他の集団によって活動範囲を狭められることはありうる。しかし生ある自然の地表の容量がそれによって変えられることはない。結局、地上の空間の広さが地球規模の成長の限界になっている。

(1) W・ヴェルナドスキー著『生命圏』、一九二九年を参照のこと。以下に続く私の考察のいくつかが(視点は別だが)粗描されている。

第3節　圧力

原則として、地球の表面で生命が可能なところはどこも生命に覆われている。多様な形態の生命がこの地表の生命を全体として取得可能な資源とみなしてわが物にしている。その結果、この地表の空間が生命の根本的な限界になっている。生命の基礎をなす化学操作が生じえないいくつかの恵まれない地域は、あたかも存在しないかのように存在している。だが、生物の全体量と、気候や地勢上の地域データとの恒常的な関係から判断すると、生命は、空いた空間すべてを占めている。じっさい、地域データが明示しているのは、生によって全方位になされる**圧力**の強さなのだ。この場合、圧力という言葉は次のような意味で用いられている。すなわち、もしも人が空いた空間を増やすのならば、この空間は隣の空間と同じように生命によってすぐに占められることになる、という意味だ。これは、生命が地球上のある地点で、森林火災や火山の爆発、あるいは人間の手によって破壊されるたびごとに、見てとれることでもある。最も分かりやすい例は、庭師が庭園のなかを切り開き、そのまま路面をむき出しにして維持しておく小道である。この小道は、ひとたび放置されると、周囲の生命の圧力によってすぐに草と低木に覆われ、さらに動物の生命がひしめくようになる。

もしもこの小道にアスファルトを敷くのならば、路面は、長い間、圧力から守られる。これは次のことを意味する。すなわち、もしも小道をアスファルト敷きにせず放置しておくならばありえたであろう生命の総量が、アスファルト敷きにされたために現実に生じなくなるということ、そしてこの総量に匹敵する、周囲から寄与されるエネルギーは消滅する、つまりなんらかの仕方で浪費されるということである。こうした圧力は、蓋をされた大釜の圧力と比較することはできない。もしも空間がすべて生に覆われていても、つまりどこにも出口らしいものがなくても、蓋をした大釜のような爆発はすぐさま起きない。だがそれでも圧力は存在する。あまりに近くに限界が設定されると生はいわば窒息状態になる。成長はもはやそうした状況では不可能であるのに、生は、様々な仕方で成長を渇望するようになる。そしてついには、過剰エネルギーの恒常的な流れを大規模な浪費の可能性に向けて解き放つのだ。成長の限界が到達されると、生は、蓋をされた大釜とは違っていても、少なくとも沸騰状態へ入る。この激しい繁殖の力は、爆発寸前の限界に向かう動き、何度も繰り返しそこまで行く動き、そんな動きへ流れだすのだ。

こうした状況の結果は、なかなか考慮の対象にならず、我々の計算に組み込まれることがない。我々は自分の利害を計算する。しかしこうした状況は我々を無防備の状態へ突きおとす。なぜならば、「利害」という名詞は、この場合に問題になっている「欲望」と矛盾しているからだ。我々は、合理的に行動しようとするとすぐに我々の行為の**有用性**を考えなければならなくなる。有用性は、現状維持なり増加なり、利点を前提にしている。生の繁殖に対応せねばならない場合でも、たしかにこの繁殖を増加へ**利用する**ことはできる。だがこの問題に直面すると、人は増加への利用を断念しなければならない。増加の可能性がもはやないとなったらどうなるのか。沸騰したまま存続するエネルギーをいったいどうしたらいいのだろうか。沸騰状態のエネルギーを**消耗する**ことと**利用する**こととは明らかに異なる。前者はまさに出血、正真正銘の消失であり、これが問題になっているのだ。**これはどのみち起きる**。剰余エネルギーは、もしも成長に役立てられないのならば、もう最初から失われてしまう。このような不可避な消失はどうあっても有用だとはみなされない。問題となるのは、もはやただ一つしかない。意にかなった快適な消失、もう一つの不快な消失より好ましい消失なのだ〔戦争のような不快な消費ではない消費をバタイユは考えている〕。問題となるのは、もはや有用性ではなく、**快意**〔原語（agrément）には「同意」「承認」の意味もある〕なのである。とはいえその結果は決定的なのだが。

第4節　圧力の最初の現象：拡大

このように生じる圧力を正確に定義し表現するのは難しい。圧力は複雑で捉えにくいのだ。ただし圧力ゆえに生じる様々な現象を描きだすことはできる。あるイメージが心に浮かぶのだが、それを呈示するに際して、こう断っておかねばならない。すなわち、このイメージは、結果を表現するために導入しているのであって、原因の正確な観念を示してはいない、と。

闘牛を見たくてしようがない大群集があまりに小さな闘技場に押し寄せてくる光景を想像してみてほしい。大群集は、闘技場へ入りたくてたまらないのだが、全員入れるわけではない。多くの人が外で待たねばならないのだ。これと同じように、生命の様々な可能性は無限に実現されるわけではないのである。空間によって制限されている。大群集の入場が闘技場の座席数によって制限されているのと同様に。

圧力の結果生じる最初の現象は、闘技場の座席数の増加ということになるかもしれない。しかし場内整備がしっかりなされている場合は、増設される座席数は正確に限定される。もし場外に木々や電信柱があるならば、その高みから場内を見ることもできるだろう。もしも規制がないのならば、これらの木々や電信柱によじ登る人々が出てくる。同様に、地球はまずはじめに基本的な空間として水域と地表を生命に提供した。しかし生はすぐに空中を奪い取ることに向かう。なぜならば植物にとって第一に重要なのは、光の放射エネルギーを吸収する葉緑素を増大させることだからだ。空中に葉を幾重にも生い茂らせることによって葉緑素の総量は著しく増える。とりわけ樹木はその構造ゆえに、草を越えてこの可能性を上空へ発展させることができる。他方で、有翅《ゆうし》昆虫や鳥が、土ぼこりの立つ地表から、空中へ侵入を始める。

第5節　圧力の第二の現象：浪費あるいは奢侈

だが場所が十分にない場合、別の結果が生じる可能性がある。競技場の入り口で戦いが始まるかもしれないのだ。死者が出ると、座席数に対する個人の数の過剰は減少するようになる。こういう現象は、最初の現象とは違う方向で生じる。最初の現象では、圧力は上空という新たな空間の開拓をもたらした。今度は、空いた場所に対して過剰な可能性を減少させるということが生じる。この現象は、自然界においては、じつに様々な形態で生じる。

最も目立った形態は死だ。知ってのとおり、自然界において死は必然的というわけではない。単細胞生物において生の形態は不死である。分裂増殖によって生まれた一個の有機体の誕生は太古の昔に消えて見えなくなっている。じっさい、一個の有機体が両親を持っていたと言い立てることはできないのだ。細胞aの自己分裂の結果、細胞a′とa″が生まれるわけだが、しかしaはa′が現れるときにまだ生存し続けていた。a′はまだaでもあったのだ（これはa″についても同じことである）。生の根源にこれら極小の単細胞生物の一つだけが存在していたとまず仮定してみよう（これは論証のための純粋に理論的な仮定だ）。しかし一つだけとはいっても、この単細胞生物は、またたく間にその末裔《まつえい》を地球に住まわせてしまったのだろう。そうして短期間のあいだに場所がなくなったため、生殖は不可能になってしまったのだろう。そしてまた生殖のために使われるはずのエネルギーは、たとえば熱などへ浪費されてしまうのだろう。これはじっさい、極小の有機体の一つであるアオウキクサにおいて起きていることだ。アオウキクサは緑色の薄い膜で池の水面一面を覆ってしまい、以後そのまま安定して動かない。このアオウキクサにとって、場所は一個の池というたいへん狭い限界のなかに定められている。しかし地球規模では、こうしたアオウキクサの停滞は考えられない。というのも地球では結局のところ必然的な安定などないのだから。次のようなことを認めることはできる（理論上は）。圧力は、いたるところで同じである場合、休息に達する。つまり一般的に言って、成長に代わって熱の消耗に達するということだ。しかしじっさいには現実の圧力はこれとは別の結果に達する。現実の圧力は、多様で不均一な有機体を競合させるのだ。我々はどのようにして多様な有機体が競合の踊りに加わるのかは語れない。だが、踊りがどんなものかは語ることができる。

生の外部の活動（天候現象や火山現象）を別にすると、生物においては圧力が不均一であるために、成長が可能になるのである。つまり死によって空いた場所ができ、そこで成長が可能になるということだ。新たな空間が問題なのではない。まさしく、生全体を考察してみると、じっさいには成長はなく、全体の量の維持があるばかりなのだ。言い換えると、成長は、破壊が行われたあとの埋め合わせとして可能だということである。

私は強調したい。地球全般において成長はなく、あるのはただ、エネルギーの贅沢な浪費がじつに多様なかたちで生じているだけなのだ！　地球上における生の歴史は、なかんずく、並外れた繁茂の結果なのだ。主要な出来事は、奢侈《しゃし》の発展、どんどん豪奢《ごうしゃ》になっていく生の諸形態の産出なのだ。

第6節　自然界の三種の奢侈：食、死そして有性生殖

同じ種が相互に食べ合うというのがもっとも単純な奢侈《しゃし》の形態である。ドイツ軍によって包囲された都市の人々は、食糧不足のおかげで、こうした遠回しの生物の発展の豪奢な特徴を如実に認識することになった。ジャガイモや麦の栽培の場合、一個の土地があげる生産効率、つまりこの土地が生みだす消費可能なカロリーの産出高は、同じ面積の牧草地が家畜によって生みだす牛乳や肉の産出高よりもはるかにいい。最も浪費的でない、つまり最も生産効率がよい生の形態は緑色微生物である（緑色微生物は葉緑素の活動によって太陽エネルギーを吸収している）。一般的に言って、植物の方が動物の生よりも効率がいい。植物はまたたく間に空いた空間を占めてしまう。動物は、その空間を、互いに殺しあう殺戮の場にして、この空間の生の可能性を拡大していく。動物はそうして植物よりもゆっくり成長する。この意味で猛獣は頂点に立っている。猛獣による継続的な略奪行為は、

莫大なエネルギーの浪費を表わしている。ウィリアム・ブレイク（一七五七―一八二七）は虎にこう尋ねた。「そなたの目の炎は、遠方のどんな地獄、どんな天国で燃えたってきたのか」〔ブレイク詩集『経験の歌』（一七九四）所収「虎」の第二連にある詩句〕。このような衝撃をブレイクに与えていたのは、残虐な圧力だった。可能性の極限で発揮される生の強烈な蕩尽力だった。地球全体の生の沸騰において、虎は極限の白熱点なのである。この白熱はじっさい大空の奥まった深みで、太陽の蕩尽において、しっかり燃えたってきたのだ。

食は死をもたらす。ただし偶発的なかたちで、である。**考えうる奢侈すべてのなかで、死こそは、逃れられない運命という在り方で、間違いなく最も高くつくものになっている。**動物の肉体のもろさ、その複雑さは、死の奢侈な意味をすでに物語っている。このもろさとこの奢侈は死において絶頂になる。空間のなかでは、樹木の幹と枝が葉の重なった層を次々光に向けて伸ばしているのだが、時間のなかでは死は世代から世代への移り行きをとりしきっている。死は、新生児がこの世に到来できるようにと絶えず場所を提供しているのだ。その意味で我々が死を呪うのは間違っている。**死がなければ我々は存在できないのだから。**

じっさいのところ、死を呪うとき、我々は自分の死のことだけを恐れているのだ。**我々**

の意志が恐怖しているのだ。この意志の厳格さが我々を恐怖で震えあがらせているのである。我々の存在は贅沢な増殖の動きの際立った形態にほかならないというのに、我々は、この動きから逃れることを夢見て、自分をだましている。あるいはこう言うべきかもしれない。我々は、まず自分をだますのだが、これはその次に、意志を意識の厳格な極限へ導くことによって、意志の厳格さをもっと強烈に試すためなのだ、と。

この点で、死の奢侈は、性の奢侈と同じように捉えられる。つまり死の奢侈は、最初、我々自身への否定と捉えられてしまうのだが、次いで突然の反転が生じて、生がよく示す動きの深い真理と捉えられるようになるのだ。

現在の状況では、有性生殖は、我々の意識とは関係のないままに、食と死とともに、エネルギーの強烈な蕩尽を実現する大きくて贅沢な回り道の一つになっている〔回り道」とは個体の誕生と成長を介して世界全体のエネルギーの流れへ達することを指す〕。最初の段階として有性生殖は、単細胞生物の分裂増殖に関して前述したあの分裂を告げている。個の存在が、自分自身のための成長を断念し、個体を増やすことによって、成長を非人称の生へ、つまり不特定の生へ移すというあの分裂だ。じっさい性行為は、のっけから自分のための貪欲な成長とは異なっている。種の次元で捉えると性行為は、たしかに増大を引き起こすように見えるが、しかし原則として、個体の奢侈なのだ。この特徴は有性生殖においてよりいっそう際立っている。というのも生みだされた個体が、生みだす個体とはっきり異なっているからである。生みだすの方の個体は、**他者**に**贈与する**ように生命を、生み出した個体に**贈与する**。動物は、性行為のあと一定期間、栄養摂取のために、成長の原理に舞い戻るのだが、しかしとくに高等動物の生殖行為は、ただ食べて自分の体重と力を増やす個体の単純な傾向との違いを深く際立たせてきたのだった。つまり動物にとって生殖は、突然で熱狂的なエネルギーの浪費なのである。この浪費は一瞬のあいだに可能なものの極限に達してしまう（時間のなかの性行為は空間のなかの虎と同じになる）。この浪費は、種の増大に必要なエネルギーを越えてなされる。瞬間においてこの浪費は、見たところ、個体が実行しうるなかで最も大きな浪費なのだ。人間の場合、この浪費は、ありとあらゆる形態の破滅を伴う。財の大量撲滅を——想像のなかでは肉体の撲滅を——もたらす。そして最終的には死の非理性的な奢侈と過剰に合流する。

第7節　労働と技術による拡大、そして人間の奢侈

人間の活動は、根本的に、生のこの全般的な動きによって条件づけられている。ある意味で人間の活動は、**拡大傾向**にあって、広い可能性を、つまり新たな空間を、生に提供し

ている（自然界において樹木の枝振りや鳥の羽が行っていることだ）。ただし厳密に言うと、いまだ生命に住まわれていない空間を労働と技術が人間の増殖に切り開いてきたというわけではない。そうではなく、労働、つまり世界を変えるこの人間の活動は、生命体の総量を増やすことに向けられてきたということなのだ。このとき人間は技術つまり付属の道具を用いてきたのだが、この道具は、今日、莫大な量の非生命体でできていて、使用可能なエネルギー資源を膨大に増加させることができるようになっている。もともと人間は、使用可能なエネルギーの一部を使って、エネルギー資源を生物学的にではなく技術的に増大させる能力を持っていた。結局のところ、技術は、生命が可能な範囲で行っている増加の基本的な動きを拡大する——もしくは継承する——ことを人間に可能にしたのである。ここで問題になっている発展は、持続的でもなければ無限でもない。じっさい、技術開発の停滞で発展が停止することもあるし、新たな技術の発明によって飛躍的に発展が伸びることもある。ともかくエネルギー資源の増大それ自体が、基本的に、生物上の（人口上の）増大を継承することに役立ってきたのである。一九世紀のヨーロッパの歴史は、産業施設を骨幹とする広汎な生命増大の最もみごとな（そして最もよく知られている）例である。大規模な人口増加が産業の発展に第一に関係していることは誰しも知っている。

だがじっさいには、人口と産業施設の量的な関係は——一般的に言って歴史における経済発展の条件も──、じつに多くの競合関係の影響下にあるために、その正確な在り方を確定できないのだ。ともかくも、私は、地球を活気づける広大な動きの、ただそのアウトラインだけを呈示するこの見取り図のなかに詳細な分析を組み入れることはできない。だが人口増加の最近の緩慢ぶりはそれだけでもう現象の複雑さを暴露している。人間の活動によって継承された生の発展、新たな技術によって可能にされ、また維持されたこの生の発展は、いつも二つの現象を見せる。すなわち最初の段階では、余剰エネルギーのかなりの部分を活用するのだが、次の段階になると逆に余剰を徐々に多く生みだすようになるのだ。こうして生みだされた余剰が、生の増大を困難にしているのである。なぜならば生の増大はもはや十分にこの過剰を活用しているわけではないからだ。ある点に達すると、拡大の伸びが反対の伸び、つまり奢侈の伸びによって無化されてしまうのである。拡大はたしかに続行している。しかし期待を裏切るような在り方で──不確かで、多くの場合、非力な在り方で──なのである。おそらく人口曲線の下降は突然生じた兆候変化の最初の指標である。そうなると**第一に**重要になってくるのは、もはや生産力の向上ではなく、生産されたものを贅沢に消費することなのだ。

この段階のために莫大な浪費が準備されている。一世紀のあいだ人口の増加と産業の平和が続いたあとに、発展のかりそめの限界が生じたために、二つの世界大戦が、それまでの歴史で記録されたことのない膨大な富——そして人間——のオルギア（乱痴気騒ぎ）を執りおこなうことになったのだ。だがこの二度のオルギアは、全般的な生活水準の著しい向上をもたらした。多くの人間が、どんどん数を増す非生産的なサーヴィス事業の恩恵に浴するようになったし、労働は減少したし、給料は全体的に増えたのだ。

というのも地球上の人間は、増加の問題に対して、ただ遠回しにしか、ただ補足的にしか、答えをだしていないからなのである。労働と技術によって、地球上の人間はたしかに人口の増加を既存の限界を超えてまで可能にしてきた。しかし草食動物が植物に対して贅沢な存在であるのと同様に——そしてまた肉食動物が草食動物に対して贅沢な存在であるのと同様に——、人間は、すべての生物のなかで余剰エネルギーを強烈に、贅沢に、蕩尽するのに最も適した存在なのである。生命の動きは太陽に起源があって、この起源に即したかたちでエネルギーの燃焼は行われているのだが、生命の圧力は、余剰エネルギーを燃焼へ差し向けている。この余剰エネルギーの強烈で贅沢な蕩尽に人間こそが最も適した存在になっているのである。

第8節　呪われた部分

この真実はたいへん逆説的であって、ふだん見てとれる真実とはまさに正反対である。

この逆説的な面は、繁殖の勢いが最も高まったところで繁殖の意義がどうやっても見えなくなるという矛盾した事実によって強調される。現代の状況では、富を富自身の役割へ、つまり贈与へ、見返りのない浪費へ、返そうとする根本的な動きを覆い隠すことに、すべてが躍起になっている。一方では、機械化された戦争がたいへんな損害をもたらして、この根本的な浪費の動きを、人の意志に無関係の、いや敵対してさえいるものとして否定的に特徴づけてしまっている。他方では、生活水準の向上が、奢侈への欲求として描かれることがまったくない。生活水準の向上を要求する動きは、莫大な財産の奢侈への抗議にまでなっている。この要求が**正義**の名の下に行われている始末だ。いささかも正義に反対することなしに、こう指摘するのをお許しいただきたい。この場合、正義という言葉がその反対の言葉、まさしく**自由**という言葉の深い真実を隠してしまっているのである。正義の仮面の下で、全般的な**自由**が、必要事に隷属した実存の、艶《つや》も特徴もない外見をまとっているのである。自由の限界が**最も正しいものへ**後退しているのである。自由はもはや、鎖を解かれたような危険な荒れ狂いではなくなっている。自由という言葉はこの意味を失っている。自由は、隷属の脅威に対する保障にしかなっていないのだ。危険がなければ自由などありはしないのだが、その危険を引き受ける意志を自由という言葉が持たなくなっている。

富を蕩尽するように我々に求めている動きは、今や二様に変質させられて、**呪う**という感情に結びつけられている。一方では、富の蕩尽は戦争という醜悪な形態をまとわされて、反感の対象になっている。他方では、贅沢な浪費の伝統的な形態が今や不正義とみなされて、贅沢な浪費への反感になっている。富の過剰がこれまでにないほど膨大になっている今日、この過剰は、これまで何らかの仕方でいつも持たされてきた**呪われた部分**という意味を我々の眼前でこのうえなく帯びているのである。

第9節 《全般》という視点と《個別》という視点の対立

浪費の動きは我々を活性化し、浪費の動きとしてこそ**我々は存在している**のだが、しかしこの動きに恐怖を覚えて背を向ける事態は、当然、驚きをもたらしはしない。というのもこの浪費の動きの帰結が最初から人を不安に陥れるからだ。食はまさに浪費なのだが、食の真実を露に示すのは虎の表情である。死は我々の恐怖になってしまった。たしかにある意味で肉食であり死に挑むことが雄々しさへの要請に応えている(これはしかし別の話なのだが！)が、しかし性活動は、死への嫌悪に、そして食肉への嫌悪に結びつけられている。(1)

だがこうした呪いの雰囲気は不安を前提にしており、不安というのは、生の繁茂が及ぼす圧力がないということ（あるいは弱いということ）を意味している。不安が生じるのは、不安に駆られた人が過剰感で緊張していないときなのだ。ということはまさに不安は孤立あるいは個人という意味合いを持っているということなのである。つまり生物全体の繁茂に基づいた**全般的な**視点に根源的に対立する個人的で**個別の**視点においてのみ、不安は存在しうるということなのである。不安は、生命を横溢させている人には意味がないし、本質的に横溢である生の全体にとっても意味がない。

現在の歴史的状況を考えてみると、この状況を特徴づけているのは、**全般的な**状況に関する判断が**個別の**視点からなされているということなのだ。概《おおむ》ね、**個々の**生はつねに資源に不足して滅びる危険に直面している。これに対立しているのが**全般的な**生であって、その資源は超過状態にあり、死は無意味ということになる。**個別の**視点に立つと、問題は**第一に**資源の不足から提起される。逆に**全般的な**視点に立つと、同じ問題が資源の過剰から提起されるのだ。もちろん貧困の問題はどのようにしても残る。それに当然、**全般経済学**は、**全般経済学**が可能になるたびごとに**まず第一に**、発展させるべき増加を考察しなければならない。しかし**全般経済学**は貧困を問うにしろ、増加を問うにしろ、それぞれの事態が必ずや直面する限界を考慮に入れる。そしてまた、過剰な存在の生に由来する問題の主要な（決定的な）特徴を考慮に入れる。

今、一例を簡潔に考えてみると、インドの貧困の問題は、第一にこの国の人口の増加と切り離すことができないし、さらにこの増加と産業の発展との間の不均衡と切り離すことができない。またさらに、インドの産業発展の可能性は、アメリカの資源の余剰と切り離すことができないのだ。全般経済学の典型的な問題がこうした状況から浮かび上がってくる。一方のインドでは、生命エネルギーの表出が避けがたい必然として目立っており、他方のアメリカでは産業の増大が避けがたい必然になっている。現代世界の特徴は、人間の生によって生じる圧力（量的にしろ質的にしろ）が不均一になっていることなのだ。

したがって全般経済学はアメリカの富をインドへ見返りなしに譲渡することを正しい操作として提案する。そうするために全般経済学は、インド人の生の増大によって世界中に及ぼされる圧力——そして圧力の不均衡——がアメリカにもたらすことになる脅威を考察の対象にしていく。

こうした考察は必然的に戦争の問題を頂点に位置づける。人は、根本的な生の沸騰を考察してはじめて戦争の問題を明晰に検討できるようになるのである。戦争回避の唯一の解決策は、世界規模で生活水準を向上させることにある——現在の精神的な状況では、唯一この解決策だけが、アメリカの余剰を吸収して圧力を危険な度合い以下に減らすことができるのだ。

この理論的構想は、この問題に関して最近公表された経験的な見解〔本書第五部第2章で紹介されているフランソワ・ペルー著『マーシャル・プラン、あるいは世界に必要なヨーロッパ』(一九四八年)を指す〕とほとんど異ならない。しかしこの理論的考察の方がもっと根源的である。経験的な見解が、それに先立って考えられたこの理論的構想に対応していることを確認してみるというのも興味深いことだ〔バタイユは一九三三年発表の論文「消費の概念」(本書「補遺」所収)など先行の自分の経済学関連のテクストを念頭に置いている〕。この確認によって、双方ともが、よりいっそうの力を得ることになると思われる。

(1) この結びつきは、**肉**の罪というキリスト教の表現にあからさまに含意されている。

第10節 全般経済学の解決策と《自己意識》

だがすぐに次のことを付言しておかねばならない。解決策がしっかり決められたとしても、それを企画どおりの規模で実施するのはきわめて難しく、最初からこの試みに人々の意気がそそられるとはまず思えない。理論上の解決策は存在するし、その必要性は、この解決策の決定権を握っている人々から完全に看過されているわけでもない。しかし目下の事態をもっと簡潔に言ってしまうと、**全般経済学**がまず明示しているのは、爆発へ向かうこの世界の特徴なのであり、しかも現時点でこの世界は爆発の緊張の極に達しているということなのである。呪うということがはっきり人間の生活に重くのしかかっているが、これはしかし呪うことが、目のくらむような爆発に向かう動きを食い止める力を持っていない限りでのことなのだ。

だから、このような呪うことを取り除くのは人間次第なのだ、**人間だけに**かかっているのだ、とためらうことなく主張しておかねばならない。だが呪うことの基底にある動きが**意識に**はっきり現れないのだったら、呪うことを取り除くことなどできはしない。その意味で、脅威として迫る戦争の大惨事への対処策として「生活水準の向上」しか提案できないというのはなんとも失望させる話のように思える。というのも、この対処策は浪費への欲求に応えようとしているのだが、**その真実**においてこの欲求を**見ようとしない**意志が、前述のとおり、この対処策に密着しているからだ。

しかしこの解決策の短所と長所を同時に考えてみるならば、次のことがすぐに見てとれる。すなわちこの解決策は、その長所・短所の両面性ゆえに広く受け入れられる唯一の解決策であり、表向きは明晰な意識から離れていても、逆にそれだけいっそう明晰な意識の努力を喚起し、かき立てる、ということである。この解決策の途上では、真実からの逃避は、それが逆の効果になって、真実を再認識するように人々をしっかり促している。現代の人間の精神は、消極的でなく大げさで独断的な解決策が出されると、結局、それに反感を覚えるように見える。そして逆に、人間の生をあえてこの生の真実の次元へゆっくり導こうとする意識の模範的な厳格さに対しては、これとつながりを持っている。もちろん**全般経済学**を論述していくうえで公共問題への介入は避けられない。しかしまず第一に、そしてより根源的に、**全般経済学**のこの論文が狙っているのは意識なのだ。この論文が用意するのは最初から**自己意識**なのである。人間がその歴史的形態の連鎖を明晰に見てゆくならば、必ずや実行に移すはずの**自己意識**なのである。

したがって**全般経済学**は、まず**歴史のデータ**の解説から出発して、**現代のデータ**に意味を与えていく。

第二部　歴史のデータⅠ　蕩尽の社会

第1章　アステカ人の供犠と戦争

第1節　蕩尽の社会と企業の社会

これから私は、社会的な事実をいくつかのまとまりに分けて紹介していくが、これは経済の全般的な動きを明らかにするためなのである。

この目的のために私はまず原則を立てておきたい。浪費という現象になって現れる動きは、元来、画一的ではないという原則である。たとえば、需要に対して資源が過剰であっても（この場合の需要とは、それが満たされないと社会が苦しむことになるような、本当に必要なもののことである）、この過剰は必ずしも純粋な消失として蕩尽されるわけではない。社会は成長しうるし、そうなると余剰は断固として成長へ割りあてられる。成長は、無秩序な沸騰を正常化して実り豊かな事業の規則性へ差し向ける。しかし他方で知識の発展に関わる成長は、それ本来の性質からして、過渡的な状態でしかない。つまりこの成長は無限に続くわけではないということだ。人間を対象にした学問は、それが立ち上げられたときの歴史的状況に起因する展望を今やはっきり修正する必要がある。安定した社会で生きる比較的自由な人間は、成長のための事業に隷属している人間と、きわめて異なっている。人間の生活というものは、幻想のままに生きるのをやめて、既定の製品をしっかり増加させる企業の必要事に応えだすと、すぐにその外観を変えてしまう。一人の人間の表情もそうだ。夜中の騒々しさから午前中の真面目な仕事へ移ると、表情は変わる。さらにまた成長のときの真面目な人類が文明化して、温和になるのだが、しかし真面目な人類はこの穏やかさが生の価値だと混同しがちである。静かな生活の存続が詩のダイナミズムだと取り違えがちである。こうした状況では、人類が一般に事物に対して明晰な認識を持っても、その認識は十分な自己認識にはなりえない。つまり彼らは、自分たちが完全な人類とみなしているものに自らだまされているのだ。じっさいこの場合の完全な人類は労働状態にある人類の姿であり、労働の成果を自由に享受せずに、ただ働くために生きている人類なのである。もちろん、だからといって、民族誌学や歴史学が紹介する比較的無為な人――少なくとも自分の仕事にほとんど気を配らない人――が完全な人というわけでもない。ただしこの人のおかげで我々は、自分たちに欠落しているものを推し測ることができる。

第2節　アステカ人の世界観における蕩尽

これからまず私はアステカ人〔スペイン占領以前のメキシコ先住民族。一四世紀前半からメキシコ中央部で伸長し一五世紀前半から一大帝国を築いたが、一五二一年にエルナン・コルテス（一四八五―一五四七）の率いるスペインの軍勢によって滅ぼされた〕について語ろうと思うのだが、彼らは、精神の面で我々と正反対のところに位置している。文明が作品によって推し測られるときには、彼らの文明は我々には貧相に見えてしまう。彼らは文字を使っていたし、天文学の知識も持ってはいたのだが、しかし彼らの重要な作品は役に立たないものばかりだった。彼らの建築術はピラミッドの建設を可能にしたが、その頂きで彼らは人間を供犠の生け贄に捧げていたのである。

彼らの世界観は、我々が活動の展望を前にしたときに心のなかで思い描く世界観とは一八〇度異なっているし、また独特の相違を見せている。つまり我々の思考のなかでは生産が重要な場所を占めているのに対して、彼らの思考のなかでは逆に同じほど蕩尽が重要な位置を占めているのである。我々は**働く**ことに心を配っているが、彼らは**供犠を行う**ことに心を配っている。

彼らアステカ人は、太陽自身からして自分を供犠に投じていると見ていた。太陽は、人間に似た神だったのだ。神は、燃えさかる火のなかに身を投ずることによって太陽になったのだ。

スペインのフランシスコ会修道士ベルナルディーノ・デ・サーグンは一六世紀の文筆家だが、年老いたアステカの人々が彼に語ったことを次のように報告している。

「言い伝えでは、昼が存在する前に、神々はテオティワカンに集まって、議論を交わした。《だれが世界を照らす役を引き受けるのか？》。この問いにテクチズテカトルは《私がその任務を引き受けます》と答えた。神々はさらに話し合い、《だれかほかにいるか》と問いを発した。彼らは互いを見合って、ほかの候補を探したが、だれもこの任務を果たそうと申し出る神はいなかった。どの神も恐怖して、言い訳をした。彼らのなかにいながら、重要視されず、股間に**腫れ物**を持った神が、黙ったまま、じっと話を聞いていたのだが、彼らからこう声をかけられた。《おい、**腫れ物持ち**、お前だ》。この神は快諾して、こう答えた。《命令を光栄に思います。承知しました》。選ばれた二神はさっそく贖罪のための四日間の苦行を始めた。それから、岩のなかに作られた炉に火をともした。（……）テクチズテカトルという名の神は高価な贈り物だけを供した。じっさいこの神は、花束の代わりに

ケツァリと呼ばれる豪華な鳥の羽を、干し草の塊のかわりに黄金の球を、リュウゼツランの刺《とげ》のかわりに宝石でできた刺を、血塗られた刺のかわりにベニサンゴの刺を奉納した。そのうえ、奉納に使用されたコーパル樹脂は最上のものだった。一方、ナナウアティンという名前の**腫れ物持ちの神**は、いつもの枝のかわりに、三本ごとに束ねられた九本の青々とした生きのいい葦を奉納した。さらに、いくつかの干し草の塊と、自分の血のついたリュウゼツランの刺を奉納した。そしてなんと、コーパル樹脂のかわりに自分の**腫れ物**の瘡《かさ》蓋《ぶた》を献上した」。

「これら二神のそれぞれのために小高い丘のかたちをした塔が建てられた。その塔で、彼らは四日四晩の贖罪をした。その四晩が終わると、そこに枝や花束、そして彼らの使っていた他の物が投げ込まれた。次の夜、真夜中すぎ、勤行が始まるまえに、**テクチズテカトル**の装身具が運ばれた。**アズタコミトル**と呼ばれる羽飾りと、軽い布でできた上着である。**腫れ物持ちの神**ナナウアティンの方は、その頭にアナトゾントリと呼ばれる紙の帽子をかぶせられ、さらにまた紙製のストールと帯を装着させられた。夜が深まってくると、この二神は、**テオテクスカリ**という名の炉の回りに整列した。その炉の火は四日間灯された。」

「神々は二列に分かれてそれぞれ火の両側に立ち並んだ。選ばれた二神が、二列になった神々の間に立ち、顔を炉の火の方に向けた。神々は立ったまま、まずテクチズテカトルに声をかけて、こう言った。《さあ、行け、テクチズテカトルよ、火のなかへ身を投じよ！》テクチズテカトルは身を投げようとしたが、炉が大きく、たいへん熱くなっていたので、この大きな火に恐怖を覚え、後ずさりした。もういちど懸命に勇気を振り絞って、炉の中へ身を投じようとした。しかし炉に近づくと、立ち止まってしまい、それ以上何もできなかった。四回繰返して試みたのだが、うまくいかなかった。規則では、四度以上はどの神も試みることができないとなっていた。したがって、四回の試みがなされてしまったときに、神々はナナウアティンに声をかけて、こう言った。《ナナウアティンよ、お前の番だ、さあ行け！》この言葉が発せられると、この神はすぐに力を集中させ、目をつぶって、炉のなかへ身を投じた。すると彼は、丸焼けになる物体と同じようにぱちぱちと音をたて始めた。そのようにナナウアティンが炉に身投げし焼かれるの見ていたテクチズテカトルも、燃え盛る火のなかへ飛び込んでいった。言い伝えでは、このとき同時に一羽のワシも炉のなかに入って、身を焼いた。そのためこの鳥の羽は今でも黒みがかっているのだそうだ。一匹の虎も後を追って飛び込んだが、全身が焼かれることはなく、炎を発するにとどまった。そのせいで、虎の身は白と黒のまだらのままになっている(1)」。

それから少しして、ナナウアティンが「太陽になって」東に昇るのを神々は跪《ひざまず》きながら仰ぎ見た。「彼は左右に揺れながら赤く現れた。どの神も、目をつぶされるので、彼を正視できなかった。それほどに彼の身から発し全方向に広がった陽光はまぶしかった。」月もまた地平線から立ち昇った。炉に飛び込むのをためらったせいでテクチズテカトルの輝きはナナウアティンほど激しくなかった。それから他の神々は死んでいった。風ことケトザルコアトルが神々をすべて殺してしまったのだ。風は神々から心臓を抜き取って、それでもって、太陽と月、この赤子のような新星の生命に活力を与えた」。

以上の神話は以下の信仰とつなげて理解されるべきである。すなわち「心臓と血を持つ人々とそれを食べる太陽が存在しうるようにするために[2]」人間、そして戦争も生み出されたという信仰である。この信仰は、先ほどの神話に劣らず、蕩尽の極限的な価値をはっきり意味している。毎年、メキシコ原住の人々は、太陽の栄光のために神々が行った四日間の断食を行った。彼らは、皮膚病の**腫れ物持ちの神**のようなハンセン病患者を生け贄に投じた。というのも彼らにおいて、考えるということは行為として示すということだったからだ。

(1) ベルナルディーノ・デ・サーグン著『新スペイン事情史』、ジョールダネとシメオン共訳、一八八〇年、第Ⅶ巻第二章。
(2)『絵画によるメキシコ史』第六章

第3節　メキシコの人身御供

我々は、メキシコ先住民の人身御供を、それ以前の人身御供よりも、完全に、そして生々しく知っているのだが、このメキシコの人身御供ときたら、宗教儀式の残酷史を頂点へ至らしめているのである。

神官たちはピラミッドの高みで生け贄を殺害した。彼らは生け贄を石の祭壇の上に横たえて、その胸を黒曜石の刃物で突き刺すのだ。それから、まだ脈打つ心臓を取り出して、太陽へ掲げるのである。大多数の生け贄は戦争の捕虜だった。それゆえ、太陽の生命に必要な戦争という考えは正当化された。戦争は、征服ではなく、蕩尽という意味を持っていたのだ。戦争がなくなると、太陽が地上を明るく照らすこともなくなるとメキシコ先住の人々は考えていた。

「復活祭のころに」一人の若くて、非の打ちどころのなく美しい男が、生け贄に投じられた。この男は、すでに一年前に捕虜のなかから選ばれていたのだ。以後彼は大貴族のように暮らしていた。「手に花を持って、お供の人々に囲まれて町の中を練り歩いた。会う人みなに優雅に挨拶すると、挨拶された方も、彼をテズカトリポカ（最も偉大な神の一柱）の化身とみなし、彼の前に跪いて敬意を表するのだった。[1]」。ときどきカウチクシカルコのピラミッドの上の神殿で彼の姿が見受けられた。「彼は、昼でも夜でも気が向くと、その頂きに行って、横笛を吹き、それが終わると、世界の様々な所へむけてお香を焚き、自分の住まいへ帰るのだった。(2)」彼の生活の優雅さや貴公子然とした気品のために人々はありとあらゆる気配りをした。「彼が太りだしたときには、細身の体型を維持できるようにと、人々は彼に塩入りの水を飲むように促した。(3)」供犠の祭に先立つ二〇日間、この若い男は四人の成熟した娘をあてがわれ、彼女たちと肉体関係を結んだ。この四人の娘はこの目的のためにとても大切に育てられてきたのである。娘たちはそれぞれ女神の名前を与えられていた。(……)生け贄にされる祭の五日前には神として尊ばれた。王は宮殿のなかにいたが、宮廷の人々はこの若い男に付き従った。(4)彼のために涼しくて快適な場所で様々な宴が催された(……)。彼の死の日が近づくと、彼はオトラコシュカルコと呼ばれる礼拝所へ連れて行かれた。しかしそこに行き着く前に、トラピトザナヤンという名の地点に達すると、お付きの女たちは彼から離れ、彼を捨て去った。殺害される場に着くと、彼は神殿の階段を自分で登るのだが、その一段一段で、一年の間、音楽を奏でるのに用いてきた横笛の一つ一つを壊していくのだった。(5)ピラミッドの頂きに達すると、彼を殺害する準備を整えた権力者たち（神官たち）が彼の身体を取り押さえて石の台の上に投げ置く。仰向けに寝かされると、彼は、手と足と頭をしっかり固定される。黒曜石の刀を持った神官が一撃でその刃を彼の胸に突き刺す。刀を引き抜くと、今度は、その切り開いたばかりの開口部へ手を入れて心臓を抜き取り、すぐに太陽へ奉納するのである」[6]。

この若い男の遺体は大切に扱われる。神殿の中庭へゆっくり降ろされるのだ。並の生け贄の場合は、ピラミッドの階段の下まで投げ捨てられる。最も激しい暴力が常態なのである。たとえば遺体から皮をはがしたりする。そして神官がすぐにこの血みどろの皮をまとうのだ。何人かの人間を一個のゆで釜のなかへ入れておくこともある。そこからかぎ針で吊るし出して、生きたまま石の台の上に乗せるのだ。多くの場合、生け贄に供された人体の肉は食された。祭は休みなく次から次に行われ、毎年、神事のための生け贄は途方もない数にのぼった。二万という数まで出されている。生け贄のなかで神の化身となった者は、まさに神のように列席者に囲まれたまま、供犠の場へ登っていき死の局面へ至るのである。

(1) サーグン、前掲書、第二巻第五章
(2) サーグン、前掲書、第二巻補遺
(3) サーグン、前掲書、第二巻第二四章
(4) サーグン、前掲書、第二巻第二四章
(5) サーグン、前掲書、第二巻第五章

（6）サーグン、前掲書、第二巻第二四章

第4節　供犠執行者と生け贄の親密な関係

アステカ人は、供犠で死んでいく人々に対して奇妙な振舞を遵守した。彼ら捕われた者たちをアステカ人は人道的に扱ったし、彼らが望む食べ物と飲み物を与えた。戦争から捕虜を一人連れ帰り、供犠へ奉納した兵士について人が言うところでは、この兵士は捕虜を「息子とみなしていたし、捕虜の方は兵士を父親とみなしていた」(1)。生け贄たちは、自分たちを死へ導く人々と歌い踊っていた。しばしばアステカの人々は、生け贄たちの不安を鎮めたいとも思った。「神々の母」の化身とみなされた一人の女は治療婦や産婆からこう言われて慰められた。「悲しまないでください。美しき友よ。今宵は王と過ごすのですから。喜んでください」。この女は、これから殺される運命にあると悟らせずにおかれた。なぜならば、彼女の死は突然で予期しえないものであらねばならなかったからである。ふつう生け贄たちは、自分たちの運命を知らないわけはなかったので、前夜は歌と踊りでむりやり徹夜せねばならなかった。彼らを陶酔させることもあった。近づく死への思いを払拭させるために、「娼婦」をあてがわれることもあった。死を前にしての辛い待機は、生け贄によって耐え忍ぶ仕方が異なっていた。一一月の祭の一つのなかで死ぬ運命にあった奴隷については、こう報告されている。「彼らは、墨のいっぱい入った深鉢を持った男に先導されて主人の家に行く。別れの挨拶をするためだ。道すがら彼らは、大声で、胸をはりさくほどに歌う。それぞれの主人の家に到着すると、深鉢のなかに両手を浸して、戸口や柱にその手を押し付ける。手の跡は残ったままになる。彼らは同じことを両親の家に行ってする。何人かの奴隷は心がしっかりしていて、食事をとる気力を持っている。しかし他の奴隷は、やがて訪れる死を考えて、食べ物を飲み込む気力も失せている」(2)。女神イラマテクルトリの化身となった女奴隷は、全身白装束で、白と黒の羽飾りを付け、顔を半分黒に、半分黄色に塗っていた。「この女を殺す前に、人々は彼女を年寄りの奏でる楽器に合わせて踊らせた。その楽器の音には歌手の歌声も混ざっていた。この女は、間近に迫った死のことを思って、涙を流し、ため息をつき、不安にうちひしがれた」(3)。秋になると、何人かの女たちがコアトランという名の神殿で供犠に処された。「その神殿の階段を登るときに、この不幸な女たちの何人かは歌っていたが、別の女たちは叫び声を発したり、涙にくれていた」(4)。

(1) サーグン、前掲書、第二巻第二一章

(2) サーグン、前掲書、第二巻第三四章

（3）サーグン、前掲書、第二巻第三四章
（4）サーグン、前掲書、第二巻第三三章

第5節　戦争の宗教的性格

こういった捕虜の供犠は、これを可能にしていた条件、つまり戦争という条件、そして死の危険を引き受けるという条件と切り離すことができない。メキシコ先住の人々は、彼ら自身が死の危険に直面するという条件でのみ、供犠での流血を引き起こしていた。

彼らは戦争と供犠のこのつながりを意識していた。産婆は赤子のへその緒《お》を切り落とすときに、こう言うのだ。

「今私はおまえの身体の真ん中にあるへその緒を切り落とす。おまえが生まれたこの家がおまえの住む所ではないことをよくわきまえよ（……）。ここはおまえの揺りかご、おまえの頭を休める所にすぎない（……）。おまえの本当の祖国は別のところにある。おまえは別の場所を約束されている。おまえは戦闘の繰広げられる真っ平らな原野に属する。おまえが送り込まれるのはそういう平原なのだ。おまえの生業、おまえの学問、それは戦争だ。おまえの義務、それは敵の血を太陽に飲ませること、敵の肉体を大地に与えて、むさぼり食べてもらうようにすることなのだ。おまえの祖国、相続、至福、お前はそれらを大空のなかの太陽の宮殿に見出すだろう(……)。戦場で命を終えて、花と咲いた死を受け取るにふさわしいと人から思われることこそがおまえにとって幸福な運命なのだ。今私がおまえの身体、おまえの腹の真ん中から切り離すものは、大地であり太陽であるトラルテクルトリに帰すべき持ち物なのだ。戦争が熱く激してきて、兵士たちが集まりだすと、私たちはこのへその緒を勇敢な兵士にあずけて、おまえの父である太陽に、おまえの母である大地に捧げてもらうようにする。彼らはこのへその緒を戦いが繰広げられる戦場の真ん中に埋葬するだろう。それは、おまえが大地と太陽に捧げられ、大地と太陽を約束されているという証しになるだろう。戦争の職業に身を投じるというおまえの約束の印になるだろう。おまえの名前は戦場に刻まれるだろう。そうしておまえの名前も人格も、いつまでも忘れ去られることがない。おまえの身体から摘み取られるこの貴重な捧げ物は、リュウゼツランの刺、煙をだすための葦、**アクスコヤトル**の小枝の捧げ物と同じなのだ。このへその緒の捧げ物によって、おまえの誓いとおまえの供犠は確固たるものになる[1](……)」。

捕虜を連れ帰った兵士は、神官と同じように神事に加わっている。生け贄の血のなかでも、傷口から流れ出て椀におさめられた一杯目の血は、神官によって太陽に捧げられた。

二杯目の血を集めるのは生け贄奉納者なのだが、彼は、それを神々の像の前に運んでいき、まだ生暖かいその血で像の唇を濡らすのだ。生け贄の遺体は生け贄奉納者に返される。彼は自分の家に持ち帰り、生け贄の頭以外はすべて宴に捧げてしまう。塩も香辛料もなく焼かれて食べられてしまうのだ。食べるのは、招待客であって、生け贄奉納者ではない。彼は生け贄を自分の息子だと思っている。いや自分の分身とさえ思っているのだ。この宴は踊りで終わるのだが、このとき生け贄の頭を手に持つのが兵士なのである。

もしも兵士が勝利者にならず、戦場で倒されてしまうのならば、戦場での彼の死が、捕虜による供犠と同じ意味を持つことになる。彼の死は、食べ物を欲する神々の腹を満たすことになる。

兵士たちのためにテズカトリポカに捧げられる祈りはこんなことを語っている。

「テズカトリポカよ、あなたは彼ら兵士たちが戦いで死すことを欲しているが、これは間違ったことではない。というのも、あなたは、彼らの血と肉体を太陽と大地に食料として捧げるというただそれだけの目的で、彼らを戦場へ送り込んだのだから(2)。」

血と肉で満腹になると、太陽は自分の宮殿で死者たちの魂を祝福する。戦死者たちは供犠の生け贄たちと一緒になって、宮殿にいるのだ。戦場における死の意味は、この祈りのなかでも強調されている。

「テズカトリポカよ、彼らを猛々しく勇敢であらしめたまえ。彼らの心から、いかなる弱さも除きたまえ。彼らが死を喜んで受けるようにするために。さらには彼らが死を望み、死に魅力と甘美を見出すようになるために。彼らが矢も剣も恐れずに、逆にこれら矢と剣を、まるで花か美味な料理であるかのように、みなすようになるために。」

(1)　サーグン、前掲書、第六巻第三一章

(2)　サーグン、前掲書、第六巻第三章

第6節　宗教の優越から軍事的効率の優越へ

メキシコ先住民の社会における戦争の価値について我々は誤解してはならない。彼らの社会は**軍事的**社会ではなかったのだ。宗教こそがいつになっても彼らの活動の謎を解く明白な鍵であり続けていた。アステカ人をいずれかの社会のジャンルに振り分けねばならないとなると、それは戦士社会ということになる。打算のない純粋な暴力が猛威をふるい、

人に誇示するような戦闘の在り方が幅をきかす社会である。彼らは戦争と征服のための理性的な組織など知らなかった。真に**軍事的な**社会とは、一種の企業社会なのであり、そこでは戦争は帝国の勢力拡大、秩序だった発展という意味を担っているのである。(1)その意味で軍事的社会は、比較的穏やかな社会なのだ。この社会は、目的を未来に設定する企業の理性的な原則を社会の慣習に取り入れて、供犠の狂気などは排除するのである。奴隷の大量虐殺といった富の浪費ほどこの軍事的組織に逆行しているものはない。

しかしアステカ人においても、戦争行為が極端に重視されたために、顕著な変化が生じた。その変化とは、企業の**理性**(成果と効力を重視しながら人間性を新たに開始させる)へ向かう変化であり、これは蕩尽の残虐な**暴力**に対立していた。「王は宮殿に留まっていた」のに対して、宮廷の人々は生け贄(この生け贄には「神への称賛」が表明された)のためにその年の最も盛大な供犠を執り行った。だが我々は見誤ってはならない。これは王の代理の供犠なのだ。つまり一個の人間の内面の暴力こそ蕩尽の精神的原理なのだが、その内部の暴力が自分への緩和作用のおかげで他人に向けられてしまうのである。もちろん、アステカ社会を活気づけていた暴力の動きは、社会の内部にも外部にも一方的に差し向けられはしなかった。そうではなく、対内的な暴力と対外的な暴力が合体して、何も保存しないという経済を作りあげていたのである。捕虜の供犠の儀式は戦士の犠牲のうえに成り立っていたし、供犠に処された生け贄は少なくとも供犠執行者の豪勢な消費を意味していた。王の代わりに一人の捕虜を供犠に処することは、王の供犠の陶酔に対する必然的なとは言わないまでも、明白な軽減処置だった。

(1) ここで私はマルセル・グラネとジョルジュ・デュメジルの見解に従っている。

第7節　供犠あるいは蕩尽

この緩和策のおかげで我々は、生け贄の儀式を導く一つの動きをはっきり感じとることができる。ただしこの動きは論理的な必然性という根本的な在り方で我々に見てとれるようになるのであって、細部において一連の事実がこの動きと合致しているかどうかは我々には分からない。ともかく根本的な一貫性は見てとれる。

供犠は、我々が奴隷のように使用して俗化させてしまったものを聖なる世界へ返す。奴隷的な使用は、根底的に人間**主体**と同様の性質であるものを、つまり内的な融合関係のなかで主体とともにあるものを、**物**へ(**客体**へ)変えてしまうのである。供犠は、人間が人間自身のために**物**へ変えねばならなかった動物あるいは植物を正真正銘に破壊しなければならないというわけではない。少なくとも、動植物を物として、つまり**動植物が物になってしまったかぎりにおいて**、破壊しなければならない。破壊は、人間と動植物との間の功利的関係を否定する最良の手段である。だが破壊が全面消滅にまで到る例は少ない。供え物を食べること、つまり**聖体拝領**〔カトリックのミサのときに信者がイエスの血として赤ワインを飲み、イエスの肉としてパンを食すること〕が、食物の通常の摂取に還元しえない意味を持つということで十分なのだ。供犠の生け贄は、自動車のエンジンが燃料を消費するのと同じように消費されなくてもよいのである。儀式は、奴隷的な使用によって絶たれてしまっていた供犠執行者と生け贄との間の内的な融合関係を回復できれば、それで十分にメリットになる。労働に隷属させられて他者の所有物になってしまった奴隷は、農耕用の動物と同じように一個の**物**になっているのだ。捕虜の労働を利用している人は捕虜も自分と同じ人間だとする絆を断ち切っているのである。この人は、将来、奴隷を売ることになるのだが、そのときの断絶から、奴隷を使用している今現在、そんなに隔たっているわけではないのである。所有者は、所有物を一個の**物**に、一個の商品に、変えてしまったが、この物体化は所有者自身に及ぶ。他者を一個の**物**つまり奴隷にするためには、誰しも、自分自身と他者との内的なつながりから離れて、自分で自分に**物**の枠を与えねばならないのである。

そうしたことを厳密に考察することはできない。完全な物体化の操作などないからだ。それに奴隷も主人も**完全に物の次元に還元されるわけでもない**。たしかに奴隷は所有者にとって一個の物である。奴隷は、死ぬよりは奴隷状態のほうがましだと考えてこれを受け入れる。奴隷は、自分の内面の価値の一部を自分自身の延命のために失っているのだ。というのも自分にとってどちらか一方であるというだけでは十分ではないからだ。自分だけでなく同時に他者に対しても、どちらかであらねばならないからである。同様に、所有者は、奴隷からすれば、人間として自分の同類ではなくなっている。所有者は、根底において奴隷から切り離されている。たとえ仲間の奴隷たちがこの奴隷のなかに一人の人間を見続けていても、他人にとってこの奴隷があいかわらず人間であるにしても、この奴隷は、一人の人間が一個の**物**にしかなりえない世界に存在しているのである。じつは同じような貧しさが、人間の生活だけでなく、曇りの日の田園にも広がっている。曇った日には、太陽の光が雲によって等しく和らげられ陽光の戯れが薄らぐ。そのため曇りの日は《物を物本来の姿に還元させる》ような印象を与える。これは明らかに間違いだ。私の眼前に存在しているものは、結局のところ、宇宙にほかならない。宇宙は**物**ではない。したがって、陽光のもとで宇宙の輝きを見たとしても、私は間違っているわけではまったくないのだ。反対に太陽が隠れると、私には納屋、畑、生け垣がいっそうはっきり識別されて見えてくる。そうして曇ってしまうと、納屋の上で戯れていた光の輝きはもはや私の目には入らなくなり、この納屋、この生け垣が宇宙と私との遮蔽物のように見えてくるのである。

これと同じに、奴隷状態も、世界のなかに光の不在をもたらす。つまりそれぞれの**物**が、その用途に還元されて、互いに分離してしまう状況を、もたらすのだ。光やその壮麗な輝きは、生の内奥性を引き起こす。内奥性とは、生命の根底的な在り様のことだ。主体は自分のことをこの内奥性に等しいと感じ、なおかつ宇宙の透明性とも感じている。

だが《存在するもの》を**物の次元**へ還元することは奴隷状態だけの問題なのではない。奴隷制度は廃止されたが、我々は人間が**物**に落とされている社会生活の光景を知っている。し、こうした物への低下が、奴隷制度を待つまでもなく存在しているということを知らねばならない。**労働**が世界へ導入されたとたん、すぐに内奥性が、欲望の深さが、欲望の自由な荒れ狂いが、理性的な連鎖に取りかえられてしまったのだ。理性的な連鎖とは、今現在の瞬間の真実がもはや重視されず、**諸操作**の後々の成果が重視される、そういう未来時とのつながりのことである。最初の労働は**物**の世界を築いた。古代人の俗なる世界が一般にこの世界に対応している。物の世界が創りだされるとすぐに、人間自身がこの世界の物の一つになってしまった。少なくとも働いているあいだはそうなった。この堕落をどの時代の人間も回避しようと努力した。人間はその第一歩から、不可思議な神話や残虐な儀式を通して、**失われた内奥性を追い求めて**いたのである。

宗教とはその長い努力であり、不安に満ちた探求だった。いつも宗教で問われていたのは、**現実の**次元から、つまり**物**の貧しさの次元から、人間を引き抜いて、**神的な**次元へ返すことだった。人間が**用いる**動植物（人間は、まるで動植物が**人間のために**だけ価値があり、動植物自身のためにはいささかも価値がないかのようにして、動植物を**用いている**）が内奥の世界の真実へ返されるのである。人間は動植物から聖なるコミュニケーションを受け取り、そしてこのコミュニケーションが人間を内面の自由へ返していく。

この深い自由の意義は破壊のなかで示されるのだが、このときの破壊の本質とは、役に立つ制作物の連鎖のなかに留まりえたものを**利益なしに**蕩尽することにある。供犠は、供犠が聖別するものを破壊する。火事のように破壊することが必要なのではない。利益追求の活動の世界に供え物をつなげている絆が断ち切られるだけなのだ。しかしこの切断が、決定的な蕩尽の意味を持っている。聖別された供え物が**現実の**次元に戻されることはない。この原則のおかげで荒れ狂う世界へ道が開かれる。暴力は、全面的に猛威をふるえる領野を割り当てられて、そこで解き放たれるのだ。

内奥の世界は**現実の**世界と対立している。ちょうど過度が節度に、狂気が理性に、陶酔が明晰さに対立するように。節度があるのは、物として存在する客体だけなのだ。客体が物として客体自身と一致している場合にのみ理性は働くのである。物として存在する諸客体を識別して認識するときにのみ明晰さは生まれるのである。主体の世界は夜なのだ。動いていて、果てしなく怪しげな夜。理性の眠りのなかで**化け物たちを生みだす**あの夜のことなのだ〔ここでバタイユはゴヤの一七九九年出版の版画集『気まぐれ』所収の一葉「理性の眠りは化け物を生みだす」を想起させようとしている〕。**ここで原則として提言しておくと、《現実の》次元にまったく従属しておらず、今現在にしか気を取られていない、自由な《主体》を言い表す観念として、狂気でさえ生温《なまぬる》いのだ。主体**は、未来時を気にかけるようになるとすぐに、自分の領野を離れて**現実の**次元の、物として存在する**客体**に、従属するようになる。というのも主体は、労働に縛られていない限りにおいて蕩尽であるのだから。もしも私が、《存在するであろうもの》にもう気を配らなくなり、《存在するもの》に心を向かわせるのならば、何かを大切に保存しておくどんな理由を持つというのか。私はすぐにでも、がむしゃらに、自分が所持している財のすべてを瞬間的な蕩尽へ差し向けることができる。明日への配慮が取り除かれるとすぐに、この無益な蕩尽が、**私を快適にするもの**になる〔この動詞（agréer）には「快く同意して私を認めてくれる」の意味もある。ただしバタイユは単なる表面的な同意・承認ではなく、心の内面と世界の内部のエネルギーが交わる「聖なるコミュニケーション」を求めている」。そして私は、節度なく蕩尽すると、**内奥の次元での**私の在りようを他の人々に明示するようになる。蕩尽は、**分離した**諸存在が交わりあう方途なのだ。(1) 強烈に蕩尽する存在たちのあいだでは、すべてが透明になる。すべてが開かれる。すべてが無限になる。そうなると、熱が高まる限り、何も重要ではなくなり、暴力が放たれて、際限なく荒れ狂いだす。

物は、蕩尽の熱き炉へ入っていくときにこそ、**内奥の**次元への回帰をしっかり果たすことになる。この蕩尽の炉では暴力はまだ制限されてはいるが、やっとのことでそうなっているにすぎない。というのも供犠で問題になっているのは、あいかわらず、ある一定のものを破壊に供しつつ、その破壊が伝染する恐ろしい危険から残余の部分を守ることだからだ。供犠に参加する人々は、危険な状態にある。だが供犠の儀式的で制限された形式のおかげで、彼らは供犠の危険から合法的に身を守ることができている。

供犠は熱なのだ。この供犠の熱のおかげで、農業のような共同作業の体系に組み込まれている人々は失われた内奥性を再発見できるようになる。暴力は供犠の原則であるのだが、共同作業が重視されるため、この暴力は時間と空間の両面で制限されてしまう。人々を結合し共同の物を維持する配慮が優先され、暴力はその配慮の下位に置かれて従属を強いられる。供犠のさなかで個々人は束縛を断ち切って荒れ狂い、区別がつかないほどに溶けあい混ざりあうのだが、この荒れ狂いも、彼らが俗なる時間の作業のなかで鎖のようにつなげられることに役立ってしまうのだ。ここではまだ**企業**は問題になっていない。企業は、剰余エネルギーを吸収して、富を際限なく増大させていこうとする。ここでの共同作業は維持をめざしているだけだ。共同作業は、前もって祭りに限界を設けることしかしていない（この共同作業の豊作のおかげで祭がまた行われ、他方で祭のおかげで豊作がもたらされる）。共同体だけは破壊から守られている。暴力にゆだねられるのは**生け贄**なのだ。

（1）　私は次の根本的な事実を強調しておく。すなわち存在たちの分離は現実の次元に限られているという事実である。私が**物**の次元に留まっている限り、分離は**現実的である**。じっさい分離は**現実的**である。しかし現実的であるものは**外的**なのだ。《すべての人間は、**内奥においては**、一つでしかないのである。》

第8節　呪われ、かつ神聖視される生け贄

生け贄は、**役に立つ**富の山から取り出された一個の剰余物である。生け贄は、ひとえに、利益なしに蕩尽されるためにだけ、つまり永久に破壊されるためにだけ、引き出されたの

だ。だがそうして選ばれるとたちまち生け贄は、暴力的な蕩尽を約束された、**呪われた部分**になる。しかし呪われることによって、生け贄は**物の次元**から引き離されるのだ。そうして、生きた存在たちの内奥性と不安と深みを輝かせる生け贄の姿が認知可能なものになるのである。

生け贄に払われる配慮はきわめて衝撃的だ。生け贄は物であるために、そのままでは、生け贄をつなぎとめる現実の次元から生け贄を真に引き離すことはできない。唯一、生け贄を破壊して生け贄から物の性格を奪い、有用性を永久に取り除いたときにはじめて、生け贄は現実の次元から引き離される。生け贄が聖別されるやいなや、そして聖別から死までのあいだに、生け贄は生け贄奉納者たちの内奥性のなかへ入っていき、彼らの蕩尽に加わる。生け贄は彼らの一員になるのだ。祭のさなかに生け贄は命を失うことになるのだが、それまでのあいだ、生け贄奉納者たちと歌い、踊り、すべての快楽をいっしょに享受する。もはや生け贄に奴隷らしいところはない。生け贄は武器を受け取って戦うことすらできる。そうして生け贄は、祭の巨大な混乱のなかへ埋没していく。まさにこのことで彼は命を失うのだ。

じっさいただひとり生け贄だけが、祭の動きに究極まで運ばれるのであり、その意味で生け贄だけが現実の次元から完全に離れることになるのである。供犠執行者は、ためらっている限りで神的であるにすぎない。供犠執行者には未来というものが重くのしかかっている。未来とは、物としての彼の重さのことなのだ。サーグンがその伝承をまとめた正統派の神学者たち(1)はこのことをしっかり感じとっていた。じっさい彼らはナナウアティンの自発的な供犠を供犠のなかの最上位に位置づけ、戦士が神々によって蕩尽されることを讃え、神格に蕩尽という意味を与えている。供犠に処されたメキシコの人々がどの程度自分の運命に同意していたのかは我々には知りようがない。ある意味で彼らのうちの何人かは神々に捧げられることを「名誉とみなしていた」のだろう。しかし彼らの供犠は自発的ではなかった。そのうえはっきりしていることは、サーグンに情報を提供した人々の時代にはもうすでに死の儀式は、異国の人々に衝撃を与えるがゆえに容認されていたということだ。メキシコ人は自分たちのなかから選んだ子供を供犠に処していた。だが子供が祭壇に向かうときにその行列から離れてしまう者に対して厳罰を定めておかねばならなかった。要するに供犠は不安と熱狂の混合物なのだ。熱狂が不安を上回ったのだが、これは、熱狂の現象を自分たちの外へ、他部族の捕虜に、差し向けるという条件でのことだった。そうするためには生け贄奉納者が、自分にとって生け贄がなりえた富を放棄するだけで十分だった。

このように厳密さの欠如は説き明かされるのだが、だからといって儀式の意味を変えはしない。儀式の価値は過剰にこそあったのである。限度を越えた過剰、しかもそれを蕩尽することが神々にふさわしいと思われる過剰、これが唯一の価値だったのだ。ともかく人々はこの代償を支払って、堕落を免れていた。現実の次元の貪欲さと冷静な打算によって彼らのうちに入り込んでいた重みを取り除いていたのである。

(1) ここで神学という言葉を持ち出したのは、**神的なもの**についての認識という単純な意味でのことである。かつて、ここで私が援用している文書にキリスト教の影響は明らかだと思われていた。この仮説は無駄だと私は思っている。キリスト教信仰の根底も、それ以前の宗教的体験から導きだされているのであるし、サーグンへの情報提供者たちの世界は一貫性を持っており、その必然性は重要である。強いて言えば、ナナウアティンの自発的な清貧は一種のキリスト教化されたものとみなすことはできるかもしれない。しかしこの見解は私にはアステカ人に対する軽蔑心に基づいているように見える。断っておかねばならないが、サーグンはそのような軽蔑心を共有していなかった。

第2章　対抗贈与（《ポトラッチ》）

第1節　メキシコ社会における誇示的贈与の重要性

人身の供犠は浪費のサイクルのなかの極端な場合でしかない。アステカ人の世界は、ピラミッドから血をしたたらせる情念のおかげで、自分たちの資源のかなりの部分を非生産的に使用していた。

これ見よがしの浪費に身を任すことは、《首領》、すなわち莫大な富を持つ主権者〔原語（souverain）は「至高者」と同じだが、内的体験の極限で何にも従属しない瞬間的生の自律性を生きるこの存在とは違って、ここでは社会的な制度の頂点にいる人物が問題になっているのでこの訳語にしておいた〕の職務の一つだった。もっと古い時代では、表向き主権者自身が供犠のサイクルの到達点になっていた。彼が犠牲になる供犠は、彼によって同意されたというよりも、彼が体現する部族によって同意されたのだが、上げ潮のように高まる虐殺の気運に、際限のない蕩尽という意味を与えることができていた。結局、彼の権力のおかげで彼は守られることになる。だが彼は明らかに蕩尽の人だったので自分の生命の代わりに自分の富を供与していた。彼は**贈与し、遊ぶ**。そうしなくてはならなかったのだ。

サーグンが言うには「王は自分を気前よく見せて、そうした評判を得る機会を探していた。そのために王は、戦争や**アレイトス**（供犠の前あるいは後の踊り）に巨額の出費をした。きわめて高価な品々を遊びに投じもした。男にせよ女にせよ、下層の民衆の誰かが大胆にも王に挨拶して、王を喜ばせる言葉をかけたりすると、王はこの人に料理や飲み物をふるまったり、衣服のためや寝るときのための布をプレゼントした。また誰かが歌を作って、王を心地よくさせたりすると、王はこの人にその功績に応じて、そして王の感じた快感に応じて、贈与をするのだった」。

主権者は最大の金持ちということにすぎなかった。しかし金持ちも、貴族も、《商人》も、各人その力に応じて、またそのイメージに従って、王と同様に消費への期待に応えねばならなかった。祭では生け贄の血だけでなくより広く富も流出したのだ。各人が自分の力の及ぶ範囲で富を供出していたのである——そこでは各人に自分の力を発揮する機会が与えられていた。捕虜の獲得(戦争での)によって、あるいは購入によって、戦士と《商人》は供犠の生け贄を提供していたのである。メキシコの人々は石造りの神殿を建て、そこにいくつも神像を飾った。儀式の挙行のために高価な奉納品が山積みされた。儀式を執り行う人も生け贄も豪華に着飾り、祭の宴会は莫大な出費になった。

公的な祭は、個人的に金持ちによって、とくに《商人》によって、実施されていた。(1)

(1) サーグン、前掲書、第九巻第四章

第2節　金持ちと儀式の浪費

メキシコの《商人》とその習慣については、スペインの年代記作者が詳細な報告を残している。この習慣に驚いたからだろう。メキシコの《商人》は、安全でない地方へ自ら遠征隊を送り込んでいた。遠征隊となった《商人》は戦わねばならないことがよくあった。しばしば戦争への道を準備せねばならないほどだった。それゆえに彼ら《商人》の身分には名誉が与えられていた。しかし危険に立ち向かうというだけで彼らは貴族と同等の存在になっていたのではない。スペイン人の目には、商いの取引は、たとえ冒険を伴っていても、品格を貶《おとし》めるものと映っていた。ヨーロッパ人の価値判断は、もっぱら利益を重視する商いの原理に発していた。ところがメキシコの大《商人》は利益重視の規則を正確に遵守していなかった。彼らの交渉は値切ることなしに行われ、交渉者の名誉を保っていた。アステカ人の《商人》は商品の売買を行っていたのではない。**贈与による交換**を行っていたのだ。この《商人》は自分の《首領》から**贈与**として富を受け取っていた（《首領》とはつまり主権者のことであり、スペイン人は王と呼んだ）。そしてこの《商人》は遠征先の地方の領主たちにこの富を**プレゼントしていた**。「そうした贈り物を受け取ると、この地方の大領主は、《商人》から王に捧げてもらおうと（……）、急いで別のプレゼントを渡した（……）。」主権者は、外套、ペチコート、女性用の高価な肌着を贈与した。《商人》は王への贈与として、大領主から、形が様々で色彩の豪華な羽、あらゆる種類の宝石細工、貝殻、扇、カカオをかき混ぜるための鱗《うろこ》のついた箆《へら》、加工されデザインの入った猛獣の皮を受け取った[1]。《商人》たちは、こうして旅先から持ちかえった品々を、単純な商品とはみなしていなかった。帰宅しても彼らは、昼間のうちはこれらの品々を家のなかに入れなかった。「彼らは、夜になるまで、それも好ましい時になるまで待っていた。なかでも**セ・カリ**（家の日）と呼ばれる日が適していると思われていた。というのも、彼らの主張するところでは、彼らが持ちかえった品々は、この日に家に入れると、聖なるものとして納められ、以後そのようなものとして大切に保管されるからである(2)。」

この慣習において交換される品は**物**ではなかった。この品は、俗なる世界特有の惰性的な生き方に、生の無さに、引き落とされることはなかった。この品の**贈与**は栄光の印であったし、この品それ自体が栄光で輝いたのだ。人は、贈与することで、自分の富と自分の好運（自分の力）を表明した。《商人》は贈与する人間であった。そのため、遠征から帰ってすぐの彼の最初の関心事は、宴を開き、遠征の仲間を招待し、プレゼントをたくさん持ちかえらせることだった。

それはたしかに帰郷の単なる宴会だった。しかし「ある商人が運よく一財産を得て、金持ちとみなされたりしたならば、上層の商人すべてと領主のために祭と宴を開いた。というのも、彼は、消費せずに死ぬことを低劣なこととみなしていたからだ。その消費とは、すべてを彼に贈与した神々の恩寵を誇示して、自分の人格の光輝をさらに輝かしく見せることのできる、そんな消費だったのである(3)（……）」。宴は、幻覚を生む毒物の吸飲から始まるのだった。酔いが覚めると、招待客は自分の見た幻覚を語りあうのだった。二日の間、その家の主《あるじ》は、食べ物、飲み物、喫煙用の葦、そして花を配った。

もっと珍しい話だが、ある《商人》は**パンケツアリストリ**と呼ばれる祭のときに饗宴を催した。それは、一種の聖なるセレモニーで、破産を招くほど費用がかかった。その《商人》はこのときに奴隷を何人も供犠に投じた。彼は、四方八方へ、遠方へ、招待客を募ることになった。その結果、一財産に相当するプレゼントを受けた。もらった外套の「数は八〇〇ないし千以上に達し」、帯については「極上の品質のものを四〇〇、その他通常の品質のものを受け取った」[4]。これらの贈答品のうち、高価な物は将軍や高位高官の人へ渡った。彼らより階層の低い人々は受け取る贈答品の数も少なかった。人々はアレイトスの踊りを際限なく踊った。この踊りには、奴隷たちも、みごとに着飾って、首飾りをつけ、花輪をかけ、花の盾を持って、加わった。奴隷たちは、香りのついた葦をふかし、順繰りにその香りを嗅いで、踊った。それから彼らは壇上に乗せられた。「招待客からよく見えるようにするためである。彼らは、料理と飲み物を供され、多くの敬意を受けた。」供犠のときがやってくると、宴を催した「商人」は奴隷たちのように着飾って、彼らの一人のようになり、神官の待つ寺院へいっしょに赴くのだった。この生け贄たちは、武装して戦いに備えなければならない。なぜならば寺院へ行く途中で、戦士たちが彼らに襲撃をかけてくるため、自分たちの身を守らねばならないからである。もしもこの襲撃者の一人が奴隷を一人捕獲したならば、「商人」はその奴隷のために代償を支払わねばならないのだ。主権者もまた荘厳な供犠の儀式に臨席し、そののち、「商人」の家で生け贄の肉を共同で食するのだった[5]。

こうした習慣、とくに**贈与による交換**は、現代の商業活動と正反対である。その意義をはっきり見てとるためには、この習慣を、アメリカ北西部のインディアンたちによって今もなお行われている**ポトラッチ**の制度と比較してみなければならない。

(1) サーグン、前掲書、第九巻第五章
(2) 前掲書、第九巻第六章
(3) 前掲書、第九巻第一〇章
(4) 前掲書、第九巻第七章
(5) 前掲書、第九巻第一二章および第一四章

第3節　北西アメリカのインディアンの《ポトラッチ》

古典派経済学は初期の交換を物々交換だと想定した。交換という獲得の様式が起源においては獲得への欲求ではなく、正反対の損失あるいは浪費への欲求に応えるものだったなどとは古典派経済学にはどうにも考えられないことだった。ともかく古典派経済学の発想は今日ではある意味で異論の余地がある。

メキシコの《商人》たちは、私が紹介したように贈与の規則的な連鎖という逆説的な交

換システムを実践していた。物々交換ではなく、この《栄光の》習慣こそが、交換の古風な（アルカイックな）体制だったのである。アメリカ北西部のインディアンたちによって今もなお実施されている**ポトラッチ**は、この贈与の交換システムの典型的な形態である。現在、民族誌学者たちは似たような原理の制度を名指すのに**ポトラッチ**という名称を用いている。彼らはこの地方の部族社会の全体に**ポトラッチ**の形跡を見出している。トリンギト族、ハイダ族、チムシアン族、クワキウトル族において**ポトラッチ**は社会生活のなかで最高の位置を占めている。これらのなかで最も発展の遅い部族は、成人式や結婚、葬儀のような人格の状態変化を画する儀礼において**ポトラッチ**を行っている。もっと文明化された部族でもポトラッチはまだ、祭のさなかに行われている。祭を選んでポトラッチをすることもあるが、**ポトラッチ**だけで一つの祭の契機ともなりうる。

ポトラッチは、商業のように富を流通させる手段なのだが、値切るということはしない。多くの場合**ポトラッチ**は、部族の長が対抗部族の長に莫大な富を贈呈する儀式的な贈与なのだが、その目的は、対抗部族の長を辱《はずかし》めたり挑発したり義務を負わせたりすることにある。受贈者はこの屈辱を拭って挑発に応じなければならない。そして背負った**義務**を果たさなければならない。かくして受贈者は贈与を受けてからすぐあとに返礼するわけだが、それはただ、受けた贈与よりもいっそう気前のいい新たな**ポトラッチ**によってしか可能にならないのだ。つまり受贈者は倍返しをしなければならないということだ。

贈与は**ポトラッチ**の唯一の形態ではない。対抗部族の長は、富を厳かに破壊するというやり方で挑まれることもある。このような破壊は、たいてい、受贈者の神話上の祖先に捧げられる。だから供犠とほとんど変わらないのだ。一九世紀においてもまだトリンギト族の長は対抗部族の長の前に姿を現して、何人もの奴隷の喉をかき切って殺すということをやってのけていた。返礼の期限が来ると、この破壊は、より多くの奴隷の処刑によって返された。シベリア北東部のチュクチ族は類似の制度を持っている。彼らは、橇《そり》用の高価な犬の喉を切って、何匹も殺していく。こうして対抗部族を恐怖させ、圧倒しなければならないのだ。北西海岸沿いのインディアンは村をいくつも焼き払ったり、カヌーを何艘もこなごなに壊してしまう。彼らは、架空の価値のある（その名声ゆえに、その古さゆえに）、紋章入りの銅塊を所有しており、それはしばしば一財産に値するものなのだ。彼らはそれを叩きこわして海へ捨ててみせるのである。(1)

（1）この情報は、マルセル・モースのみごとな研究論文「贈与論——アルカイックな社会における交換の形態と理由」（『社会学年報』一九二三—二四年、三〇—一八六頁）を典拠としている。

第4節　《ポトラッチ》の理論(一)：《権威》の《獲得》に貶められた《贈与》の矛盾

マルセル・モースの『贈与論』が公表されてからというもの、**ポトラッチ**の制度は好奇心の対象になった。ただしその好奇心には時としていかがわしいものもあったのだ。**ポトラッチ**は、宗教的な活動と経済の活動の関係を気づかせてくれはする。だがこれは、経済という言葉が、単なる人間の活動の一総体を意味するのではなく、全般経済学という還元できない動きを意味している限りでのことなのである。そうなってはじめて、経済の原則と共通した原則を宗教的な活動に見出すことができるようになるのだ。じっさい、事前に**全般経済学**の視点を明示しておかないのだったら、**ポトラッチ**の経済的な面を考察することはむなしい作業になってしまう。[1]もしも世界全般において、最終的な問題が、有益な富を散財することではなく獲得することにこそ関係しているのならば、**ポトラッチ**など存在しないだろう。

ポトラッチはこのように奇妙な制度――だがまた身近でもある制度（我々の多くの活動が**ポトラッチ**の原則に還元できるし、**ポトラッチ**と同じ意味を持っている）――なのだが、しかしこれを検討することは、全般経済学においては、特権的な意義を持っている。我々の内部には、そしてまた我々が生活している空間のなかにも、我々が有効に役立たせて利用しているにもかかわらず、そのような有用性（我々は理性によって有用性を追求している）に還元できないエネルギーの流れがあるのだ。我々はこの流れを無視することができるが、しかしまた、この流れの自己実現に、つまり我々の外部で成し遂げられている消費の実現に我々の活動を合わせることもできる。この問題の解決には正反対に向かう行動が必要になってくる。つまり一方で我々は、ふだん我々が立っている身近な限界を乗り越えていかねばならない。他方で我々は何らかの手段によって、我々のこの乗り越えを我々の限界のなかへ戻さねばならないのだ。ここで問われているのは、余剰を消費するという問題である。一方で我々は贈与するか、失うか、あるいは破壊しなければならない。だが他方で贈与は、獲得の意味を持たないのだったら、狂気の沙汰になるだろう（したがって我々は贈与する決断を下さなくなるだろう）。この意味で**贈与すること**は**権威を獲得することに**ならねばならないのである。贈与は、贈与する主体を乗り越えることを長所としている。だがこの主体は、自分が贈与した客体と引き換えに、乗り越えを自分のものとして摂取してしまう。主体は、自分の長所、つまり自分にその力のあったことを、自分の富とみなす。彼固有の**権威**とみなすのだ。彼は、富を軽蔑し捨てることで富んでいく。彼は自分が貪欲な人間であることを最後に露呈するのだが、彼がそうして求めていたものこそ、彼の気前よさの結果なのである。

しかし主体は、権威の放棄から作られる権威を一人で獲得できるわけではない。孤独のなかで、静かに客体を壊しても、そこからはいかなる**権威**も生じない。この場合、主体には、権威からの解脱《げだつ》が何の見返りもないまま起きるだけだ。ところが主体が一人の他者の前で客体を滅ぼしたり、贈与したりすると、その主体は、じっさいに他者の目には、破壊できたり贈与できたりする権威を持つように見えてくる。彼は、富の本質にかなった使用〔つまり消費〕を富に対して行うことで富者になる。蕩尽されることではじめて富になるものをじっさいにこれみよがしに蕩尽することで富者になるのである。だがこうして**ポトラッチ**で得られる——つまり**他者に対してなされる消費**で得られる——富は、他者が蕩尽によって変化してはじめてじっさいに存在することになるのだ。ある意味で、本当の蕩尽とは孤独な営みであるべきなのかもしれない。だが他者への働きかけが蕩尽を完成させるとするならば、このような孤独な営みの場合、蕩尽はそうした完成を知らないということになるだろう。ともかくも他者への働きかけはまさしく贈与の権威を作りあげているのであり、人は**失う**ことによってこの権威を獲得するのである。**ポトラッチ**の模範的な長所は、自分から逃げていくものを摑むことができるという人間の可能性にある。つまり宇宙の際限なき運動を、自分の限界と結合できるという人間の可能性にある。

（1）『贈与論』を読んだことが今日その成果を公表している私のこの考察の起源にあるとここで指摘さ

せていただきたい。まず第一に、**ポトラッチ**を考察したことで私は全般経済学の原則を明示できるようになった。とはいえ、解決するのに私がたいへん苦労をした特異な難題をここで指摘しておくのも意味のあることだろう。私が導入した全般的な諸原則のおかげでたいへん多くの事実を解釈することができるようになったし、**ポトラッチ**こそは私の心のなかでこれらの原則の起源であり続けていた。それはそれでいいのだが、しかし他方でこれらの原則は**ポトラッチ**のなかに解決できない要素を残してもいたのだ。つまり**ポトラッチ**は、富の消費であると一方的に解釈できないということである。やっと最近になって私はこの難題を解決できるようになり、《全般経済学》に、かなり曖昧なものではあるが、一つの基盤を与えることができるようになった。その基盤とはすなわちエネルギーの浪費はつねに**物**とは反対の事柄なのだが、しかしまた浪費は**物の次元**に入って、**物**に変えられてはじめて考察されるようになるということである。

第5節　《ポトラッチ》の理論(二)：贈与の外見上の無意味

だが、ことわざ曰く、「与えておきながら手元にとっておくのでは価値はない」。無際限でありたい、同時に限界内にいたいと欲するのは矛盾したことであり、その結果は喜劇だ。贈与は、全般経済学の視点からすると、何も意味しない。贈与者にとってしか浪費は存在しない。

そのうえ明らかなのは、贈与者が贈与で失ったのはただ表向きのことでしかないということだ。贈与者は贈与したおかげで受贈者の目には権威と映るのだが、それだけでなく、受贈者はこの権威を破壊するために贈り物を贈与者へ新たに返さねばならないのだ。つまりこの対抗関係は、より膨大な贈与という見返りをもたらすのである。**仕返し**をするために受贈者は返済するだけでなく、《贈与できるという権威》で相手を圧倒しなければならないのである。ある意味では、贈り物は**倍返し**されるのだ。したがって贈与は、当初そう思われていたものとは逆のものになる。たしかに、贈与することは失うことではある。しかし明らかにこの損失は、損失した人に儲けをもたらす。

じつを言うと、ポトラッチのこの矛盾は取るに足らない面であり、なおかつ人の目を欺いている。最初の贈与者は、自分の贈り物と返礼される贈り物との間の違いから生じる明白な儲けを**耐え忍ぶ**。返礼する人だけが獲得——権威の獲得だ——と勝利の感情を持つ。前述のように、**ポトラッチ**は返礼されなくなるということが理想なのだ。**ポトラッチ**では贈与物の利得は儲けの欲望とはまったく合致していない。逆に、受け取るということは、より多く贈与することを促す——そしてそうする義務をもたらす。というのも、最終的には、受け取ることで生じる義務を取り除かねばならないからだ。

第6節 《ポトラッチ》の理論㈢：地位の獲得

たしかにポトラッチは損失への欲望に限定されはしない。しかし贈与者にもたらされるのは返礼のための贈与物の避けがたい増大なのではない。最後に勝利する者が持つ「地位」なのだ。

威光、栄光、地位は**権力**と混同されてはならない。ただし威光が権力になることはある。ふだん人は権力を力量や権利の要素に帰着させて捉えているが、しかし権力がそういった捉え方から離れているのならば、その限り、威光は権力になる。権力と、贈与で物を失うことのできる権威との一致は根本的だとさえ言っておかねばならない。たしかに多くの要素がこの一致に対立しているし、干渉してくるし、最終的に優ってしまう。だが結局のところ、力量も権利も**人間においては**個人を際立たせる価値の**基準**にはならない。今も明瞭に残っている過去の風習に照らしてみても、**地位**は、贈与への個人の対応能力によって決定的に左右されているのだ。動物的な要素（戦闘で相手に打ち勝つ能力）は、総体的に、贈与の価値に従属している。たしかに地位は、立場や財産をわが物にすることのできる力なのだが、しかし何よりも、自分自身を全面的に賭けに贈与してしまった人間の所産なのである。動物的な力に依拠する贈与の面は、戦闘のなかで、敵と味方の戦士が互いに自分の命を贈与しあう双方共通の大義として明瞭に見てとれる。優越したことの結果である**栄光**というものも、相手の地位を奪ったり、財産をわが物にする力とは別の事態なのだ。栄光は、闘争の情念に必要な激しい熱狂の衝動、惜しみないエネルギー浪費の衝動の表出にほかならない。戦闘は、あるときに打算を上回ったままであり続けるのであり、その意味で栄光だと言える。しかし人は、戦争と栄光の意味をうまく捉えられずにきた。というのも、この意味が、生命資源の甚大な消費による**地位**獲得に関係づけられていないからなのだ。ところで、まさに**ポトラッチ**こそがこの地位獲得の最も理解しやすい形態なのである。

第7節 《ポトラッチ》の理論㈣：初期の根本的な法則

しかし**ポトラッチ**が、略奪や有益な交換とは正反対であり、さらに広く言って、財産占有それ自体と正反対であり続けるにしても、**ポトラッチ**の最終的な目標はやはり獲得なのである。ただし**ポトラッチ**の促す動きが我々の生活の動きと異なっているため、我々の目には、**ポトラッチ**の動きの方が奇妙に映るのであり、それゆえまた、ふだん我々の看過しているものを明示できもするのである。つまり**ポトラッチ**は我々の根本的な曖昧さを教えてくれるのだ。ともかく**ポトラッチ**の動きからは次のような法則を導きだせる。もちろん人間を決定的に定義することはできない(とりわけ以下の法則は歴史のさまざまな段階で異なって作用しているし、その効果は中和されている)が、しかし根底において以下の法則は諸力の決定的な活動をたえず開示している。

——社会が恒常的に持つ余剰資源は、ある地点、ある時期において、全面的占有の対象にはなりえない（この余剰資源を有益に使用することはできない、つまり生産力の増大に用いることはできないということだ）。しかしこの余剰資源の浪費それ自体が獲得の対象になってしまう。

——浪費において占有されるのは、浪費者（個人であれ団体であれ）の威光なのだ。この威光が、浪費者によってひとつの財産のごとくに獲得され、浪費者の地位を決定する。

——逆にまた、社会の内部における地位（あるいは一総体のなかの一社会の地位）は、一個の道具や畑のように占有されうる。地位というものが、最終的に利益の源泉であるにしても、地位の原則は浪費によって決定される。理論上、余剰ゆえにもはや誰からも獲得されなくなった資源を決然と浪費する、この浪費によって決定されるのだ。

第8節　《ポトラッチ》の理論㈤：曖昧さと矛盾

人間が保持する資源はある程度の量のエネルギーにすぎないのだが、人間は、そのエネルギーを成長の諸目的にいつも差し向けるということはできない。というのも人間の成長は無限ではないし、そもそも絶えず持続しているわけでもないからだ。人間は余剰を浪費しなければならない。しかし浪費しているときにすら獲得したいと貪欲に欲し続けている。

浪費をも獲得の対象にしてしまうのだ。資源が蒸発してしまっても、資源を浪費した人が**獲得した**地位は存在し続けている。浪費はこれみよがしに行われるのだが、これは、この地位獲得の目的のためなのだ。他者たちに対する優越を得たいがためなのだ。しかしこの人は、資源を浪費して資源の有益性を否定しているのだが、しかしこの否定を浪費とは逆向きに、つまり有益に、活用しているのである。彼はこうして矛盾に陥っている。彼ばかりでなく、人間の実存そのものが全面的に矛盾に陥っている。人間はこうして曖昧さのなかに入って、そこに留まる。つまり人間は、財産の隷属的な使用に対する否定に価値、威光、生の真実を見出しているのに、同時にこの否定を隷属的に使用しているのである。一方では、人間は、有益で捉えやすい事物のなかに、自分に必要で、成長するのに（あるいは存続するのに）役立ちそうなものを見出す。しかし他方で、喫緊《きっきん》の必要性に人間が縛られなくなると、この《有益な事物》は人間の欲求を全面的に満たすことができなくなる。人間はそうなると捉えがたきものを追い求めるようになる。自分自身と自分の財を無益に用いること、つまり**遊び**を追い求めるようになる。ところが人間は、自分自身、捉えがたいものとして欲していた当のものを**捉え**ようと試みだすのだ。自分自身、**有益性**を拒んでいたものを**有益に用い**ようと試みだすのだ。我々の左手は右手が差し出すものを**知る**だけでは満足せず、陰険にも、もう一度捉えようと努めるのだ。

地位とはこのように歪んだ意志の所産なのである。ある意味で**地位**は物の反対側にある何かである。地位を築いているのは聖なるものであり、様々な**地位**の全般的な秩序づけは**ヒエラルキー**〔「階層」という意味だが、フランス語（hiérarchie）の語源に遡るとその接頭辞（hiér）はギリシア語の「聖なる」という語（ιερός）に、そのあとの接尾辞（archie）は「命じる」（ἄρχειν）に行き着く〕という名称で呼ばれている。隷属的な目的のために、ためらうことなく手がハンマーを振りあげて釘を材木に打ちこんでいる功利的で俗なる世界と完全に無縁であるもの、つまり本質的に聖なるものを、一個の**物**——持つことができ使用することができる——のようにみなすのは、偏見なのだ。とはいえ曖昧さが、俗なる操作の欲求を巻き込んで、聖なる欲望の暴力からその意義を奪い、この暴力を露骨な喜劇に変えてしまう。

こうした妥協が我々の本性のなかで生じていて、ごまかし、間違い、罠、搾取、怒りの連鎖をもたらすのだ。そしてこの連鎖が、時代から時代へ、あからさまに理性の欠落した歴史を作りあげてきたのである。人間は、避けがたく蜃気楼のなかにいて、そこに反射される自分の幻影に翻弄される。というのも人間は、捉えがたいものを捉えようと意地になっており、消え失せた憎悪の陶酔を道具のごとくに使用したがっているからだ。**地位**においては浪費による消失が名誉の獲得へ変えられてしまうのだが、さらにまた地位は、思考の対象を**物**へ還元する知性の活動に呼応してもいる。**ポトラッチ**の矛盾は、歴史全体のなかだけでなく、より根源的に思考の活動の局面でも見てとれる。というのも、一般的に言って、供犠においてにしろ**ポトラッチ**においてにしろ、行動（歴史）においてにしろ黙想（思考）においてにしろ、我々が追い求めているのは幻影なのだから。我々は、当然のこと、この幻影を捉えることができない。ただむなしくこの幻影を詩だとか、情念の深さあるいは内奥だとかと呼ぶことしかできないのだ。我々は必ず誤る。なぜならば、この幻影を捉えようとしているからだ。

我々の認識作用は、対象を、従属的で操作されるがままになる事物へ還元してしまう。だからこの認識作用が解消してしまわないかぎり、我々は認識の究極の対象に到達することができない。知の最終的な問題は蕩尽の最終的な問題と同じである。だれも同時に認識することと破壊されずにいることを両立させることはできない。同様に、だれも富の増加と蕩尽を同時にやってのけることはできない。

第9節 《ポトラッチ》の理論㈥：奢侈と貧困

際限のない生命の世界から切り離された個々人（あるいはグループ）が生命に寄せる欲求が利害なるものを決定しているのであり、いかなる活動もこの利害に関係づけられている。しかしそれでもやはり生命の**全般的な**動きが、個々人の欲求を越えて実現されている。だから利己主義は、最終的には欺かれる。一見して利己主義は、優越して、手直しできないような境界線を描いているように見えるが、結局は乗り越えられてしまうのだ。たしかに個人間の抗争のおかげで多くの人は、地球上のエネルギーの横溢によってすぐに乗り越えられる力を奪われている。強者は弱者を脅かして金品を奪い、あからさまに欺瞞に満ちた報酬で弱者を搾取している。しかしだからといって、全体の結果に変化は生じない。全体のなかでは、個人の利害はたわいないものに転じているし、**富者の虚偽が真実に変貌させられる**。

なぜならば、結局のところ、成長あるいは獲得の可能性がある一点で限界を持つなかで、孤立したどの実存も目標にしている対象が、すなわち**エネルギー**が、必ず解き放たれるからなのである。それも、まさに虚偽の覆いを被されたままで解き放たれるからなのである。つまり人間たちは結局のところ嘘をつくということなのだ。このエネルギーの解放を利害に関係づけようとするということである。しかしこの解放は彼らをもっと遠くへ導いていく。したがって、ある意味で彼らはいかなる仕方であれ嘘をつき続けることになる。個人が蓄積した富は原則としては破壊へ捧げられる。この破壊を実施する個々人はこの富を、この**地位**を、**真に**所有しているわけではない。原始的状況では富は、在庫の弾薬とつねに似ており、富の所有ではなく、富の無化をはっきり表わしている。このイメージは、**地位**というものの滑稽な真実、つまり爆薬という真実を表わしているのであって、正しいと言わざるをえない。高位の人は原初においては一人の爆発性の個人にほかならない（どの人間も爆発的なのだが、高位の人は格別に爆発的なのだ）。たしかに彼は、爆発を避けようとする。少なくとも延期させようとする。そうやって自分に嘘をついて自分の富と権威を、本来とは違うものにわずかにでも取りかえてしまう。しかし彼がうまいこと平和のうちにこれら富と権威を楽しむことができたとしても、それは自分自身を、自分の真の本性を、無視してのことにすぎない。このとき彼はまた同時に周囲の人すべてに対して嘘をついていることになる。つまりこの高位の人は周囲の人々の前で真実（彼の爆発性の本性）を肯定し続けているにもかかわらず、この真実から逃避しようとしているのである。もちろん、彼はやがてこの虚偽のなかで没落していく。そして**地位**は、搾取のための方便に堕落していく。利益のための恥知らずな源泉に転落していく。だがこうした嘆かわしい事態があっても、横溢の動きは絶対に中断されない。

富の動きは、人間の意図にも、ためらいにも、嘘にも関心をはらわずに、ただゆっくりと、あるいは突然に、エネルギー資源を表出させ、蕩尽する。これはしばしば奇妙に見える事態だ。しかしことは、エネルギー資源が十分に足りているというだけではすまない。

もしも資源がすべて生産のために消費されえないのならば、余剰が日常世界のなかで残ってしまう。無化されるべきであるのに残ってしまうのだ。一見して**ポトラッチ**は、富の蕩尽をうまく成し遂げていない。**ポトラッチ**において富の破壊は規則のように定められているわけではない。富は共同体の成員に与えられていて、**ポトラッチ**の執行における損失は贈与者だけに限られている。全体として見れば富は温存されている。しかしこれは外見でしかない。たしかに**ポトラッチ**がすべての点で供犠と同じような行為に達することはめったにないのだが、しかしそれでもやはり**ポトラッチ**は次のような理由で**生産的な消費から人を奪還する一制度**〔供犠の制度〕**の補完的形態なのである**。一般的に供犠は、有益な産物を俗なる流通から切り離す。**ポトラッチ**による贈与は、原則として、最初から無益な物品を動かしているのだ。つまり原始的な贅沢品産業が**ポトラッチ**の基底にはあるということである。この産業は、人間が行いうる労働量に相当する資源をあからさまに浪費する。この場合の贅沢品とは、たとえばアステカ人では、「外套、ペチコート、高価な女性用の肌着」である。さらにまた「豪華な色の羽飾り、宝石細工、貝殻、扇、鼈甲《べっこう》のパレット、加工され装飾の施された猛禽類の毛皮」である。アメリカ北西部では、カヌーや家が壊され、犬や奴隷の喉がかき切られる。これらは有益な富だ。主として贈与は贅沢品である(他所では食料の贈与物が祭の無益な蕩尽に捧げられている)。

ポトラッチは奢侈の際立った表現であり意義深い形態だと言うことさえできるだろう。ただし原始的な形態を離れても、奢侈は、**地位**の創造という**ポトラッチ**の機能的な価値を保持している。奢侈は今でも奢侈を誇示する人に**地位**をもたらしているし、豪華さを必要としない高位の**地位**など存在しない。だが奢侈を享受する人々の下劣な打算がいたるところでより多くの富によって乗り越えられている。こうした人々の不手際を越えて、富のなかで輝くものが太陽の光輝を継承し、情念を求めているのだ。富のなかでの輝きとは、この輝きを自分たちの**貧しさ**へ減じてしまった人々が想像しているようなものではない。生命の広大な世界が横溢の真実へ帰っていくことなのである。この真実こそが、この真実を別なものに取り違えた人々を破壊する。少なくとも言えることは、富の現在の形態は解体していき、富の所有者だと思っている人々は人類の笑い草になっていくということだ。この点で、現代の社会は巨大な偽造物である。なにしろ、そこでは**富の真実**が**貧しさ**へ陰険に移されているのだから。現代の真の奢侈も、根源的な**ポトラッチ**も、貧しい人のものになっている。地べたに横たわり、この世を軽蔑している人のものになっている。本当の奢侈は、富への完全な軽蔑を必要としている。つまり、労働を拒みながら、一方で自分の生を際限のない破滅の輝きにし、他方でその生でもって、労働にふける富裕者の欺瞞を暗黙のうちに侮蔑している人の陰気な無関心を、本当の奢侈は必要としている。もしも、ぼろを着た人々の輝きがないのならば、彼らの無関心で陰気な挑発がないのならば、軍隊による搾取、宗教上の神秘化、資本家の横領を越えたところに、富の意義を、富が予告する爆発的なものを、浪費的なものを、溢れでるものを、誰ひとり見出せなくなるだろう。だから、こう言ってよいならば、嘘は、結局、生命の横溢を反逆へ差し向ける。

第三部　歴史のデータⅡ　軍事企画社会と宗教企画社会

第1章　征服社会——イスラム

第1節　イスラムに意味を与える難しさ

イスラム——ムハンマド（五七〇頃—六三二）〔イスラムの開祖。神の言葉を預かった人すなわち預言者。原文ではマホメット（Mahomet）と記されているが、最近ではアラビア語の表記に近いこの呼称が一般的になり、ここでもそれに従った〕の宗教——は、仏教、キリスト教とともに、世界の三大宗教の一つになっている。この宗教は地球上のかなりの人口を結集している。信者は、生活のなかで事細かな精神上の義務を果たすことにより、死後の浄福が約束されている。キリスト教と同様にイスラムも唯一神〔イスラムではアッラーと呼ばれるが、先行のユダヤ教、キリスト教の神と基本的に同一の神である〕の存在を肯定するが、その単一性については妥協しない。イスラムはキリスト教の三位一体の教義を卑劣なものとみなす。イスラム教徒は唯一神しか認めない。ムハンマドはこの神の使者であるが、神性に近づくことはできない。ムハンマドは、人間と神を同時に分有するイエスとは違う。人間の世界と神の世界の媒介者ではないのだ。イスラムにおいて神の超越性を弱めるものは何もない。ムハンマドは、重大な啓示の栄光に浴しはしたが、一人の人間にすぎない。

概《おお》ね、これらの立場でイスラムは十分に定義される。我々がこれに付け加えるとしたら、ユダヤ゠キリスト教の伝統が背後に認められるということくらいだろう（イスラム教徒は、アブラハム、イエスについて語っているが、彼らイスラム教徒からすればイエスは一人の預言者にすぎない）。あとに残るのは、ムハンマドの後継者たちのかなりよく知られた歴史だけだ。初代カリフたちの征服（カリフは「代理人」の意味で預言者ムハンマドの死後、彼の代理を務めてイスラム教徒の共同体を指導した。三代目カリフのウスマーン（在位六四四―六五六）の時代までにアラビア半島全域を含む中近東と北アフリカ一帯がイスラム教徒により征服され、その支配圏に入った）、イスラム帝国の分解（アッバース朝イスラム帝国は七五〇年に始まり九世紀に最盛期を迎え北アフリカから中近東まで広大な地域を支配したが、一〇世紀には諸王朝に分解し、一五一七年に完全に滅んだ）、モンゴル族とトルコ人の相次ぐ侵略（一二五八年モンゴル族の侵略によりアッバース朝の首都バグダッドは壊滅。それ以後は同じイスラム教徒のオスマン朝トルコ人が他のイスラム王朝を侵略した）、そして今日のイスラム勢力の衰退

〔オスマン帝国は一九二二年に滅亡。バタイユが本書を執筆していた一九四〇年代後半においては現在のイスラム諸国は西欧諸国からの政治・経済上の独立の緒についたばかりだった〕。

こういったことは明白だが、しかしじつを言うと、ただ表面的に明白であるにすぎない。我々は、巨大な動きを決定したイスラムの精神、数世紀にわたって、無数の人々の生活を律してきたイスラムの精神に近づこうとしても、我々一人一人の胸を打つような事柄を見出すことはできない。いくつかの外面的な事実を知るだけなのだ。その事実が信者に及ぼす魅力を我々がなんとか感じとるためには、彼らの衣服や異国情緒豊かな都市の地方色や一連の祭礼のときの態度や物腰を思い描いてみるしかないのである。ムハンマド自身の生活は我々に知られているが、彼の言葉は、我々にとって仏陀やキリストの言葉のような明瞭でかけがえのない意味を持っているわけではない。我々の意識が少しでもはっきりしていれば、仏陀やキリストは我々に語りかける。しかしムハンマドは他の人々に語りかける……。

それゆえ、我々が覚える異論の余地なき魅力が定形文になって表現されだすやいなや、我々はもう何も語れなくなるのだ。この場合、イスラムの原理は原理のままに、つまり我々を感動させるものとは無関係のままに、現れている。我々はだから身近な手段に頼るしかない。

エミール・デルマンジャンは、『カイエ・ド・シュド』誌が出版したばかりの浩瀚《こうかん》なイスラム特集号をイスラムの価値観の一覧表で結んでいるのだが、このときの彼の誠実さ——そして専門分野での有能さ——を疑うことはできない。[1] なかなか解消できない難題以外の点を批判しても意味はない。だが自由——隷属とは反対の事態——が強調されていたり、寛大さ——暴力とは反対の事態——が強調されている点は、驚きを禁じえないのだ。そこには、イスラムへの深い共感を明示したがっているこの人の苦しみが見てとれる。デルマンジャンが自由を語るとき、彼は、自由とイスラムに対して彼の覚える深い共感を表わしている。しかし彼があげる引用文は説得力に欠けるのだ。コーラン〔ムハンマドが預かった神の言葉の集成で、イスラムの聖典〕によれば「神は抑圧者を愛さない」。神の概念と不当な抑圧との二律背反を人はここに認めることができる。しかしこれはイスラムの特徴ではない。イスラムにおける主権〔第二部第2章第1節の訳注で「主権者」(le souverain) について語ったことがここでも言える。すなわち原語 (souveraineté) は後期バタイユの重要概念「至高性」と同じだが、内的体験での瞬間的な自律、不従属の境地を意味するこの概念とはやや異なって外面的な意味合いが込められているので、ここでは「主権」と訳しておく〕が一般に専制君主制という特徴を持つことを誰も忘れることができない。自由とは、本来、反逆にこそ基盤を持ち、不服従と同じものなのではあるまいか。他方で**イスラム** (islam) という言葉は服従を意味する。イスラム教徒とは**服従する人**のことなのだ。[2] イスラム教徒は神に服従するし、神が要求する規律に服従する。そのため、神の代理人が求めることにも服従することになる。イスラムとは、雄々しい気まぐれに対置された規律なのだ。多神教諸部族のアラブ人の個人主義に対置された規律なのだ。我々の見方では、**自由**という雄々しい言葉が指し示す見解ほどイスラムに対立しているものはないのである。

戦争に関する一節（デルマンジャンの前掲論文、三七六―三七七頁）もまた奇妙なのだ。デルマンジャンは大いなる**聖戦**が異教徒に対するイスラム教徒の戦争ではなく、イスラム教徒自身に絶えず向けられるべき自己放棄のための戦争であることを強調しているが、これは正しい。同様に、イスラムの初期の征服活動がはっきりと人間的であって、穏やかな性格だったことを指摘しているのも正しい。しかしイスラム教徒に関して彼らを讃えるために《戦争》をもちだすとなると、この穏やかさを彼らの原則から切り離さないことが適切なのだ。彼らから見て、異教徒に対してならば、いかなる暴力的行為も良いことなのである。メディナでは当初からムハンマドの弟子は略奪で生計をたてていた。モーリス・ゴドフロワ＝ドモンビーヌによれば「イスラム以前からある神聖月の休戦をイスラム教徒が侵して襲撃を行ったときには、コーラン（第二章第二一二節）がイスラム教徒に戦闘を命じていたのである」。[3]

ハディース（初期イスラム教の成文伝承で一種の法典）は征服を体系的に秩序立てた。**ハディース**は無益な暴力や略奪を排している。勝者のイスラム教徒と不戦条約を結んだ敗者には制度が課せられたが、その制度は人道的なものだった。とりわけ聖典の民（キリスト教徒、ユダヤ教徒、ゾロアスター教徒）の場合はそうだった。彼ら聖典の民は課税に従うだけでよかったのだ。また**ハディース**の命じるところでは、農耕、樹木、灌漑事業は尊重されねばならなかった。[4] だが「イスラム共同体の指導者であるイマームは《イスラム地域》に直接的に隣接する《戦闘地域》の民に対しては**ジハード**（聖戦）を行わねばならない。軍隊の指揮者はこの民がイスラムの教義を知っていて、にもかかわらずこの教義への服従を拒んでいることを確認しておかねばならない。そのうえでこの民と戦わねばならない。したがって聖戦はイスラムの国境線でつねに生じることになる。イスラム教徒と異教徒とのあいだには本当の平和などありえない。これはまさに理論上の絶対的な概念なのであって、現実の事態には有効ではなかった。イスラム教徒は、この概念に服しつつもこれを避けるために**ヒラ**という法的な手段を講じなければならなかった。その**ヒラ**の教義は、国がどうしようもなく弱体化しているときには国の利益のために、イスラムの君主が異教徒と少なくとも一〇年の間、休戦協定を結びうることを認めたのである。ただし君主は、協定破棄の賠償をするならば、この協定を好きなときに破ることができる」[5]。我々は、これらの規定に、原理の面でも実効面でも、そして実効の持続面でも、完璧このうえない拡張策——成長策——を見ないわけにはいかない。

デルマンジャンの他のいくつかの見解もほとんど正体不明の域をでない。だが次の疑問は明らかだ。その存在理由が過去のものとなったあとにも生き延びた制度の意義は、どうやって理解したらよいのだろうか。イスラムは、征服のための方法的努力に適用された規律なのである。征服企画は、成し遂げられてしまうと、一個の空虚な枠組になってしまう。イスラムが保持する精神的な富は人類共通の富になるのだが、しかしその外面の成果はよりいっそう目立ち、よりいっそう不安定でなくなり、よりいっそう形式的なものになる。

(1)　エミール・デルマンジャン「イスラムの証言——イスラム文明の永遠にして現代的な価値観に関する覚書」、『カイエ・ド・シュド』誌特集号「イスラムと西洋」、一九四七年、三七一—三八七頁

(2)　もちろんエミール・デルマンジャンはこのことを知っている。じっさい、もっと先のところで彼はこう書いている。「……イスラム教徒とは、忍従する人、従属する人を意味するのだから……」(上掲論文、三八一頁)イスラムという専門分野でのエミール・デルマンジャンの有能さに批判の余地はない。じっさいイスラム神秘主義について彼はときおりみごとに語っている。だがイスラムの**永続的な**価値を定義しようとしたときの彼のためらいだけが唯一問題なのだ。

(3) モーリス・ゴドフロワ゠ドモンビーヌ『イスラムの制度』、第三版、一九四六年、一二〇頁
(4) 同上書、一二一頁
(5) 同上書、一二一—一二三頁

第2節　ヒジュラ以前のアラブ人の蕩尽社会

イスラムという預言者の規律の意義を明確にするためには、我々は、我々の近辺で死の美しさや廃墟の美を保っているイスラムの残存物に頼ることはできない。イスラムは、その誕生の地、アラビア半島のアラブ世界に決然たる態度で相対峙し、当時までばらばらであった諸要素すなわちアラブ人諸部族の共同体をひとつの帝国にまとめあげたのである。我々は、当時いくつもあったアラブ人の小さな共同体について比較的よく知っている。これらの共同体は、部族の枠を越えることはなく、**ヒジュラ**〔六二二年ムハンマドとその信者の集団がメッカで迫害を受けたためメディナへ移住したこと。「聖遷」と訳される〕以前には生活に窮していた。これら小さな部族共同体は、必ずしも遊牧民の群れというわけではなかったが。遊牧民部族社会と定住民部族社会——メッカやヤスリブ（将来のメディナ）のような——の差は比較的小さかった。部族共同体は、それぞれの部族の厳しい規則のなかで、激しやすい個人主義を維持していた。この個人主義には詩情を重んじる気風も関係してい

た。個人の間や部族の間の敵対関係、さらに勇敢さ・女性への気遣い・鷹揚《おうよう》さ・雄弁さ・詩才を表すための武力襲撃が、そこでは最も大きな役割を持っていた。これみよがしの贈与と浪費が猛威をふるっていた。おそらくコーランの命令「より多くを持つために贈与してはならない」(第七四章第六節〔井筒俊彦訳では「褒美ほしさに親切するな」岩波文庫『コーラン』(下)二八三頁〕)から人は、たしかに**ポトラッチ**の儀礼的形態の存在を推測することができるだろう。多くの部族は、多神教のままであり、流血の供犠を行っていた(他の部族はキリスト教であったりユダヤ教であったりしたが、当時宗教を選ぶのは部族であって、個人ではなかった。だから供犠を行う生活様式がそれで著しく変えられたかどうかは疑わしい)。血の復讐、つまり殺害された子の親は殺害者の親に復讐する義務があるのだが、これは浪費的な暴力のこの図を完成させるものだった。

近隣の諸地域は、強力な軍事組織を備えていても、支配地拡張の可能性には関心を示していなかったと仮定してみよう。となればそのせいで、近隣部族ではこの浪費的な生活様式は持続的な均衡を確保できていたということになる(女の新生児の頻繁な殺害〔人口抑制の原始的な処方。「間引き」とも〕が加わって、数字の上での人口過剰は完全に回避されていた)。だが近隣の部族社会が弱体化していた場合、この好機を活かすためには近隣諸部族と同じように大量の力の合理的編成を阻止する消費の生活様式を維持していたのではだめだろう。前もって習慣を改めておくこと、さらに征服・企画・力の統一化の原則を前もって設定しておくことが、衰退したとはいえ近隣諸部族の国々への攻撃には必要だった。表向き、ムハンマドは、近隣諸国の衰弱に発する可能性に乗じたいという意図を持ってはいなかった。しかしそれでも彼の教えは、この機会を活用する発想を彼が明瞭に持っていた場合に想定されるのと同じ影響力を持っていたのである。

厳密に言って、イスラム以前のアラブ人たちは、メキシコのアステカ人と同様、軍事社会の段階に達していたというわけではない。彼らの生活様式は、蕩尽社会の原則にかなったものだった。だが同じ段階にいた種族のなかでアステカ人は軍事的な覇権をふるっていた。アラブ人の方は、その近隣がササン朝のイランであったり、ビザンチン帝国であったりで、無為な生活に留まっていた。

第3節　誕生期のイスラムあるいは軍事的企画を強いられた社会

H・ホルマによれば「初期イスラムの敬虔主義は（……）もっと徹底して研究、検討されてしかるべきだろう。マックス・ヴェーバーとヴェルナー・ゾンバルトが資本主義の起源と発展における敬虔主義の発想の重要性をすでにはっきり立証してしまっているのだから、なおのことそうだろう。(1)」。このフィンランドの作家の考察は、ユダヤ人とプロテスタントの敬虔主義がそれ自体、資本主義とは無関係の意図に突き動かされていただけによりいっそう妥当である。イスラムの敬虔主義もまたこれらの宗教に劣らず結果として一個の経済を誕生させることになった。その経済とは、資本の蓄積が最も重視される〔中世では合法化されていた蕩尽を排しての〕経済である。[2] ともかくも、ムハンマドは、もしも同時代のアラブ人の不毛で破滅的なエネルギーの擾乱《じょうらん》を征服のための効果的な手段へ変貌させたいとしっかり意図して欲していたのならば、史上の彼のようにうまくことを運ぶことはできなかっただろう〔敬虔主義的道徳観が先行していたからこそ彼の征服は成功したということ〕。

イスラムの純粋主義〔原語はピュリタニスム（puritanisme）。狭い意味では一六世紀後半からのカルヴァン派プロテスタントの流派をさす。イギリスの教会からカトリックを浄化することをめざした。「清教徒主義」とも〕の行動は、無秩序が蔓延してしまった工場の経営者の行動に喩えられる。つまり、工場内でエネルギーが垂れ流しのままになっていて、生産効率をゼロにしている欠陥箇所すべてを直す行動である。ムハンマドは、**ムラワ**すなわちイスラム以前のアラブ諸部族にあった個人的栄光の《雄々しき》理想を阻止するために、**ディン**という信仰すなわち服従のための規律を対置させた〔中世の封建主義以来の栄光の伝統と戦っていたリシュリュー〔一七世紀前半に活躍したフランスの政治家。ルイ一三世王の宰相として中央集権体制の確立に尽力した）もまた打算によって同じ方向に向かった）。ムハンマドは血の復讐をイスラム教徒の共同体の内部では禁止したが、異教徒に対しては認めている。彼は、子供の虐殺、飲酒、対抗的贈与を禁止している。純粋な栄誉のための贈与に代えて、社会的に有益な施しを行っている。コーラン（第一七章第二八―二九節）によれば、「近親者に負っているものは彼らに返しなさい。貧者や旅人に対しても同様だ。ただし浪費家のように無駄に出費してはならない。なぜならば浪費家は悪魔の兄弟なのだから」。アラブ諸部族の美徳である極端な気前よさは、こうしてあっという間に嫌悪の対象になってしまった。個人のプライドは呪われてしまう。浪費好きで、強情で、野性的で、娘たちを愛しまた娘たちに愛された戦士、諸部族の詩に詠われた英雄に代わって、規律と儀式を遵守する四角四面の信心深い兵士が台頭してくるのだ。共同祈禱の習慣が外部でこの変化を絶えず肯定する。この共同祈禱は兵士たちの心を統合し機械化する軍事訓練に喩えられたが、これは正しかった。コーラン（そして**ハディース**）と詩の気まぐれな世界とのコントラストがこの浪費への否認を象徴している。敬虔な軍隊による怒濤のごとき征服が終わったあとにやっと詩の伝統は復活した。勝者のイスラム教徒はもはやそれまでと同じような厳しさを欲しなくなった。気前のいい浪費へのノスタルジーはイスラム社会に残存していたのであり、イスラム帝国が支配を確立するとそれ以後はもはやこの浪費は不都合ではなくなったのである。

蓄積する厳格さと浪費する鷹揚さとの交互の生起は、エネルギーの使用ではよくある規則的な動きなのである。ある程度の厳格さがあって、浪費が行われないときにのみ、個々の生物の、あるいは社会の、力の体系の成長が可能になる。しかし少なくとも一時のあいだ、成長は限界を持っている。だから蓄積することのできない余剰を浪費しなければならない。この蓄積と浪費の動きのなかでイスラムを別格にしているものは、勢力範囲を無際限に拡大することへ向かったことである。これは、持続的に追求された狙いでも企画でもなかった。幸運〔原語（chance）は中期バタイユの重要な概念「好運」と同語だが、ここでは、運の結果の良し悪しにかかわらず運それ自体を肯定するこの概念の意味内容とは異なって用いられているので、この訳語を与えておいた〕がひとりですべての可能性を実現してしまったのだ。ただし強いて言えば、この幸運は、最小限の必要性〔何かをしなければならないという要請。この場合、周囲のアラブ人部族と対決しなければならなかったということ〕によってもたらされた。人々を熱狂させて糾合させるのは比較的容易である。しかし集めた人々に**やる**べきことを与えねばならない。人を高揚させて集めること、これはまず、未使用の力を解き放つことだ。この力は、人がこれを自由に持ちすぐに使用してはじめて推進力になって飛躍しうるようになる。当初からイスラムは幸運にも、みずからの宗教の誕生の地と暴力的に対決せねばならない必要性に恵まれていた。ムハンマドの教えのおかげで、イスラムは、ムハンマドがその伝統を非難していた諸部族と対立することになったのだ。部族の方はイスラム教徒を部族から追放すると脅かした。当時、追放は死に匹敵していた。ムハンマドは部族とのつながりを否定せざるをえなくなったが、しかしつながりのない生活は当時考えられなかったので、自分とその信者の間に別の性格のつながりを設けねばならなくなった。これがヒジュラ（聖なる遷都）の起きた理由である。ヒジュラがイスラム暦の開始となったのは正当なことだ。ヒジュラ、つまりメッカからメディナへのムハンマドの逃避は、血縁の断絶と新たな共同体の設立を確固たるものにした。この共同体は、選択制の友好関係に基づいていて、この友好関係の宗教的な形式を採用した人に開かれていた。キリスト教は贖罪の神が個人として誕生したこと〔イエスの誕生〕に出発点を置く。イスラム教は、一個の共同体の出現に出発点を置く。血統にも地域にも基底を持たない新たな種類の国家の出現に出発点を置く。イスラムはキリスト教とも仏教とも違う。その相違は、ヒジュラ以降イスラムが、既成の社会（血縁あるいは地縁の共同体）の枠組のなかで広められた教えとは別物になったことにある。イスラムは、新たな教えに基づく社会の創設だった。

この原則はある意味で完璧なものだった。曖昧さも妥協もまったく必要としていなかった。宗教上のリーダーが同時に立法者であり裁判官であり軍隊長だったのだ。これ以上厳密に統一化された共同体を想像することはできない。社会的連帯の根源には意志があるだけだった（ただし意志はこの連帯を破ることができなかったが）。これは精神の深い統一性を確保する利点だけでなく、イスラムを無限定の拡張へ開く利点をももたらした。

この共同体はみごとな機械装置だった。相争う諸部族の無政府状態のあとに、軍隊式の秩序が現れたのだ。もはや資源は、無益に消費されなくなり、武装した共同体に尽くすように差し向けられた。かつて成長を阻害していた難題（部族の境界）が取り払われて、一人一人の力は、来たるべき軍事遠征のために温存された。そして最終的に征服行為が、つまり**ハディース**によって拡張手段として体系的に作り上げられた征服行為が、諸部族の新たな資源を著しく破壊することなく力の体制へ注ぎこんだのだ。この体制は、閉鎖的ではあったが、どんどん大きくなり、速度を速めて成長していった。その動きは、資本家の蓄積による近代産業の発展を想起させる。浪費が阻止され、発展が明確な限界を持たなくなると、溢れ出るエネルギーが成長を整然と促進し、成長は蓄積を増加させるのである。

だが、これほど類例のない完成であっても、できないことはあったのだ。イスラムの征服行為をキリスト教や仏教の発展に対比させてみると、人はすぐにイスラムがこれらの宗教に較べて無力であることに気づく。というのも、強力な力が形成されるためには、この力の使用を断念することが必要になってくるからだ。産業の発展には消費に限界を設定することが必要なのである。生産設備が第一に重視され、直接的な関心もそこへ強いられる。イスラム教徒の原則もまた同様の価値観を含んでいる。より強大な力を求めるあまり、生は直接的な処理能力を失っている。イスラム教徒は、キリスト教や仏教の共同体の弱さ(これらの共同体は既存の政治体制に仕えねばならなかった)を回避したのだが、しかしもっと重大な弱さに陥った。この弱さは、宗教生活を軍事的必要性に完全に従属させた結果なのである。敬虔なイスラム教徒は、部族社会の浪費を捨て去っただけでなく、さらに全体として力の消費それ自体をすべて捨て去った。ただしこの場合の力の消費は、異教徒の敵に向けられた外面的な暴力のことではない。宗教生活の基礎となり、供犠において絶頂に達する内面の暴力は、初期のイスラムにおいては二次的な役割しか果たさなかった。というのもイスラムは、当初から蕩尽ではなかったからであり、資本主義のように、処理可能な力の蓄積だったからである。イスラムは、その初期の本質においては、いかなるドラマ化とも無関係だったし、心を震わせてドラマに見入るどんな態度とも無関係だった。イスラムには、十字架上のイエスの死に対応するものは何もないし、ブッダの無我の喜びに対応するものもない。イスラムは、敵に向けて暴力を荒れ狂わせる軍事支配者と同様に、暴力を耐え忍ぶ宗教支配者に対立している。軍事支配者は、供犠の生け贄にならないし、逆に供犠を終わらせようとする。彼は、暴力を外へ差し向けるために存在している。内面の暴力から――破滅から――共同体の活力を守るために存在している。イスラムは、当初から、所有の道、征服の道、計算ずくの消費の道すなわち増加を目的とした消費の道へ入っていったのだ。イスラムは、ある意味で、その統一性において、宗教の形式と軍事の形式の統合なのである。しかし軍事的な王であっても、自分のそばに宗教の形式をそのまま無傷に設置しておくことができた。イスラムは、宗教の形式を軍事の形式に従属させた。イスラムは供犠を縮小し、宗教を道徳へ、施しへ、祈りの遵守へ、限定した。

(1) H・ホルマ著『ムハンマド、アラブ人の預言者』、一九四六年、七二頁
(2) 上掲書、一一一頁以降を参照のこと。

第4節　のちのイスラムあるいは安定への回帰

創設と征服のなかで生まれたイスラムの意味は、イスラム帝国が形成されるとそのなかで消滅した。イスラムは、軍事的勝利のおかげで、活力を成長へ差し向けることをやめてしまったのだが、それ以後は、ただ空虚で硬直した枠組としてだけ存続することになった。外部からイスラムへやって来たものは、変容させられたうえでのみ、この緊密な組織のま

とまりへ入れられたのだ。他方で、イスラムの内部それ自体を見てみると、そこにあるのは、この組織のまとまりを別にすれば、イスラム以前にあったものだけだった。だからすぐにイスラムは、征服した国々からの影響に心を開き、その富を継承するようになった。

当然といえば当然のことなのだが、ひとたび征服行為が落ち着くと、浪費と破壊という否定が基本であったアラブ人文明の根底が、強い生命力を持って、いわば元の状態で、息を吹き返した。ムハンマドがコーランの厳格さを対置させた諸部族の**ムラワ**〔先程のバタイユの定義によれば「イスラム以前のアラブ諸部族にあった個人的栄光の《雄々しき》理想」〕の何がしかが、アラブ人社会に残存していたのである。つまりこの社会では、騎士道の価値の伝統が保持されたし、暴力が気前よさと合体し、恋愛が詩と合体していた。そのうえ、我々がイスラムから受け継いでいるものは、ムハンマドの寄与に由来しているのではなく、逆にムハンマドによって非難された騎士道の価値にこそ由来している。興味深いのは、我々の騎士道の《宗教》のなかにアラブ人の影響が見出せることだ。ただしこの騎士道の《宗教》は武勲詩が明示している騎士道の制度とはまったく違う〔キリスト教の教義と道徳が影響している騎士道制度のこと。バタイユがここで言う《宗教》はそのような護教的で人道的な制度とは正反対のものである。なおバタイユは二〇歳頃から西欧中世の騎士道に関心を持ち始め古文書学校時代には文献研究からこの問題に取り組んだ〕。この騎士道制度の方は、イスラム教徒の世界とはたいへん異なっている。**騎士道の**（chevaleresque）という表現自体、十字軍の時代に新たな意味を、つまり詩的で、情念の価値につながる意味を持ったのである〔十字軍とは一一世紀末から一三世紀にかけて西欧のキリスト教勢力がその聖地エルサレムをイスラム勢力から奪還するために幾度も試みた軍事遠征。このなかでイスラムの文化も西欧に伝わった〕。一二世紀の西洋では、武装の儀式のよくある実演はイスラム的だった。そして南フランスにおける情念の詩の誕生は、スペインのアンダルシア地方の伝統を継承したものであり、この伝統を遡れば、預言者ムハンマドの厳しい反応を引き起こしたアラブ諸部族の詩の競技会に行きつくのである(1)。

（1）　アンリ・ペレスはアンダルシアの影響の問題に関するみごとな論文を発表している（「アンダルシア地方のアラブ人の詩とトルバドゥールの詩とのありうる関係」、『カイエ・ド・シュド』誌特集号「イスラムと西洋」、一九四七年、一〇七―一三〇頁）。この論者によれば、問題は完全には解決されえないが、両者の関係は明白である。この関係はただ単に詩の内容や基本テーマだけでなく、詩の形式にも及んでいる。アンダルシア地方のアラブ詩の大いなる時代（一一世紀）と南仏オック語による宮廷詩の誕生（一一世紀末）の一致は一目瞭然である。他方で、スペインのイスラム世界とスペイン北部あるいはフランスのキリスト教世界との関係は明確に論証されうる。

第2章　非武装社会――ラマ教

第1節　平和な社会

イスラムは、ある意味でいくつかの特徴が過度に際立つことによって、凡庸な軍事企画社会との違いを見せている。古典期の古代ギリシア・ローマや中国の帝国企画のなかではさほど目立っていなかった傾向がイスラムでは極限にまで押し進められたのが見てとれる。たしかに、道徳がこれにともなって誕生した形跡は見あたらない。イスラム教は、イスラム以前にあった道徳を採用した。だがイスラムは、自分の発祥地であるアラブ人社会ときっぱり決別したために、自分の作りあげた相貌に、それ以前の諸帝国にはなかった明瞭さを与えることになった。征服行為を道徳に従属させるということが、この明瞭さの意味であり、要約である〔前章第3節の冒頭にあるイスラムの敬虔主義的な道徳観を示唆している〕。

文明の典型を例示するために、もっと古典的な古代ローマ文明や中国文明ではなくイスラムを選ぶというのは理にかなっていないのかもしれない。同様に、非武装の社会を描きだすために、キリスト教教会ではなく、ラマ教〔チベット仏教の一派の俗称であるが、仏教の基本である仏・法・僧に加えてラマ（高僧）への信仰を強く打ち出しているところに特徴がある〕を持ちだすのは奇妙なことかもしれない。しかし極端な例を示すことで、対比がよりいっそう明瞭になるし、様々な要素の動きがよりいっそう分かりやすくなるのである。

人類は地球のいたるところで戦争を起こしかねないのだが、チベットは、それとは矛盾して、一個の孤立した平和文明になっている。攻撃にも防御にもチベットは不向きなのだ。風土の貧しさ、広大さ、起伏、寒冷さが、ここでは、軍事力なき国家の唯一の防衛者である。住民は、フン族やモンゴル族と人種の面でほとんど変わらない（かつてチベット人は中国に攻め入って、歴代の皇帝から貢ぎ物を要求していた）が、二〇世紀の初めには軍隊による戦争ができないことを白日のもとにさらけだした。つまり、イギリスによる侵略（一九〇四）、中国による侵略（一九〇九）が相次いだが、これらにたった一日しか抵抗できなかったのだ。その武装がどうしようもなく貧弱であったために、侵略者側の敗北などありえなくなっていた。これはたしかだ。しかしチベットとは別の地では、ろくに武装もしていない軍隊が装甲部隊に有効に抗ったこともあったのである。それにチベットは、いわば近づきがたいという地の利に恵まれていた。結局、事を決定しているのは、本当に戦う気があるのかどうかということなのだ。ネパール族は、人種の面でも土地柄の面でも物質文明の面でもチベット族とほとんど変わらなかったが、軍事の能力を大いに備えていた（彼らは何度もチベットに侵略した）。

一見して、この平和な特徴の理由をあげるのは簡単かもしれない。殺傷を信徒に禁じた仏教がその起源にあるということだ。好戦的なネパール人は、グルカ族のヒンドゥー教の軍人貴族によって政治的に支配されていた。それに対して、仏教系のチベット族はたいへん敬虔なのである。彼らの支配者は高位聖職者である。だが、こう説明しても事はさほど明瞭にはならない。侵略を前にしてのあのまったく軟弱な態度はどうにも釈然としないのだ。他の諸宗教も戦争を非難している。それでいて、それぞれの民は互いに殺しあっている。この事態をもっと詳しく検討してみたい。第一三世ダライ＝ラマ（一八七六―一九三四）本人の生活とその治世下のチベットの歴史に関するイギリスの外交官チャールズ・ベル卿（一八七〇―一九四五）の遺作は、この**国家体制の物質的なメカニズム**に関しても探求の道案内になる。(1)

（1）『ダライ＝ラマの肖像』、ロンドン、一九四六年、八折り

第2節　近代チベットとそのイギリス人年代記作者

チャールズ・ベルのこの本は、伝記や歴史書よりすぐれている。作り上げられた書物ではないという意味でだ。この本は、一級の書き手による資料集であり、証言者が事件に巻き込まれて自分に起きたことを次々に語る無秩序な年代記である。著者は、自分が直接知らないことに関して簡単な記述ですませ、自分自身の生活の詳細についてはもっとていねいに語る。彼がチベットに滞在し、インドでダライ＝ラマと知り合いになったことなど、彼はわれわれにこれでもかというほど細かく報告する。この著作はたしかに出来具合は悪いかもしれない。しかし正規の研究書よりもずっと生き生きしているし、多くのことを提供している。一個の雑然とした情報の山なのだが、そんなことはどうでもいい。我々はチベット文明についてこの書物以上に、非体系的で、完全な資料を知らない。チャールズ・ベルは、ダライ＝ラマと、持続的な関係、それも一種の友愛に基づいた関係を持った最初の白人である。この誠実な外交官は、チベットの言葉を熟知していて、チベットの利害を、本国イギリスの利害と同じほどに心に留めていた。彼と親しくしたい気などほとんどなかったインド政府〔当時のインドはイギリスの支配下にあり、ここで語られるインド政府もイギリス人副王（総督）の下に置かれた傀儡《かいらい》政権。インドが真に独立を遂げるのは一九四七年である〕

でさえ、ほんの少しためらいをみせただけで、彼の仕事に頼ったのだった。チャールズ・ベルの考えでは、イギリス人は、チベット人が独立を維持して、中国の束縛から決然と彼らチベット人を解放できるように支援すべきだった。イギリス人は最終的にこの政策に乗りだして、チベットを勢力圏へ組み入れようとした。だが慎重になった。彼らイギリス人は二大国つまり中国とインドの間の緩衝国家の利点をチベットに見ていた。彼らはチベットが自律した強国になることを切に願っていたが、しかし、起きるかもしれない難事を防ぐ砦のためにわざわざ深刻な難事を引き起こしてはならなかった。彼らイギリス人は中国人の隣人になることを避けたかった。だが中国人に対する敵対行為を間接的に支援する必要が生じたときには、そんな回避は望まなかった。

一九二〇年代、イギリスとチベットの友好関係がかなり良好であったときに、この著者は少なくともチベットに自由に滞在することができ、さらにまた一世紀以上もの間、白人に閉ざされたままだったこの国で政治面の活動をすることができた。もちろんベル以前にすでにチベットの諸制度は知られていたが、しかしチベットの人々の生活とその苦難を内側から捉えることはまだできていなかった。我々は、体制の動揺を感じ取ってはじめて、つまり体制の要素間の相互作用が試練にかけられているのを目にしてはじめて、体制のなかへ入っていける。チャールズ・ベルは、一年のラサ〔チベットの古都であり中心都市〕滞在のあいだに、チベット政府を軍事政策へ駆りたてようと努力した。チベットは、自分の国力に応じた軍隊を持つことができないだろうか。ベルが直面した難題のおかげで、人は経済の矛盾を探究することができる。まさにこの矛盾から、人間社会の様々な可能性と均衡のための全般的な条件が、よりいっそうはっきり見えてくるのである。

第3節　ダライ＝ラマの純粋に宗教的な権力

チャールズ・ベル（一九四五年没）が最後にとりかかった作品の固有の主題は第一三世ダライ＝ラマの伝記である。この問題に取り組むために彼は、当然のこと、ラマ教という一制度のよく知られた起源へ遡った。ただしその制度とは、強いて類似物をあげれば、ローマ教皇庁しかないような制度なのであるが。私は以下にその歴史上のデータを要約しておく。仏教は西暦六四〇年にチベットへ導入された。チベットは当時、諸侯〔原文では王(roi)という言葉が複数形で使われているが、じっさいには諸侯すなわち各地方領主ほどの存在にすぎなかった〕によって支配されていた。当初、この宗教が普及してもこの国はまったく弱体化しなかった。じっさいこの国は八世紀にはアジアで指折りの軍事強国になっていたのだ。しかし仏教の僧院制度がチベットに広まって、やがて僧院の影響力が国の内部から諸侯の影響力を脅かすことになった。一一世紀になると、改革者ツオン＝カ＝パがよりいっそう厳格な僧院の一派を創設し、そのなかで僧侶たちが独身生活を厳密に遵守していた。《黄帽派》と呼ばれたこの改革派が、《紅帽派》という弛緩した宗派と対立することになった。《黄帽派》の高位聖職者たちには、聖性、さらには神性さえも与えられた。この性格は、彼らの後継者にも見出されるのだが、ともかく彼ら高位聖職者に霊的な権力と宗教上の主権を与えることになった。彼らのなかの一人、ラサ近郊の僧院《米の山》の大ラマ僧〔ラマ（lama）は、チベット語 blama（b を発音せず。意味は高僧）に由来し、教主の称号になった〕はモンゴル族の首長の支援を得て、《紅帽派》の最後の領主を倒した。こうしてチベットは、《ダライ＝ラマ》の支配下に入ったのである。《ダライ＝ラマ》とは、このときに、この超人間的人物の第五代目の化身に与えられたモンゴル語の称号である〔ダライ＝ラマ（Dalaï-Lama）のダライはモンゴル語で「海」を意味し、ラマは前記訳注のようにチベット語の「高僧」に由来〕。

このダライ＝ラマはたしかに、人間に化身したチベットの神々のなかで最重要の存在だったわけではない。神々の起源に関する半ば伝説的な物語は、タシルンポ（ラサ西方の僧院）の高僧《パンシャン》に、ある意味で最上の位を与えている。じっさいダライ＝ラマの霊的権威は、ダライ＝ラマの世俗的権威のおかげで増したのだ。パンシャンもまた、偉大な宗教的威光のほかに、一地方の世俗の政権を持っていた。彼は領主に従わない臣下として独自の政策を実施していた。他の大ラマ僧に関しても、程度は劣るが、同じようなものだった。というのも大きな僧院は、中央集権化の進んでいない王国における封地であり、国家のなかの国家のようなものだったからだ。だがダライ＝ラマの主権は、この主権の基になった僧院での役割と関係を持たなくなったことによって、確固たるものになっていった。現代においては、チベット政権のリーダーに《米の山》の大ラマ僧と同じところはほとんどない。というのも、かつてこの僧院はしばしば反逆して、中国寄《よ》りの政策を実施して、ラサのイギリス寄りの政策に逆らうことができたのだから。

このような地方の制度の不確かな性格は中国に対するチベットの関係にも見出せる。ダライ＝ラマの権威は、いかなる軍事力にも基づいていなかったので、様々な勢力の活動をただ弱々しく押さえ込むことしかできず、じっさいに阻止することはできずにいた。その主権は、人民を宗教的に魅惑することと、軍隊を半ば金で半ば感情で統治することの両方を同時にやってのけることなどとうていできず、ただいっときの生命しか持ちえなかった。じっさいチベットの神権政体は、すぐに中国の宗主権〔自国以外の地への支配権の意味で、バタイユはこの「宗主権」という言葉（suzeraineté）を「主権」（souveraineté）との対比で用いている〕の下に組み入れられた。中国とのあいだのこの封建的な主従関係の起源ははっきりしていない。チベットの人々は中国人による解釈に異議を唱えている。中国人の方もチベットの人々の解釈を否認している。古代以来、チベットはしばしば中国に服従してきた。しかし封地が封主に所属するような仕方に拠ってはいなかった（両者承認の慣習に基づく権利に拠っていたのだ）。結局、力の問題だった。力は、力が打ち立てたものをすぐに引っくり返してしまう。中国は、すでに一七世紀から、ダライ＝ラマの選択を監視しうる限りにおいて、チベットに介入したのである。中国の官吏（アンバン）、つまり駐屯軍に立脚した高等弁務官は世俗権力の実権を握っていた。総体的に駐屯軍の数は少なかったようだ。それにチベットは中国の保護領ではなかった（植民地化はなかったし、行政は完全にチベット的だった）。だが中国はチベットを支配していた。中国の外交官のせいでダライ＝ラマの主権は虚構になっていた。彼の主権は神的ではあったが、それに応じて、無力だったのだ。

ダライ＝ラマの奇妙な継承の流儀のおかげで、チベットの国政は、定期的に、そして長い空位期間のあいだ、摂政にまかされていたのだが、このこともダライ＝ラマの権力を無力にするのに好都合だった。チベットの人々から見て、ダライ＝ラマは死すべき存在ではない。いやむしろ、表向き死ぬだけなのであり、すぐにまた人間へ化身するのである。当初からダライ＝ラマは、チベットの守護神で、仏教の万神殿にいる神話上の存在シェンレジの具現のように見られていた。人間が死んだあとまた人間に（動物や人間という別の被造物に）成り変わるという一般に知れ渡っていた化身は、仏教徒にとっても根本的な信仰の対象なのだ。したがって、あるダライ＝ラマの死去（その死はいつも死への**欲望**に帰せられるのだが）に際しては、男児を探してその肉体のなかに死んだダライ＝ラマがすぐにも再生できるようにしなくてはならない。公的な神託がその男児の地方を指示し、故人の死の日に応じた猶予期間の内に生まれた子供を探すべく調査が行われる。決定的な目安は、前回の化身に役立った物品をその子供が認知するようになることである。子供は似たような物のなかから当の物を選びださねばならない。こうして四歳になってダライ＝ラマだと明らかになると、その若きダライ＝ラマはさっそく迎えられ、即位させられる。だが一九歳になるまで権力は行使できない。こんなわけで、化身認定の猶予期間四年を計算に入れると、二〇年の摂政期間が二人のダライ＝ラマの治世のあいだに必然的に生じることになる。そればかりでなく摂政期間はしばしばもっと延長される。若い支配者が夭折すれば十分そうなるのだ。じっさい一三世の前の四人のダライ＝ラマが権力掌握の前に、あるいは直後に、死んでしまった。中国の官吏（アンバン）の利害がこのことに絡んでいたようだ。中国からすれば、摂政のほうが手なずけやすかったし、また摂政自身も、毒物という簡単な手段に頼ることで得をしていたからである。

第4節　第一三世ダライ＝ラマの無力と反逆

第一三世ダライ＝ラマは例外的に生き延びた。おそらく中国の影響力が目に見えて落ちていたからだろう。中国の官吏（アンバン）は子供の選択のときにもう口出ししなくなっていた。この新たな神は一八七六年に生まれ、一八九五年に、宗教と世俗の全権を与えられた。チベットのこの時の軍備は以前よりもよかったわけではなかったが、地理的に極めて近づきにくかったために、だいたいにおいて守られていた。ダライ＝ラマの実権はいつも、中国人の注視が緩むとすぐに可能になった。しかしこれは束の間のことだった。若き支配者はこのことをすぐに悟った。世事のいっさいから遠ざけられ、崇拝の的として、また瞑想に没頭する僧侶として教育を受けてきたために、彼は無知の状態にあったが、それでもすぐに事情を悟ったのだ。しかし重大なミスをおかしてしまう。インドの副王〔英領インドの事実上の支配者でイギリス人総督のこと〕は書簡でチベット市場をインド人に開放するように求めてきたのだが、ダライ＝ラマはこの書簡を開封せずに返してしまった。この事件はそれ自体ではたいして重大ではなかった。しかしイギリス人は、自分たちの近隣国チベットを苦しめることができなかった。じっさいチベットはこのときイギリス人に国を閉ざしておきながら、ロシアの影響力に国を開く危険に、それも伝聞によれば、中国人によってロシアに屈服させられる危険にさらされていたのだ。インド政府は政治使節団を派遣して、ラサと十分な関係を築こうとした。だがチベット人は領内へこの使節団を入らせなかった。そのため使節団は軍隊に成り変わった。ロングハズバンド大佐〔おそらくバタイユの誤記で、正しくはヤングハズバンド〕は、分遣隊の先頭に立ってチベット人の抵抗を打ち破り、ラサへ進軍した。中国人は動かなかった。ダライ＝ラマは逃亡した。だがその前に政府の印鑑を聖性と学で知られた一僧侶に託しておいた。イギリス人がラサを立ち去るにあたって課した条件は、チベットの三都市の交易への開放、そして国境地方のシッキムへの彼らイギリス人の保護権の承認だけだった。これにより、結局、イギリス以外のどの外国もチベットに介入しなくなるはずだった。この条約はたしかにイギリスの影響力の及ぶ地帯を定めた。しかし他方、暗黙のうちにチベットの主権を承認していた。この条約は中国の宗主権を無視していた。中国人は、チベットの諸都市でダライ＝ラマの廃位を求める貼り紙をした。だが住民はこの貼り紙に汚物を塗った。ダライ＝ラマは、それから四年間、中国に滞在した。最初、モンゴル経由で上海へ行き、それから北京に入ったのだ。この間における彼つまり生きた仏陀と中国の皇帝つまり天の息子との関係は不確か（中国人はダライ＝ラマの廃位を忘れたふりをしていた）、かつ緊張したままだった。ダライ＝ラマはかなり出し抜けにチベットへの帰路についた。だがラサに到着した日に彼を待ち受けていたのは、中国の追手の軍隊で、彼の閣僚を処刑し、彼を寺院へ幽閉する任務を負っていた。彼は再び亡命の旅に出たのだが、こんどは南方へ向かった。真冬の猛吹雪のなかを彼はへとへとになりながら、馬で従者とともに国境の通信所に到着した。そこで夜中に彼は、二人のイギリス人通信技師を起こして、保護を求めた。こうして彼は明らかにしていたのだ。きわめて堅固な宗教権力でさえ、軍事力に立脚した現実の権力にただ翻弄されるばかりになるということを。彼自身が拠って立っていたのは、ただ隣国の疲れ、強いて言えば隣国の慎重さだけだった。イギリス人は快くこの逃亡者を迎えた。この男は自分のことさえ統治できないのだが、しかしこの男がいなければ支配の権限は空疎になってしまうのだ。ダライ＝ラマとしては、すでに苦い経験から学んでいて、英領インドと中国とのあいだの対立から引き出しうる利点に注目していた。だが彼はこの利点を過大に見積もった。隣国間の対立と主権の権威とは一国の自立にとって有効ではあるが、この対立と権威だけでは国の自立を確保することはできないのだ。イギリス人はダライ＝ラマに懇願されたがこの亡命者の不安げな期待にちゃんと応えはしなかった。彼らイギリス人は支えになることを拒んだ。中国の束縛から解かれた強国チベットをいつの日にか目にしたいという願望をただ友好的に表明するだけですませておいたのだ。結局、中国の内憂（一九一一年の帝国の失墜〔翌年に清朝の皇帝溥儀が退位して帝国は終焉、共和制の中華民国が樹立された。この一九一一―一二年の政治体制の変化が「辛亥革命」である〕）によってはじめて状況は一変した。チベット人は、中国の駐屯部隊をラサから退去させた。中国人の隊長はもう権限を持っていなかったのだ。官吏（アンバン）と中国軍の指揮官は出ていき、ダライ＝ラマが首都ラサに帰還した。七年の亡命生活ののちに彼は権力の座に復帰した。死去（一九三四年）するまで彼はたいへん巧みに権力の座に留まることができた。

生き延びて権力の経験を積んだということがこの第一三世ダライ＝ラマを別格の存在にした。もちろん彼が権力の経験を積んだのはまったく宗教的でない状況でのことだった。彼を導きうるような伝統はまったくなかったのだ。彼を教えた教師は僧侶としての知識を授けただけだった。綿密な思索、深遠な神話と形而上学によって整えられたラマ教の魅惑的で平和な瞑想。彼はほとんどこの瞑想しか学んでこなかったのである。チベットのラマ教の僧院で行われている研究は、知的このうえないものであり、僧侶たちは難しい論争をとてもみごとに展開する。だが、こうした教育から期待できるのは、政治の必要事への感覚を目覚めさせるというより眠らせることなのだ。地勢的に行きにくくて、外部に意図的に自らを閉ざした、この世界の極地では、なおのことそうだった。チベットに認められた唯一の外国人が、情報を提供する欲望も可能性も持っていない中国人だった時代では、なおのことそうだった。

第一三世ダライ＝ラマはゆっくりと、しかしたゆまぬ適応力と明敏さで、世界を発見していった。彼は亡命の年月を有効に活用した。政府を導くのに有益な知識を積む機会をけっしてないがしろにはしなかった。カルカッタ〔現コルカタ〕に行ってインドの副王に招かれたときに、彼は先進文明の源泉を知ったのだ。以後彼は、一個の世界で勝負にでていても、そこを囲む外部をもはや無視しなくなった。彼の治世にチベットは外部勢力の活動を意識するようになった。その勢力を無視したり否定したりして支障をきたさないはずがなかったからである。もっと正確に言うと、彼は宗教的で神的な勢力であったが、その限界を——軍事力がなければ宗教的で神的な勢力であっても何もできないという限界を——思い知ったということなのである。彼の権力は、内面的な主権に、つまり神聖な儀式と無言の瞑想の帝国に、はっきり限界づけられていたので、彼は、外面的な主権の任務、およびチベットの対外関係に関する決定を愚直にもイギリスに譲り渡そうとした。引き換えに彼らイギリス人はチベット国内においては政治的にただ単に不在者で在り続けねばならないのだ（当時ブータンもまたこの条件を認めて受け入れたのだが、しかしこのインドの北の小国は重要な政治力を発揮する国ではなかった）。イギリス人はチベットからのこの申し出を検討しなかった。彼らはチベットに彼ら自身の影響力だけを欲したが、他国の権利を制限する権利を欲したのであって、任務を欲したのではなかった。こうしてダライ＝ラマは、ほとんど援助も力もなく、世界の外部と対峙しなければならず、この任務は彼には負担だった。

ところで「だれも二人の主人に仕えることはできない」〔新約聖書、「マタイによる福音書」第六章第二四節〕。チベットは、その全盛期に、僧侶の方を選んで、諸侯をないがしろにしてしまった。威光はすべて、伝説と神的儀式に包まれたラマ僧の方へ行ってしまった。この体制は軍事力の放棄を引き起こした。むしろ、軍事権力は死んでしまったと言うべきかもしれない。一人のラマ僧が一人の諸侯の威光と釣り合うという事態は、その諸侯から外圧に抵抗する権力〔つまり軍事力〕を取り払うということだったのだ。諸侯は、外圧に抗するために、牽引力を放って満足のゆく軍隊を形成するといったことをやめてしまったのだ。こうした状況で諸侯を継承してなった国の主権者〔すなわちダライ＝ラマ〕は、継承ということをただ表向き行ったのにすぎない。というのもこの主権者は、すでに破壊されてしまっていた軍事権力を継承しようにもできなかったからである。僧侶たちの祈禱の世界が軍事力の世界に勝利したということではある。ただし祈禱の世界は、軍事力をすでに破壊してしまっていて、これを得ることがなかった。だからこの勝利のためには、異邦人に頼らねばならなかった。そして以後も外部の勢力の意のままになり続けたのである。なぜならば、国の内部においては外部に抵抗する軍事力を破壊してしまっていたのだから。

外圧が偶然緩まったこと、そしてすぐにまた力を回復したこと。これは、第一三世ダライ＝ラマの存続を可能にしたが、しかし結局、彼にその無力ぶりを明かすばかりになったのだ。ダライ＝ラマは彼自身である限り、本当のところ、存在する力すら持っていなかったのである。じっさい、そのような生存力の可能性が与えられた日に死滅するというのが、まさに彼の本質だった。成人になって殺された第九世、第一〇世、第一一世、第一二世ダライ＝ラマにおいて運命は第一三世と逆だったというのではおそらくないのだろう。そして生き延びることのできた第一三世の表向きの幸運はおそらく彼の不幸だったのだろう。だが第一三世は誠実にこの幸運を受け入れた。発揮**できない権力**、つまり本質的に外部に向けられているのに、外部から自分の死しか期待できない権力の任務を誠実に引き受けたのだ。この任務を引き受けたとき、彼は宗教的存在という彼の本質を断念する決意をしたのである。

第5節　軍事組織化への試みに対する僧侶の反逆

外圧の中断（中国の疲弊、そして革命）が奏功して第一三世ダライ＝ラマは、政権を存続できたし中国の干渉を乗り越えることもできたのだが、さらにこの中断に乗じて、世俗の権力をチベットに取り戻すことを考えだした。それは、ラマ教のおかげでチベットが失った権力である。この任務では彼は彼の伝記を書くことになるチャールズ・ベルのアドバイスに助けられた。じっさいベルは、インド政府の政治要員として最終的にイギリスを友好政策へ導いたのである。たしかに、インド政府はチベットへの直接的な軍事支援は拒んだままだった。武器の提供すらもしなかった。だが一年間の公的派遣の間、チャールズ・ベルは、「彼個人の名において」、軍事組織化に向けて努力するダライ＝ラマを支援した。それは徐々に——二〇年かけて——六千人の軍隊を一万七千人の軍隊へ発展させる企てだった！　民間の所領と僧院の所領への課税によってこの計画の費用はまかなわれることになっていた。ダライ＝ラマの権威が有力者たちを従わせた。だが**個人的に**今の自分を捨てることは容易であるし、大臣や高位高官を訓練することも可能なのだが、突然に一つの社会からその本質を剝奪することはできない。

僧侶集団だけではなく、一般の民もこの計画に関わっていた。軍隊の増強は、たとえ軽微なものであっても、僧侶の重要性を減少させる。この国には、どの言葉も、儀式も、祭も、良識も、一言で言えば人間の生活すべてが、僧侶に依存していた。僧侶を中心にしてすべてが回っていたのだ。万が一、誰かがこの社会の在り方から離脱しても、その人はこのことの意義と表現の可能性を僧侶から得なければならないのだ。だから軍隊の増強という事態、つまり存続するだけでなく、**増大する**新たな要素の到来を人民の前で正当化するためには、僧侶以外の人の声ではだめだった。一つの行動にせよ、一つの可能性にせよ、その意義は僧侶によって、僧侶のために、与えられていたのだ。それゆえ、軍隊の数少ない支持者は、宗教を維持するための唯一の手段として軍隊を思い描いていたのである。一九〇九年にチベットを侵略した中国人は僧院を焼き払い、聖職者を殺し、経典を破り捨てた。だがチベットという国自体が本質的に僧院のようなものだった。国の根本原理を維持するために戦えと言われても、戦うことが国の根本原理の放棄を意味している場合、いったい戦うことにどんな意味があるというのか。チベットの人々はそう答えていた。ラサの有力ラマ僧がベルにこのことを説明している。曰く「チベットの軍隊を増強してもむだですよ。**経典**はこう語っています。チベットは将来、たびたび異邦人に侵略されるかもしれないが、彼らは長いこといすわりはしないだろう、と」。僧侶は自分たちの立場を守りたいという気持ちを持っていて、そのため（外国と戦うことになる）軍隊の維持に反対することになり、ついには対外戦争とは別の地平で、つまり国内で、戦うことになってしまった。一九二〇—二一年の冬は暴動と内戦の脅威で重苦しかった。ある夜、ベルを殺すように教唆するポスターがラサの人通りの多い場所数カ所に貼られた。二月二二日には大祈禱祭が始まった。このときラサには五万から六万の僧侶の群れが集まった。そしてこの群れの一部が、こう叫びながら街を練り歩いた。「私たちのもとに来て、いっしょに戦おう。私たちは命を捧げる覚悟だ」。祭は緊張状態のなかで推移した。軍隊の支持者、そしてベルも、幻想的な催しに立会い、街路では下層民に混ざり、嵐のような騒ぎにも愛想の良い表情を浮かべ、突然暴動になりかねない興奮の渦に身をまかせていた。そのうちに、かなり軽めの、例外的なと言ってよい取り締まりが行われ、それで反逆の気運は沙汰やみになってしまった。ダライ＝ラマの軍事政策は慎重に進められた。根本的な良識が彼の政策を支えていた。一般の敵意は彼の政策に対して口外しうるなにものも対抗させることができなかった。僧侶たちの主張は、チベットだけでなく僧院制度への裏切りという方向へ進んでしまった。彼らの主張〔つまり軍隊の維持に反対する主張〕は、国内においてたいへん強い政府の壁に突きあたってしまった。最初から敗北していたのだ。驚きなのはこの挫折ではない。群衆の最初の動きが彼らの主張をたいへん熱っぽく支持していたことだ。これはたいへんな矛盾であり、その深い理由を探ってみる必要がある。

第6節　ラマは余剰の全体を蕩尽する

私はまず表面的な説明を斥ける。チャールズ・ベルは、仏教が暴力を禁止し戦争を非難している事実を強調している。しかし他の宗教もこの原則を持っており、しかもその適用において聖職者組織の命令が何をもたらしているかは周知のところだ〔「敵をも愛せ」（「マタイによる福音書」第五章第四四節）とのイエスの教えにもかかわらず十字軍など戦争を繰返してきたカトリック教会の矛盾もここに含まれる〕。一個の社会的な振舞は一個の道徳規範から生起したりしない。この振舞は、一社会の構造、つまりその社会を動かす物質的な力の活動を物語っている。チベットにおいて軍事政策への敵意の動きをはっきり命じていたものは、良心のとがめではなかった。僧侶の重要性こそがこれをずっしりと命じていたのだ。この要素はチャールズ・ベルもしっかり見ていて、この件に関する貴重な報告を寄せている。もちろん彼以前にすでにチベットでのラマ教の重要さは知られていた。その重要性とは、数字をあげれば、三人の成年男性の内一人が聖職者であり、いっときに七〇〇〇から八〇〇〇の僧侶を収容する僧院がいくつもあり、三〇〇万から四〇〇万の総人口の内二五万から五〇万人の聖職者がいたということである。だが僧院制度の物質的意義はチャールズ・ベルによって予算関係のデータで詳細に明示された。

彼によれば、一九一七年のラサ政権の総収入は、概算で（消費物資とサーヴィス事業の給付額を貨幣の額に付加しているので概算になる）年に七二万ポンドであった。このなかで軍隊の予算は一五万ポンド、行政予算は四〇万ポンドだった。残額の内、かなりの額がダライ＝ラマによって政府の宗教上の出費にあてられた。だがこの政府の出費以外にも、ベルの見積もりによれば、聖職者が年に消費した収入（僧院の所領の収入と宗教事業への贈与や支払いによる収入）は一〇〇万ポンドをゆうに越えていた。**したがって聖職者組織**

の予算総額は、国家予算の予算総額を概《おおむ》ね二倍、軍隊の予算総額の八倍を上回っているということになる。

個人の見積もりによるこの数値は公的な性格を持っていない。だがそれでもここから、軍事政策に対する反対理由が明らかになる。もしもある国民がその活力のほとんどすべてを僧院組織にあてるのならば、これと同時に軍隊を持つことはできない。たしかに別の国ならば宗教生活と軍隊生活を分けて捉えることは可能だろう。だが前記の予算のデータがこれ以上なく明示しているものは、まさに宗教生活ばかりが肯定されている様である。軍隊の創設は、理性的な観点からすれば、国民に課すことができるだろうが、それでもやはり国民生活の根本感情には反している。軍隊の創設は、チベットの国民生活の本質を侵害しているし、これに不快感を与える。これほどに完全な国民の選択を覆すとなると、これは政治家にとって自己放棄を意味することになるだろう。雨を避けようとして川で溺れるようなものだ。とすれば我々に残された検討課題は、この国民感情が当初どのようにして定着するようになったのかという問題である。かつて一国全体が僧院になった深い理由、現実世界の真ん中で、そこに組み込まれていた国が最終的に不在者になった深い理由を明らかにすることが問題として残されている。

第7節　ラマ教の経済的解明

この場合、真の理由に到達するためには、まず経済の全般的な法則を知っておく必要がある。一個の社会はつねにその存続に必要な分以上のものを生産するという法則だ。社会は余剰を持つということである。社会の在り方を決定しているのはまさにこの余剰を社会がどう使うかなのである。余剰は、動乱の、構造変化の、歴史全体の、原因である。だが余剰の使い道で最もよくあるのが成長なのだが、それ一つだけではない。しかも成長それ自体にもいくつか形式がある。そしてそのどれもやがては限界に突き当たる。人口の成長は、限界に達すると、軍事的になり、征服行為へ向けられる。軍事利用が限界に達すると、今度は余剰は宗教の豪勢な形式やそれに由来する遊び、見世物に、あるいは個人の贅沢に使われる。

歴史はたえず成長の停止、そして再開を記している。その間の均衡状態というのも歴史にはあって、好戦的な活動が縮小され、豪奢な生活が増大すると、余剰は最も人間的な使い方に差し向けられる。しかしこの均衡状態も社会を徐々に解体していき、不均衡へ返してしまう。そうなると成長の新たな動きが唯一の許容しうる解決として現れてくる。不均衡ゆえの困難な状況のなかで社会は、活力を増大させることのできる事業へすぐにでも乗り出すようになる。このとき社会は、それまでの道徳の掟を作り直す準備ができている。

こうして余剰は新たな目的へ差し向けられるのだが、この目的は余剰の他の使い道を急激に排除してしまうのだ。イスラムは、軍事活動のために、浪費的な生活形態をことごとく排斥した。近隣部族が均衡状態を享受していたあいだに、イスラムは軍事力を増大させ、圧倒的なものにした。贅沢な生活形態いっさいに対する批判はその後も繰返された——まずプロテスタントによって、次いで革命勢力によって——が、この批判は、技術の進歩に伴う産業の発展の可能性と軌を一にしている。近代においては、余剰の最も重大な部分は、資本主義的な蓄積に充当されている。イスラムはかなり早く発展の限界に達した。今や近代産業の発展が限界を予感し始めている。イスラムは、自分が征服した世界の均衡状態へ苦もなく回帰した。[1] 逆に、近代産業経済は無秩序な興奮へ駆りたてられている。成長を余儀なくされているかのようになっているのだ。もう成長の可能性はないというのに。

この歴史の構図のなかでチベットの位置は、ある意味で、イスラムや近代世界の立場の逆である。太古の時代から、侵略者たちの波が相次いで中央アジアの広大な台地を出て、より生活のしやすい地域へ向けて、西へ、東へ、南へと押し寄せていった。だが一五世紀以降になると、この非文明の台地から溢れ出てくる侵略者たちは、大砲による効果的な抵抗にぶちあたった。[2] その中央アジアですでにチベットの都市文明は、余剰の使い道に別の方向がありうる兆しを示していたのだ。もちろん全盛期のモンゴル族の征服集団は、その当時手に入る侵略の全ての手段（空間における成長の手段）を用いた。チベットは別の解決策を取った。それを今度はモンゴル族が一六世紀に採用することになる。貧しいアジアの中央台地の住民は定期的に豊かな地域へ襲撃に出ざるをえなかった。**さもなければ、成長することをやめねばならなかった。**彼ら中央大地の住民は、蛮族の戦争活動というエネルギーの表出を断念して、そのエネルギーの余剰に新たな使用法を見出さねばならなかった。僧院制度は、余剰消費の方法であり、なにもチベットがこれを創出したわけではなかったが、しかし別の地域では、他の使い道と**同列のひとつ**として考慮される程度だった。中央アジアのチベットでは僧院制度が極端な解決策になっていて、余剰の**全体**を僧院に差し出すことよりなっていた。今日では、次の原則を明瞭に捉えることが大切になっている。すなわち、一定地域の住民は、彼ら自身エネルギーの体系であるのだが、しかしそのエネルギーの体系をどのようにしても発展させることができず、この体系の容量を増やす（新たな技術を用いたり、戦争に頼ったりして）ことができなくなったときには、彼らがそれでも必ず産出することになる余剰エネルギーをその**全体**において純粋な消失のうちに消費しなければならないということである。この必要性にラマ教の時代錯誤の逆行は応えていた。なにしろ火薬兵器の発明ののちにラマ教はその宗教の完全な形態へ達したのだから。これは、もはや気晴らしの娯楽など持たず、最終的に外部との接触を絶った国の根源的な解決策だったのだ。自国を守らねばならないという必要性、そのために人命と財を調達しなければならないという必要性、このエネルギーの使い道すらチベットは選択しなかった。たしかにチベットがあまりに貧しかったため、周囲の国も心底からチベットに対する誘惑に駆られることはなかった。チベットは侵略されたが占領はされなかった。ある僧侶がベルに語った**経典**は嘘をつくことができなかった。こう確約していたのだから。「チベットはたびたび侵略を受けるだろうが、誰もチベットに留まりはしないだろう」。このようなわけだから、もっと豊かで、しっかりと武装している世界の真ん中で、この国交を絶った貧乏国は、余剰の問題に対して、その爆発的な暴力を**内部において**鎮静させる解決策を提示せねばならなかった。その解決策とはすなわち、この上なく完全で、反撃から免れていて、蓄積に対立する内部構造、それゆえにどんなささやかな体系の増大をも検討しなくてすむ内部構造〔僧院制度のこと〕である。僧侶集団の独身制度は人口減少の脅威すら招いた（これは軍隊の司令長官がベルに打ち明けた危惧である）。僧院の収益は財の消費を保証し、僧侶という不毛な消費者の集団の生命を維持していた。もしも前もってこの集団が生産的で、子供を持ってもよいとなっていたのならば、均衡はすぐに破られていただろう。世俗の人々の労働で十分に彼ら僧侶を養うことはできたが、この労働を増大させうるほどの資源はこの国にはなかった。おおかたの僧侶の生活は厳しかった（なにも生産しないでいいという生活が、支障なしに進むわけはなかった)。だがラマ僧たちの寄生生活は状況をうまく解決していたので、チベットの労働者の生活水準は、インド人や中国人のそれよりも上だった。加えて、チベットについて書く人々は皆、この国の人々の明るい人柄を特記している。チベットの人々は、働いているときも歌い、気楽に暮らしていて、生活態度は軽快で、よく笑う(だが冬の寒さは恐ろしいほどで、窓ガラスのない家々には暖炉もない)。僧侶の敬虔さは別の問題だ。二次的な重要性しか持たない。もちろん僧院制度は僧侶の敬虔さがなければ考えられない。蕩尽の本質とは、開放し、贈与し、喪失するということにあり、打算を斥けるのだが、ラマ教の輝きこそこの本質を精神面で実現している。これは誰も疑いえない。

チベットの体制は、一六世紀末にはモンゴルにも広まった。モンゴル族のこの改宗は、宗教上のというよりも経済上の変化であったが、中央アジア史独特の結末になった。このドラマの最終幕において、侵略というエネルギーの使い道は閉ざされて、ラマ教の意義が明らかになったのである。その意義とはすなわち、全体主義的な僧院制度が、閉ざされた体制の成長を停止させねばならないという必要性に応えていたということだ。イスラムは余剰全体を戦争に差し向けた。近代世界は産業施設に差し向けた。同様にラマ教は瞑想生活に差し向けた。感性的人間が世界のなかで自由に戯れることに、余剰を差し向けたのだ。

いろいろなところで賭けがまるごと余剰という唯一の賭け札に向けてなされているのだが、ラマ教は他のシステムの反対側に位置している。唯一ラマ教だけが、獲得と増加をつねに目的にする**活動**から遠ざかっている。ラマ教は、たしかにやむをえずそうしているとはいえ、ともかく、生そのものとは別の目的に生を従属させることをやめている。ラマ教においては直接的にそしてただちに生が生自身を目的にしているのだ。チベットの祭儀では、諸侯の時代をしのばせる軍事の格好がいまだに踊りの輝かしい動作で表現されている。この輝かしい動作はしかしまた過去の形態が乗り越えられたと言わんばかりなのである。軍事形態の敗北が儀式の表現の目的になっている。こうしてラマ僧たちは、暴力が外部へ粗暴に放たれる世界に勝利したことを祝っているのだ。彼らの勝利は暴力を内部へ向けて解き放つことだった。とはいえこの暴力は、外部に差し向けられた暴力に劣らず荒々しかったのだが。チベットでは、中国におけるよりももっとはっきりと軍人の職業が軽蔑された。第一三世ダライ゠ラマの改革のあとでも、貴族のある一族は、政府当局から息子が将校に任命されたことを嘆いていた。イギリスではこれ以上に名誉ある職業はないのだとベルが説明しても無駄だった。両親は、ベルに対して、ダライ゠ラマへの彼の影響力を使って息子の解任願いを支持してくれるように懇願した。たしかに僧院制度は、純粋な消費であると同時に消費を放棄することでもある。ある意味でこの制度は、解決策に背を向けるという条件で得られた完全な解決策なのだ。だがこの大胆なエネルギーの使い道を人は重視してしすぎることはないだろう。近年の歴史は時代に逆行するこの使い道の価値を強調している。この使い道は、経済の均衡の全般的な条件について示唆を与えている。この使い道は、人間の活動をその限界の前に立たせている。そして、軍事的活動や生産的活動の向こうに、いかなる必要性によっても従属を受けない世界のあることを描き出している。

（1）だが、均衡に達し、都市文明を享受していたイスラム諸国は、長い間、依然遊牧生活を送っていた他のイスラム教徒の犠牲になっていた。これら遊牧イスラム教徒が都市化するようになるのは、最初の征服者たちが帝国を転覆させたあとのことでしかない。

（2）R・グルッセ著『歴史便覧』、プロン社、一九四六年、八折り：「侵略の源泉へ」二七三―二九九頁を参照のこと。

第四部　歴史のデータⅢ　産業社会

第1章　資本主義の起源と宗教改革

第1節　プロテスタンティズムの倫理と資本主義の精神

マックス・ヴェーバー（一八六四―一九二〇）〔ドイツの社会学者。経済・政治・宗教・歴史を横断しながら人間社会を論じた。論文「プロテスタンティズムの倫理と資本主義の精神」（一九〇四―〇五）が有名で、本章のバタイユもそこから議論を立ち上げている〕は、資本主義の形成におけるプロテスタントの特権的な役割を、分析だけでなく統計によっても、明らかにした。(1) 今日でさえ、ある地域では、プロテスタントが実業に向かい、カトリックはより好んで自由業に向かうのが見てとれる。仕事に熱心で、利潤を厳密に計算する実業家の精神状態と、改革された宗教すなわちプロテスタンティズムの散文的な厳格さとのあいだには類縁関係があるように思える〔宗教改革は一五一七年にドイツの神学者マルティン・ルター

（一四八三―一五四六）が『九五ヶ条の提題』を発表してローマ・カトリック教会の免罪符販売に抗議したことから生じたとされる。一般信徒からまきあげた金銭を豪華な教会建築やその内部装飾、典礼、聖職者の生活に浪費するカトリックの姿勢が批判の対象で、その抗議（プロテスタントとは「抗議する人」の意味）はジャン・カルヴァン（一五〇九―六四）に継承され、いっそう尖鋭化し、とくに北欧に広まった）。ただしこの方面で最大の役割を果たしたのはルターの教義ではなかった。そうではなく、全体としてカルヴァン主義の影響を受けた地域（オランダ、イギリス、アメリカ合衆国）が、いち早く産業発展をとげた地域と合致しているのである。ルターは、素朴な、半ば農民的な反抗を唱えたのだった。カルヴァンは商業都市の中産階級の渇望を代弁したのである。カルヴァンは実業に通暁した法学者の反応を身につけていた。

ヴェーバーの学説は、すぐに有名になったが、多くの批判の対象になった。R・H・トーニー（一八八〇―一九六二）〔イギリスの経済史学者。本章でバタイユは上記のヴェーバーの論文とともにトーニーの主著『宗教と資本主義の勃興』（一九二六年初出）の第二版（一九四七年）を典拠として考察を進めている〕が認めるところでは、[2] ヴェーバーの学説は、カルヴァン主義と、当時の種々の経済論との対立を誇張しているきらいがあり、また最初のカルヴァンの教えからその後の理論に至る変化を見落としてしまったというのだ。トーニーに言わせると、一七世紀後半までピューリタン〔カルヴァン派のなかでも潔癖な禁欲主義を貫いてカトリックを厳しく批判した人々。「清教徒」とも〕と資本主義の一致は完全に成し遂げられていたわけではなかった。それに両者のこの一致は、あったとしても、どちらかといえば経済条件によって生じた結果であって、経済条件をもたらした原因ではないというのだ。しかしトーニーも進んで認めているように、これらの留保は必ずしもヴェーバーの考えに対立するものではない。トーニーはこの点に関しては、やや偏狭に、人間の根本的な反応の事実よりも経済学の分野で表明された学説のほうに執着している。

いずれにせよ、宗教上の危機と、近代世界を生んだ経済上の根本変化とのつながりを厳密に分析したのはヴェーバーの優れたところである。たしかにエンゲルス(3)など他の人々もヴェーバー以前にこのつながりに気づいていたが、しかしその本質を明確にするまでには到っていなかった。ヴェーバー以後に修正がありはしたが――トーニーの著作のように――、ヴェーバーはすでに本質を強調していたのだ。それ以後、彼に続いて、もっと辻褄《つじつま》のつけられた研究成果がいくつか達成されたが、それらはおそらく二義的な重要性しか持たない。

(1) 彼の有名な論文「プロテスタンティズムの倫理と資本主義の精神」は最初『社会科学・社会政策

雑誌』第二〇巻と第二一巻（一九〇四年と一九〇五年）に発表され、次いで『宗教社会学』（全三巻、一九二一年、チュービンゲン、八折り）の第一巻に収録された。

（2）『宗教と資本主義の勃興』、第二版、一九四七年、ニューヨーク、八折り

（3）前掲書、XXVII頁、注一一を参照のこと。

第2節　中世の教義と実践における経済

カトリックとプロテスタンティズムという二つの異なった宗教世界に、二つの相対立する経済の原型が対応している。資本主義以前の経済とローマ・カトリック世界とのつながりは、近代経済とプロテスタンティズムのつながりと同じほどに強いのだ。ヴェーバーとしては次の事実を強調する。近代経済は本質的に資本主義産業であり、この資本主義産業の発展に対してカトリック教会およびそれに支えられた精神状態はほとんど何の便宜も提供しなかったが、逆に、プロテスタント世界ではカルヴァン主義が好ましい出発点を資本主義産業の発展に提供していたという事実である。もしも最初に我々が、どちらかというとヴェーバーよりもトーニーから遠ざかる道をたどって、使用可能な資源の用い方の問題を強調するのならば、もっと簡単に二つの経済世界の対立を指摘できるようになるだろう。中世の経済を資本主義経済と異ならせているものは、中世の経済が、かなりの部分におい

て変化のない（スタティックな）ままに、余剰資源を非生産的に蕩尽していたということであり、逆に資本主義経済は蓄積をこととし、生産施設のダイナミックな成長を引き起こしていたということである。

トーニーは、経済に関して中世のキリスト教思想を深く掘り下げて分析している。彼によれば、この思想の本質は生産活動をキリスト教道徳の掟に従属させる原則にある。中世の思想において社会は、生命体すべてのように、同質的でない部分からなる集団、つまり様々な役割の階層からなる集団なのである。聖職者階級、軍人貴族階級、労働者階級が、ひとつの集団を形成しているのだ。この集団では最下層の部分がそこより上の二階層の部分に服従している（ちょうど胴体と手足が頭部に従属しているように）。生産者が貴族と聖職者の生活必需品を供出しなければならない。その見返りに生産者は貴族に保護してもらい、聖職者からは霊的生活への参加を可能にしてもらい、さらには道徳の規則を受け取っている。生産者の活動はこの規則を厳守しなければならないのだ。聖職者と貴族への奉仕から解放され、自然の一部分のように自律性と自分固有の掟を持った経済世界といった発想は、中世の思想には無縁のしろものである。売り手は商品を**正当な価格**で渡さなければならない。この正当な価格は供給者の生活を保証できる可能性によって決定される。（ある意味でこれはマルクス主義の労働－価値の考え方であり、トーニーはまさにマルクスのなかに「最後のスコラ学者」を見ている。）借りた金は利子の対象にはならず、高利貸しの禁止は教会法に明らかだ。中世の神学者たちはもっぱら慎重に、時代がたってやっと、次の相違を認めた。すなわち、事業が目的になっていて債権者に利潤への道義的権利を与える貸し付けと、借りた人の消費に役立っていて、正当化しうる利益の存在しない貸し付けとのあいだの相違である。富裕者は貯蔵物資を持っている。たとえば貧者が死にそうになっているとき、富裕者は自分自身いささかも困らずにその貧者を飢え死にしないようにすることができるのだが、この場合富裕者ははたして、彼が貸し与えた以上のものを返済として要求できるだろうか。もしもそんな要求をしたら、時間を使って得をするということになるだろう。空間とは違って時間は、人間ではなく神の所有物とみなされていたのだ。だが他方で時間は自然のなかに存在している。いつでもどこかの場所で金銭によって事業に融資して利益をあげることができるのならば、自然法は《金銭＋時間》という要因に、利子という付加価値（ありうる利益の一部としての）を与えるだろう。だとすると、道徳的思想は自然法への否定になる。教会の介入は、生産力の自由な発展を阻止していたのだ。キリスト教道徳によれば生産は奉仕なのであり、この奉仕の諸様相（義務、責任、特権）は、目的によって（結局のところ目的の判定者である聖職者によって）決められているのであって、自然の動きによって決められているのではない。これは、経済の次元の合理的で道徳的な――しかし変化のない（スタティックな）――発想である。この発想は、ちょうど、神による目的論的な宇宙創造という発想に似ている。諸力の活動によって引き起こされる進化という発想とは正反対の宇宙創造の発想に似ている。じっさい中世において世界は、一度決定的に与えられてそのまま変化していないように見えたのだ。

だがこうした形式上の判断だけがすべてではない。そして中世経済の本質は神学者や法学者の書き残したもののなかにすべて語り尽くされているわけではないのだ。しかしまた中世経済の本質は、現実の実践活動のなかで定義されうるわけでもない。たとえこの実践活動がどれほど理論の厳密さから遠く隔たっていようとも、そうなのだ。中世経済の本質を特徴づける一つの要素は、おそらく、社会が富に与える意味にあるのだろう。ただしこの富の意味は、これを持った人々によって異口同音に語られた精神的な見解とは異なっているし、他方また、事実と理論的規則との対立のなかにこの意味を探っても無駄だろう。富の意味は、強烈で、はっきり見てとれる動きの影響を受けている。この動きは、明文化されていないが、経済システムの本質を決定しうる。

富の意味は、我々が富の所有から何を期待するか、その期待する良きこと（利点）に応じて変化する。富の意味は、ジャンにとっては結婚できるという可能性であり、ロベールにとっては無為であり、エドモンにとっては社会的身分の変化である。とはいえ、ある時代においては、不変の価値がいくつか存在する。資本主義の時代において優位に立っている富の利点とは、投資できるという可能性なのだ。これは個人的な見方の問題ではない。ジャン、ロベール、エドモンは、それぞれ意図は違っているが、蓄えを投資する。ジャンの意図は、土地を買うジャックの意図と同じだ。だが使用可能な資金の大切な部分は、生産力の増加に割り当てられる。これは、特定の個人の究極の目的なのではない。ある時代に決定された社会が集団として選択したのだ。社会が、使用可能な資金の使用に関して、事業と設備の拡大を優越させたのである。こう言ってよければ、社会は、すぐさま富を用いることよりも、**富を増加させること**の方を好んだということだ。

だが宗教改革以前にはまだこのようなことは起きていなかった。成長の可能性は示されていなかった。発展が促されるためには、未開拓の土地が切り開かれ、技術が変革され、新たな製品が産み出されねばならない。ここからまた新たな欲求が生じるのだ。その一方で社会はまた自分の産出物すべてを消費することへ導かれもする。そうなると、この社会は、なんらかの仕方で、自分が持つ余剰資源を破壊せねばならなくなる。無為は、そのための最も単純な方法だ。暇人《ひまじん》は、火災に劣らず、生活必需品を完全に破壊している。他方でピラミッドの建設のために働く労働者もまた無益に生活必需品を破壊しているのだ。利益をあげるという視点からすると、ピラミッドの建設は間違った記念建造物《モニュメント》なのである。

大きな穴を掘って、これをまた埋めて、土地をずんぐり盛り上がらせるほうがまだましかもしれない。我々がアルコールのような飲食物を摂取するときも同様の結果が生じている。酒を飲むと我々はそれ以上働くことができなくなる——しばらくのあいだ産出力を奪われさえする。生産活動、仕事場あるいはパンにまさって、無為、ピラミッド、アルコールは、資源を使用しながら、その資源を見返りなしに——利益なしに——蕩尽するという利点を持っている。それら無為、ピラミッド、アルコールは単純に我々に**快意を与える**。それらは**必要性**なき**選択**に応えており、じっさい我々はそれらを必要のないまま選んでいるのだ。生産力が増加していない——ほとんど増加していない——社会においては、この快意は、その集団的形態のもとで、富の価値を決定している。そうして経済の本質を決定している。この快意が産出物の使用（少なくとも生活の糧を満たしたうえでまだ使用可能なまま残っているものの使用）を決定している。だからこの快意のほうが様々な原則や道徳上の規則よりも意味があるのだ。たしかに生産は道徳上の規則に厳しく従わされてはいる（ときたま上辺だけで従っている）のだが。中世の経済社会を定めていたものは神学者たちの理論ではない。そうではなく、この社会が、大聖堂、大修道院、司祭、無為の修道士に対して快意に引かれながら持っていた欲求なのである。言い換えれば、**神に快意を与える**慈善の**仕事**の可能性（中世の社会において快意は人間の快意として名指されうるものではなかった）が、使用可能な資源の蕩尽の在り方を全般に決定していたのである。

このような経済の宗教的決定は驚くにあたらない。この決定は宗教を定義さえしている。宗教とは、一個の社会が富の余剰を使用して引き起こす快意のことなのである。使用して、というよりも、破壊して（少なくともその有益な価値を破壊して）と言ったほうがいいかもしれない。このことこそが、宗教それぞれに豊かな物質的相貌を与えているのである。この相貌は、やつれた修道士の霊的生活においてはただ単に**目立つ**のをやめただけなのだ。じっさいこのとき霊的生活は、労働から、生産のために使用されえた時間を奪い返しているのだから。唯一重要な点は、有益性がないということ、これら社会集団の決定が**無償**だということなのである。ある意味でたしかにこれらの決定は**役に立っている**。人間たちが、これら無償の活動に、超自然的な効力の次元で帰結を与えている限りにおいて、そうなのだ。だがこれら無償の活動は、無償であるという条件でのみ、第一に富の無益な蕩尽であるという条件でのみ、この次元で役立っているだけなのだ。

宗教活動——供犠、祭儀、贅沢な設備——は、社会の超過エネルギーを解消する。だが人々がふだんやることは、有効な行動の連鎖〔一つの有益な行動が次の有益な行動に結びつき、さらにまた有益な行動へと続くこと〕を断ち切ることに第一の意味があった活動に、二義的な効力を与えてしまうということだ。ここから、重大な不快感——間違っているという感じ、だまされているという印象——が生じ、宗教の世界を満たしている。農地の豊作のような卑俗な成果をあてこんだ供犠は、宗教の引き起こす**神的なもの、聖なるもの**からすると、俗悪なものに感じられる。キリスト教の**救済**は、本来、生産的な活動の領域から宗教的な生活の目的を解放するものなのである。しかし、もしも信徒の救済が、彼がどれほど良いことをしたかという功績への報いになって、信徒が自分の仕事によって救済に到達できるようになるならば、これはしかし、彼が、有益な労働の連鎖(彼の目にはこの連鎖が有益な労働をみじめなものにしていると映る)を、宗教の領域のよりいっそう内面に持ち込んだということにすぎないのだ。こうしてキリスト教徒はその**仕事**によって自分を救済するように試みだすわけだが、そうなると今度はその仕事が、神聖なものを汚す行為に感じられてくる。救済を目的として選ぶことすらも、恩寵の真実〔神が神自身の意志で人間に救いをもたらすこと。人間には良き偶然に見える〕に反するように見えてくる。唯一恩寵だけが、神の本性との一致を実現しているのだ。神の本性とは、**物**のように原因と結果の連鎖に従属されえないものなのだから。神の本性が敬虔な魂に向けて行う自己贈与は、何かを行って得られるというものではありえないのだ。

第3節　ルターの道徳的立場

慈悲の中世的慣習、修道院と托鉢修道僧〔所領からの収益によらず、乞食のように人から施しを受けて修行していた修道士のこと〕、祭と巡礼にルターがあれほどに怒ったのは、これらが浪費だからというわけではなかったのだろう。ルターがまず斥けたのは、これらの手段によって功績が得られるという考えだった。彼が浪費の経済体制を批判したのは、この体制が、富および奢侈を敵視する福音書の主義に反していたからなのだ。とにかく彼が異議を唱えたのは、奢侈それ自体というよりもむしろ、個人の富を浪費することで天上に到達できるという可能性のほうだった。彼は自分の思想をはっきりと次の点に集中させていた。すなわち神の世界は、人と神の妥協から清浄になっていて、この世の連鎖とは厳密に無縁であるように見えるという点である。免罪符の購入によって、ローマ・カトリック教会の信者は、極端な場合、自分の資金を使用して天国の時間を購入できる可能性を手に入れたのだ（じっさいにはこの資金は聖職者の贅沢な生活と無為に差し向けられた）。このことにこそルターの思想は反旗を翻していたのだ。この思想には、だからもはや、富を有用性から取り上げて栄光の世界へ返す（そうしなかったら罪を負う）手段など存在しなかった。ルターの信徒は現世ではただ空しいこと――あるいは罪深いこと――しか**行う**ことができなかった。これに対して、ローマ・カトリックの信徒は、教会を、地上での神の輝きにするように促されていた。ただしローマ・カトリックは、神の本性をこの世の仕事のなかで輝かせたのであり、そうすることで神の本性をみじめな諸策に貶《おとし》めてしまっていた。だからルターのような人から見て、唯一残された道は、信仰の内面的で深い生活でないものすべてから神を決定的に切り離すこと、我々が**する**ことができ**現実に**実行できることすべてから神を決定的に切り離すこと、これにしかないとなってしまったのである。

こうなると富は、生産的な価値以外に意味を持たなくなった。瞑想という無為、貧者への施し、祭事と教会建築の輝きは、わずかな価値すら持たなくなり、逆に悪魔の兆候とみなされた。ルターの教説は、資源を強烈に蕩尽する体制への完全な否定なのである。中世においては、在俗聖職者と修道会聖職者の巨大な軍団がヨーロッパの富の余剰を蕩尽していたのであり、貴族と商人を対抗させながら浪費へ駆りたてていた。これこそがルターを立ち上がらせた不正だった。しかし彼は、この不正に、世界への全面否定しか対置できなかった。カトリック教会は、巨大な浪費を、天国の門を人間に開かせる手段に仕立て上げていたのだが、そうして不快な思いを人々の心に生み出していた。つまりカトリック教会は地上を天国にすることよりもむしろ天国を地上のように卑俗にすることに成功したということである。こうして結局カトリック教会は天国と地上への自分の可能性それぞれに同時に背を向けたのだ。とはいえカトリック教会は、比較的安定した状態で経済を維持してもいた。奇妙なことに、中世の都市にはローマ・カトリック教会が創造した世界のイメージが残されていて〔例えばゴシックの大聖堂〕、そのなかにローマ・カトリック教会は、富の直接的な使用の結果を幸福に描きだしていたのだ。これは入り組んだ矛盾のなかで展開したが、しかしその光は現代の我々にまで届いている。中世の後の時代の純粋な有用性の世界においては富はその直接的な価値を失い、生産力増加の可能性を主に意味するようになってしまったが、その世界を越えて中世の光は我々の目の前で今もなお輝いている。

第4節　カルヴァン主義

ルターの反抗は徹底して否定をこととしていた。ルターからすれば、地上の活動によって神に応えることができないというこの人間の非力がどのようなものであっても、人間の活動は道徳の掟に従属していなければならなかった。ルターは高利貸しに対するローマ・カトリック教会の伝統的な呪詛を継承したし、概して不正取引に対しても経済の古風な思想に固有の嫌悪感をただひたすら抱くばかりだった。だがカルヴァンは、利子付き貸与への批判を捨て去り、商業の道徳性を広い視点に立って承認した。カルヴァンが言うには、「どうして実業が領地の所有よりも多くの収益をもたらしてはいけないのだろうか。商人の利益は自分自身の勤勉さと事業にこそ由来しているのではあるまいか」[1]。ここからヴェーバーは資本主義精神の形成における決定的な価値をカルヴァン主義に与えるのである。カルヴァン主義は当初からジュネーヴやオランダの実業の中産市民階層（ブルジョワジー）の宗教だった。カルヴァンは、経済発展の条件と重要性についてセンスのある人だった。彼は、法学者として、実務家として、語っていた。カルヴァンの思想は中産市民社会を代弁するものであったが、この社会にとってカルヴァンの思想の流布が意味していたものを、ヴェーバーに続いてトーニーもまた明示している。すなわちトーニーによれば、(2)カルヴァンとその時代の中産階級の関係は、今日におけるマルクスと労働者階級（プロレタリアート）の関係に匹敵するというのである。カルヴァンは中産階級に組織化と教説をもたらしたというのだ。

根本の次元では、カルヴァンの教説はルターのそれと同じ意味を持つ。カルヴァンもルターに劣らず〔救済のための〕功績と仕事を斥けている。しかしカルヴァンの諸原則は、ルターとは少し違うふうに連結されているので、より多くの影響をもたらした。カルヴァンの見方では〔ここからこの節の終わりまでバタイユはトーニーの研究書をパラフレーズしている〕目的は、「個人の救済ではなく、神を讃えることなのであり、この称讃は祈りによってだけでなく、行動によっても追求されねばならない――つまり闘争と労働によってこの世界を聖なるものへ浄めるということなのである。というのも個人の功績を徹底的に非難することでカルヴァンは明らかに実務家になっているからだ。良き仕事は救済へ到達するための手段ではない。そうではなく、仕事はむしろ必要不可欠のものなのだ。なぜならば、仕事は救済がじっさいに到達されたことの証しなのだから(3)〔カルヴァンによれば「私たちは、選ばれた者たちの召命は主の選びの表示または証拠のようなものだと教える」(『キリスト教綱要』第三巻第二一章第七節)となるが、この「召命」(神によって与えられた使命)が彼の後継者によって「天職」(神から授けられた職業)と理解された。その結果、一般信徒各人の現在の職が天職とみなされ、これに励んでいられることが神から選ばれていることの証しとみなされるようになった。労働に拍車がかかった所以である〕。ここにおいて仕事は、カトリック教会が与えた価値を失っているが、ある意味で再導入されている。ただしそれは異なった仕事である。カルヴァンにおいて富を無益に消費する慣習への否定は、ルターの教説に劣らず完全になされている。というのも、瞑想の無為から、これみよがしの奢侈から、非生産的な貧窮を支えていた慈悲の諸形式から、価値が奪われ、逆に有益性に立脚した美徳に価値が与えられているからである。プロテスタントのキリスト教徒は質素であり、倹約家であり、働き者であらねばならなかった(プロテスタントは、商業や工業の職業にこの上ない熱意を差し向けねばならなかった……)。プロテスタントは、乞食の生活の処罰までしなければならなかった。生産的活動が規範になっているプロテスタントの原則に乞食の生活が反してい

たからである。(4)

ある意味でカルヴァン主義は、ルターが引き起こした価値観の転倒を極限の帰結へ導いたのだ。カルヴァンは、カトリック教会が欲した神の美の人間的な諸形態〔神に捧げられた建築物、彫刻、絵画など〕を否定しただけではない。彼は、人間の可能性を有益な仕事に限定しながら、さらに、神を讃える手段として、人間自身の栄光を否定するということを人間に課したのだ。カルヴァン派の人々の仕事の真なる神聖さは、神聖さの放棄に存していた——この世で壮麗な美のオーラを放ちうる生のすべてを放棄することに存していた。だから、プロテスタントにおいて神を神聖化するということは、人間の生活を非神聖化(世俗化)することに結びつくことになったのだ。これは賢明な解決策だった。というのも、人間の仕事の空しさがひとたび決定されてしまうと、あとに残るのは、行動能力を持った、いやむしろ行動の必要性を持った人間、つまり仕事は無益だと言うだけでは十分でない人間、こんな人間だけなのだから。社会の複雑さのおかげで個人には職業や職務が課せられるが、その職業なり職務への愛着は、当時はいささかも目新しいことではなかった。しかし当時までこの愛着は、カルヴァン主義が与えたような深い意味と完成された価値を持ったことはなかったのである。カトリック教会が神の栄光を設定した様々な妥協策〔たとえば地上における神の国としての大聖堂〕から神の栄光を解放するという決定は、完全この上ない帰結として、栄光なき活動へ人間を捧げるという事態をもたらすことができたのである。

（1）トーニーからの引用。前掲書、一〇五頁

（2）トーニー、前掲書、一一二頁

（3）同上書、一〇九頁

（4）トーニーが乞食生活と放浪生活への処罰に関して語っていること（前掲書二六五頁を参照のこと）はたいへん衝撃的である。イデオロギーへの経済的利害の影響をこれ以上はっきり見出すことはなかなかないことである。**非生産的な**貧窮の排除を決意する社会の粗暴さが、こうして権威主義的な道徳の最も過酷な形態へ達したのだ。バークレー主教までがこんな考えを示唆していたのである。「頑健な乞食たちを逮捕して、彼らを奴隷にする、ある一定の年数のあいだ、公共の所有物としての奴隷にする」（前掲書、二七〇頁）

第5節　近代への宗教改革の影響――生産の世界の自律性

ヴェーバーにならって資本主義の精神に対比させるかたちでこうしたプロテスタントの立場を考察していくと、人は、産業の飛躍的発展にこの立場以上に好都合なものを何一つ想像できなくなってしまう。何しろこの立場は、一方で無為と奢侈を批判し、他方で企業

の価値を肯定しているのだから。宇宙という無限の富を直接的に使用することは神に厳密に委ねられてしまっていて、人間はただ労働に差し向けられるばかりになった。人間は富を――時間を、食料を、あらゆる種類の資源を――生産設備の発展に捧げることにただひたすら差し向けられたのである。

しかしトーニーは、資本主義がさらにもうひとつの要素を必要にしていることを強調する。その要素とは、非個人的な経済力の自由な成長である。経済の自然な動きの解放と言ってもよい。ただしこの動きの全般的な飛躍は個人による収益の追求に依存しているのだが。資本主義とは、商業、金融業、工業などの企業のために富を蓄積することだけではない。全般的な個人主義、つまり企業の自由のことでもあるのだ。資本主義は、古い経済法と共存できなかった。なぜならば古い経済法の道徳原則とは、企業を社会に従属させることであり、その社会は価格を統制し、術策と戦い、利子付き貸与の実行に重い規制を課していたからである。トーニーの観察によれば[1]、カルヴァン主義が支配した地域(例えばカルヴァンとテオドール・ド・ベーズのいたジュネーヴ、ジョン・ノックスのいたスコットランド)では、カルヴァン主義は集団専制体制に向かった。しかし「敵対する政権の猜疑に満ちた監視のもとで、守勢に立つ少数派」でしかなかった場合には、カルヴァン主義は極端な個人主義に流れてしまった。じっさい、唯一一七世紀後半のイギリスにおいてだけ、ピューリタンがカルヴァン主義の伝統を自由な利益追求につなげていたのである。宗教改革から時がたったこの一七世紀後半においてはじめて、経済原則の自立が提起され、生産領域における宗教世界の道徳的主権が廃棄されるに到ったのだ。この遅ればせの経済の自由な進展の重要性を強調しすぎると危険である。この進展は、初期の段階であったために、根本的な難題を解決しなければならなかった。経済の視点からすると宗教改革で決定的な役割を演じたものは、原理の表明というよりもむしろ人々の精神的傾向に関係していた。この傾向は、はじめのうち隠されているという条件でのみ効果を発揮することができたのだ。変化というものは、地上世界の利害を越えた裁定〔原語（instances）は最高裁判所のような裁定機関を意味する。「審級」とも。ここでは神の判断のこと〕の名の下に語る人々、つまり絶対的な道徳的権威を持った人々が引き起こしてはじめて意味が出てくるものだ。必要だったのは、商人たちの自然な衝動に完全な自由を与えることよりも、むしろこの衝動をなんらかの支配的な道徳的立場に結びつけることだった。そのためにまず求められたのは、中世経済を築いていた権威を破壊することだった。これはしかし、資本主義の利害原則を単刀直入に表明して成し遂げられるようなことではなかったのだろう。宗教改革の教説の帰結はかなり時がたってから解き放たれたのだが、この遅れを解き明かすものこそが、資本主義のほとんど弁護しがたい先験的な〔原語（a priori）は人間の経験の次元にはない「超越的な」、「絶対的な」の意味〕特徴なのである。注目すべきは、資本主義の精神と倫理が純粋な状態ではほとんど一度も表明されなかったということだ。ヴェーバーがそうしているように〔『プロテスタンティズムの倫理と資本主義の精神』の第一章「問題」第二節「資本主義の精神」を指す〕、一八世紀半ばにアメリカ人のベンジャミン・フランクリン（一七〇六—九〇）〔アメリカ合衆国の建国に貢献した政治家〕が表明した原理を取り上げて、この原理こそが資本主義の精神をほとんど古典的な純粋さで語っていると人は言うことができるのだが、しかしこれはあくまで例外的なことなのだ。この原理を以下に引用して私が示したいのは、いきなりこの原理をさらけだすことは不可能だっただろうということである——当初はこの原理に到達不可能な神の仮面をかぶせる必要があったということである。

フランクリンはこう記している。「時は金なりということを思い出してほしい。一日で一〇シリング稼げる人がいたとする。しかし彼は半日散歩し、部屋で怠惰に時を過ごす。自分の楽しみのためにたった六ペンス〔当時一シリングは一二ペンス〕しか消費しなかったとしても、この男は、そのうえさらに五シリングを消費した、あるいは水中に投じたという勘定になるはずである。生殖力と多産性は金銭に属するということを思い出してほしい。金銭は金銭を生み、新芽はやがて自分が新たに生み出すようになり、これが連綿と続く。

五シリングは六シリングに変わり、ついで七シリング三ペンスに変わり、ついには一ポンド〔二〇シリング〕になる。金銭はあればあるだけ多く生み出し、利益はどんどん速く増していく。一匹の雌の豚を殺す者は、何千匹にのぼるその子孫を滅ぼしたことになる。一枚の五シリング硬貨を殺す者はこの硬貨が生み出しえたものを虐殺したことになる。つまり積み上げられたポンドの柱をまるごと何本もだ」

これ以上破廉恥に宗教的な供犠の精神に逆行するものはない。この宗教的な供犠の精神は、宗教改革以前まで、莫大な非生産的な蕩尽を正当化し続けていたのであり、人生の自由な選択権を持った人々すべての無為を正当化し続けていたのである。もちろんフランクリンの原理——これが表明されることはめったになかったのだが——は、経済を導き続けている(おそらく袋小路へ導いているのだろう)。だがルターの時代には、この原則を語ってカトリック教会の原則に公然と対置させることなどとうていできなかっただろう。

精神の動きは、いくつもの教説を右に左に蛇行しながら辿って、ゆっくり前進している。この前進は、ローマに旅したときのルターの激怒〔ルターは一五一〇年一一月から数カ月ローマに滞在し、カトリック教会建築の豪華な装飾や聖職者たちの贅沢三昧の生活を目の当たりにして憤りを覚えた〕から始まってフランクリンの不快な露骨さへ至るのだが、もしも今、人がこの精神の動きを考察してみるならば、その特権的な方向を心に留めておく必要がある。この方向の印象は、何かを決然と決める動きから生じるようなものではない。この方向にはたしかに一貫性があるのだが、その一貫性は、生産力を欲する内的な要求のなかに、外部から与えられたものとして現れる。精神は暗中模索のなかでこの内的な要求を満たそうと努めているし、自分のためらいにまで助けられて、そう努めているのだが、しかし外部からの客観的な要求だけがこの精神のおずおずした歩みを目的へと向かわせるのだ。こうした見方は、経済の決定力を宗教に戻してしまったとみなされる（これは間違った見方なのだが）マックス・ヴェーバーの精神にやや反している。ともかくも宗教改革という革命は、たしかに、ヴェーバーも見てとっていたように、経済の新たな形態への移行という深い意味を持っていた。偉大な宗教改革者たちの感情に立ち戻ってみると、こう語ることさえできるだろう。すなわち、彼らの感情は、宗教的な純粋さを求める要求に極限的な帰結［バタイユの前述によれば「神を讃える手段として、人間自身の栄光を否定するということ」］を与えながら、聖なる世界を、非生産的な蕩尽の世界を、破壊してしまい、地上を生産の人間に、中産階級の市民に、譲り渡してしまった、と。このような破壊と譲渡をもってしても、この極限的な帰結の第一の意味は少しも失われない。この帰結は、宗教の世界のなかで極限性の（今日ではもう不可能になってしまった極限性の）価値を持っている。経済の世界では、この帰結は開始を表わしたにすぎない。とはいえ、この帰結が中産市民階級の到来に口火をつけたということを、そしてこの階級の完成された姿こそ経済的人類〔生産とその利潤をひたすら追求する人々〕なのだということを、人は否定することができないだろう。

(1) 前掲書、一一三頁

第2章　中産市民の世界

第1節　仕事のなかに内奥性を求めることの根本的な矛盾

産業社会は商品――物――の優越と自律に基づいているのだが、この社会の根源に我々は、本質的なもの――**震えのなかで人を恐れさせ、かつ魅惑するもの**――を活動の世界の外へ、**物**の世界の外へ、置きたいという、本質的なものに反した意志を見出す。このことは、これをどのように教えようと、資本主義社会は一般に人間を**物**に（商品に）還元するという事実に逆行することではない。宗教と経済は互いに苦しめあってきた。つまり宗教は経済に対して外部から限界を課して苦しめ、経済は宗教を世俗的な打算で苦しめていたのだが、両者は、相手から与えられたこの障害から、同一の運動のなかで解放されるのだ。この根本的な対立（この予期されなかった矛盾）に人はまず表面的な関心を寄せるかもしれないが、この対立はそれだけの問題ではない。カルヴァン主義がこの上なく大胆に解決した問題は、宗教の事柄に関する歴史学の研究がいつも示す関心には限定されないのだ。じっさいこの問題は、現代の我々を支配している問題なのである。一般に宗教は、自分自身を見出したいという人間の欲望に応えてきた。いつも奇妙なふうに見失われてきた内奥性を回復したいという人間の欲望に応えてきた。しかしどの宗教も、内奥と外面を取り違えてしまって、矛盾した応答すなわち**内奥性の外面的な**形態しか人間に返してこなかった。それゆえ次々に出された解決策も、問題を深く掘り下げて考えることしかしていない。つまり内奥性は絶対に外面的要素から真には解放されないし、かりに外面的要素がなくなると人は内奥性を**意味づける**ことができなくなるだろう、というぐあいに。聖杯〔イエスが最後の晩餐で用いたとされる杯のこと。中世ではこの聖杯探しに出る騎士の話が文学の題材になっていた〕を捉えることができると思っているところで、我々は**物**しか捉えてこなかった。我々の両手に残るのはただ大鍋でしかない……。

人々の今日の探求も、その対象といい、掘り出し物に続く失意といい、ガラード〔中世の聖杯探求物語に登場する騎士〕やカルヴァンから遠く隔たっているわけではない。だが現代世界は別な仕方でこの探求に取りかかっている。現代社会は幻想的な何ものも探求しないし、**物**によって提起された問題を直接に解決しながら本質的な征服を確保しようとしている。おそらく現代世界は絶対に正しいのだろう。完全な分離はしばしば必要に思われる。もしも我々が善を探しに出るとしても、**その探求は活動へ向かわせ、その活動は物の世界にだけ属しているわけだから**、我々は**物**の探求しかめざすことができないのだ。ローマ・カトリック教会へのプロテスタントの批判（じっさいは慈善事業による活動の探求を批判していたのだ）は、奇妙な潔癖さの所業ではない。この批判の最終的な（間接的な）帰結は、人類を**物の次元**のなかでなしうることを**する**ように、それも脇目も振らず、より遠くを見据えることもなく**する**ように駆りたてたということであり、これはたしかに唯一正しい解決ではあった。だがもしも最終的に自分自身を取り戻さねばならなくなった場合、人間は、自分自身から遠ざかるようにさせた道を辿っては自分を探しだすことができないだろう。この道を辿って人間が期待できることといったらせいぜい、**物**に仕えたまま**物**を整備改善することぐらいだ。本来、**物**は人間に仕えるためにのみ**物**として存在しているというのに、そんなことしか期待できないのである。

　ともかくも人間は、経済の問題を解決せずして、自分の真実を再発見することはできないと考えるのは理にかなっている。だが人間は、経済の問題を解決するという**必要**条件について、これは**十分**条件だと言うことも信じることもできる。**物**の世界のなかで生じた要求を満たせばすぐに人間は自由になると断言することもできる。ただし**物**の世界で生じた要求とは、人間の生活必需品を満たすのに欠かせない物理的な整備改善において必要な要求にすぎないのだが。

しかしここで一つの難題がこの人間を立ち止まらせることになる。その難題とはつまりこういうことだ。この人間は、たとえもっと非難される道を辿ったとしても自分が失ったものを捉えることはできないだろう。彼が摑むものは先人が摑んだものとまったく変わらないだろう。彼はいつまでたっても**物**しか摑むことができず、追いかけていた獲物を**物**という獲物の幻影と見間違えることになるだろう。こういう難題だ。

物質的問題の解決は**十分**条件であるという考え方はまずはじめ最も容認できるもの[1]だと私もあくまで主張する。だが生の問題を解決する鍵は次の点にあるのだ――一人の人間にとって大切なのは**一個の物**であるだけでなく、**至高に存在する**ことでもあるという点である。この解決は、たとえそれが物質的要求を満たす答えの不可避の帰結であるにしても、根源的にこの答えとは異なっている。しばしばこの解決はこの答えと混同されるが、しかしこの答えと異なっているのである。

それゆえ、私は、結果として資本主義をもたらすカルヴァン主義についてこう述べることができる。**人間への探求は何らかの仕方で人間を行動へ駆りたてるのだが、その行動が、まさに人間を人間から遠ざけるものになっている以上、いったいどうやって人間は人間を**

見出せるというのか、いったいどうやって自分を再発見できるというのか。この根本的な問題をカルヴァン主義は予告している、と。

現代では、一個の面食らう問題〔第三次世界大戦の可能性〕をめぐって多様な立場が存在していて、目下、歴史のなかで動いていることを、そして同時に、実現すべきこととして我々に提案されていることを、意識するように促している。

（1） 少なくとも、可能事の果てへ行くことを可能にする唯一の考え方だ。

第2節　宗教改革とマルクス主義の類似

宗教改革者たちの歩みとその帰結を考察して、次のような結論に達したとしたら、それは矛盾したことだろうか。すなわち「この歩みは、現代の我々ほどには人間が人間自身から遠ざけられていなかった世界の相対的な安定、均衡を終わらせた」という結論である。じっさいよくあることだが、我々はふと気づいてみるとひとりで、人間性を裏切っていない表情を探し求めて、その眺めが産業社会の本質を表わしているあの空き地や場末や工場を逃れ、ゴシックの鐘塔のそそり立つどこかの死んだような都市へ向かっていたりする〔近代の発展から取り残されたベルギーの中世都市を舞台にしたジョルジュ・ローデンバックの小説『死都ブリュージュ』（一八九二）は有名）。人類本来の輝きを再発見できるような表情を自分自身に与える秘訣を人類は今日まで保ってきたのだが、現代の人間はこの秘訣を見失ってしまった。このことを我々は否定できずにいる。たしかに中世の「作品」もまた、ある意味で、**物**でしかなかった。中世が神に与えていた豊かさを、もっと深く、その到達しえない純粋さにおいて、思い描いていた人からすれば、それら中世の「作品」も、みじめなものに見えていたことだろう。これはしごく当然のことだ。しかし社会のなかの中世の形象[1]は「失われた内奥性」を喚起する力を今日でも持っている。

教会堂はたしかに一個の**物**である。教会堂は納屋とほとんど変わらない。納屋はまぎれもなく一個の**物**だ。**物**とは我々が外部から認識していて、物理的現実（便利さと境界を接していて、留保なく使用可能な現実）として我々に与えられているもののことである。我々は**物**のなかへ入っていくことはできない。**物**は、物質的な特質以外の意味を持たない。この特質は、生産的という意味での有用性に適合させられていても、そうでなくてもいい。だが教会堂は、内的な感情を表現し、また内的な感情に語りかけている。もちろん教会堂は建物という**物**である。しかし納屋は真に**物**であって、この**物**は収穫物の収納に適合させられている。この**物**は物理的な特質に還元させられている。人は、この**物**に期待した利点に照らして使用料を見積もり、そうしてこの**物**に物理的な特質を与え、この**物**を使用に従属させたのだ。これとは逆に、教会堂における内奥性の表現は、労働の空しい蕩尽に対応している。最初からこの建物はその目的によって物理的な有用性から引き離されている。この最初の動きは空しい装飾の多さのなかで際立っている。そもそも教会堂の建設は、使用可能な労働を功利的に用いるということではなく、この労働を蕩尽すること、この労働の有用性を破壊することにあるのだ。内奥性は、ただ一つの条件でのみ、一個の**物**によって表現される。すなわち、この**物**が根本において**物**とは反対の事態、製品、商品とは反対の事態[2]であるという条件、すなわち蕩尽と供犠であるという条件だ。じっさい内奥の感情とは蕩尽なのであって、それゆえ、**物**ではなく蕩尽こそが内奥の感情を表現しているのである。**物**は内奥の感情の否定なのだ。資本主義の中産市民階級は教会堂の建設を二の次にして、工場の建設を優先した。これとは反対にカトリック教会は中世の体制全体を支配していた。カトリック教会は、人々が共同の労働のために集う至る所に鐘楼を建てた。こうして卑劣この上ない仕事であっても、その仕事は、明白な利益から解放された、もっと高い目的を持っているということが遠くからでもはっきり見てとれるようになったのだ。この目的とは神の栄光だった。だが神は、ある意味で、深淵を見て不安に陥る人間から**遠く隔たった**表現なのではあるまいか〔この場合、バタイユは不安に陥る人間を**物**の世界に傾斜した人間と捉えて、神の浪費的栄光から遠ざかっていると考えている〕。

こう語ってはみるものの、過去の世界へのこうしたノスタルジーはやはり短絡な判断に基づいている。動物の不可解な内奥性が世界の巨大な流れとほとんど区別されなかった時代に私が抱きうる未練は、本当になくなってしまった力を指し示しているのだが、しかし私にとってもっと大切なことを無視している。人間は、動物性を離れて世界を失いはしたが、しかしそれでも世界を失ったことへの**意識**になったのだ。これは我々自身であるところの意識であり、動物が自覚しなかった所有物以上のものなのである。一言で言えば、この意識を持った人間こそが**人間**なのであり、私にとって唯一重要なもの、動物が成りえないものなのだ。同様に、中世へのロマンティックなノスタルジーはじつのところ断念でしかない。たしかにこのノスタルジーは、富の非生産的な使用に対立する産業の発展への抗議という意味を持ってはいる。このノスタルジーは、大聖堂に示された価値と資本主義の意義（近代社会はこの意義に還元しうる）との対立に呼応してはいる。だがあの感傷的な未練は、とりわけて、反動的なロマン主義の所産なのだ。あの未練は、たしかに、近代社会のなかに人間とその内面の真実とのはっきりした分離を見てはいる。だがあのノスタルジーは、産業の発展の基底に、異議と変化の精神があったことを見ようとしていない。どこからでも世界の可能性の果てへ向かわねばならないという必要性を見ようとしていない。**神聖な作品**に対するプロテスタントの批判について人はたしかにこう述べることができるだろう。この批判は、世界を俗なる作品に打ち捨ててしまったのだ、と。神の純粋さへの要求は、神的なものを追放し人間を神的なものから完全に切り離すことしかできなかったのだ、と。だからそれ以降、人間は企てのために生きるようになり現在時のなかで生きることを徐々にやめていった。その限りで、**物**が人間を支配するようになった。人は最終的にこんなふうにプロテスタントの批判について述べることができるだろう。だが**物**の支配はけっして全面的ではなく、深い意味では、喜劇でしかない。**物**の支配は半分ほどしか人を欺かない。別の半分では、新たな真実が、それにうってつけの暗闇のなかで、嵐に転じている。

神の本性は到達できず、行動に埋没する人間の精神に還元しえないとするプロテスタントの立場は、もはや今日まで一貫する意義を持っているように我々には見えない。この世界に不在の立場だと言うことさえできるかもしれない（現代のプロテスタントの歩みは、このような頑固一徹な要求とは無縁になり、もっと**人間的**になった）。まるでこの立場自身が、自ら定義する神の本性に似てしまったかのようなのだ。だがこの不在はおそらく虚偽なのだ。誰にもその姿を見破られず、どこにでも出没する反逆者に似ている。たしかに、限定された意味では、宗教改革の根本原理は行動を陶冶《とうや》することをやめてしまった。しかしそれでも意識の厳しさのなかで、素朴さのないなかで、近代世界の成熟のなかで、この原理は生き残っている。清廉潔白さへのカルヴァンの繊細な要求。わずかなものにも満足しない理性の、自分自身にもけっして満足しない理性の、鋭い緊張。大衆の昏睡状態のなかでの思考の**過激主義的**で**反逆的な**性格。こうしたことは悲壮な徹夜の看病という意味を帯びる。大衆は、生産の惰眠に身を任せたきりで、**物**の機械的な実存――半ば滑稽、半ば腹のたつ――を生きていたのだ。だがこの意識的な思考は、同一の動きのなかで、覚醒の究極の段階へ到達する。一方で、この意識的な思考は、技術の活動の延長線上で探求をおこなって、人を**諸物**の認識へ導く。それもどんどん明晰判明になっていく認識へだ（「明晰判明な」(clair et distinct) はデカルトが正確な認識を形容したときの常套句。対象をはっきりと、識別して、捉えるということだが、そういう認識が可能になるのは対象が**物**の場合、あるいは対象を**物**に変えた場合である）。科学は、それ自身のなかでは、意識を物体に限定していて、人間を**自己意識**へ導かない（科学は、主体を客体とみなしてはじめて、つまり**物**とみなしてはじめて、主体を認識できるようになる）。それでも科学は、人を正確さへ慣れさせて、そして**失望させて**、覚醒に貢献している。というのも科学自身、自分の限界を認めて、**自己意識**へ到れない自分の非力を告白しているからだ。他方で、あの意識的な思考は、産業の発展のなかでも、人間が避けることのできない有益な行動を超えて、自分自身を見出したい（至高の実存をもちたい）という人間の根本的な欲望をいささかも断念していない。この欲望はよりいっそう激しさを増すばかりになっていたのだ。プロテスタンティズムは、人間が人間の真実と出会うことをあの世へ引き渡してしまった。マルクス主義は、プロテスタンティズムの厳格さを継承し、無秩序で漠然とした意志に簡潔な形態を与えた。しかしマルクス主義は、カルヴァン主義以上に、人間の直接的な自己探求の傾向を排除した。とりわけマルクス主義が行動し、**感情的な行動**の愚劣を決然と排除したときにはそうだった[3]。マルクスは、行動を物質的組織の変革に差し向けて、カルヴァン主義がただ素描したことをはっきりと呈示した。つまり**物**以外への配慮（宗教上の配慮、一般的に言えば感性に関わる配慮）に対して**物**（すなわち経済）を根源的に独立させることを、はっきりと呈示したのだ。他方で彼マルクスは、人間が自己へ（その深みへ、自分の存在の内奥性へ）回帰する動きの独立を、行動に対するその独立を、論理的帰結として示していた。つまりマルクスにおいて後者の独立の動きは、解放が成し遂げられたときにはじめて、生起しうるのである。ひとたび行動が完遂されたときにはじめて、この動きは開始されうるのだ。

　ふだん人はマルクス主義のこの明確な面を無視している。先ほど私が述べた混同をマルクス主義のせいにしているのだ。マルクスにとって、たしかに「物質的な問題の解決は**十分**条件である」。しかし人間にとっては、「ただ単に**一個の物のように存在する**だけでなく、さらに**至高に存在すること**」が、原則として、「人間の不可避の帰結」として与えられているのだが、しかしそれでもやはりこのように存在することは「物質的要求を満たす答え」とは異なったままなのである。この見解の次元でのマルクスの独創性は、まず否定してから、つまり物質的な障害を取り除いてから、精神的な結果に到達したいという意志にある。この意志のせいでマルクスは、物質的な財に排他的に気を配るようになった。人を挑発するようなこの明瞭な識別のなかには、なかなか気づきにくいことだが、完成された慎み深さがあるのだし、さらにまた、人間の真実を隠された目的に従属させる宗教的な諸形態への嫌悪もあるのだ。マルクス主義の根本命題は、**諸物**の世界（経済の世界）を、**諸物**（経済）の外のあらゆる要素から完全に解放することである。**諸物**のなかに含まれる可能性の果てに行くことによって（**諸物**の要求に留保なしに従うことによって、特殊な利害のための政権に代えて「**諸物**のための政権」を立てることによって、人間を**物**へ還元する動きをその究極の帰結へ導くことによって）マルクスは、決然と**諸物**を人間へ帰属させようとしたのだ。人間が自分自身を意のままにできる事態へ人間を帰そうとしたのだ。

こう言ってよければ、この展望のなかで人間は、**物**との完全な一致を実現して行動から解放されるのだが、そうなるとこの人間はいわば**物**を支配下におさめることになるのかもしれない。**物**はもはやこの人間を隷属しなくなるのかもしれない。新たな一章がここに始まって、人間は自分自身の内的な真実に帰る自由を持つようになるのかもしれない。将来彼が**なるであろう**存在、今日では隷属的であるためにまだなっていない存在を意のままにできる自由を持つようになるのかもしれない。

マルクス主義は、このような立場（この立場は内奥性の次元では自分を隠していて、何も提案していないのだが）のゆえに、カルヴァン主義の素描の完成版というよりもむしろ、資本主義への批判になっている。じっさいマルクス主義は資本主義が厳密さなしに、偶然――そして個人の利益――だけを目的と掟にして**諸物**を解放したと批判している。

（1）中世の形象はまさに宗教改革とその経済的帰結が我々から切り離した最も身近な形態にほかならない。だが古代の形象、オリエントの形象、未開文明の形象もまた我々にはほとんど同じの、もしくはもっと純粋な意味を持っているように見える。

（2）さらに「生産者と商人の使用に無限定に用意されている原材料とは反対のこと」と付け加えねばならない。

（3）「感情的な行動」という表現で私が言いたいのは、**審美的な**行動のことである。感情によって動かされ、感情的な充足を求める行動のことである。人が**成す**ことができず、ただ感じて受け取ることしかできないもの、ちょうどカルヴァン主義における恩寵がそうであるように受容するしかないものを**成そ**

うと欲する行動のことである。

第3節　近代産業の世界あるいは中産市民の世界

資本主義は、ある意味で、無条件に**物**に身を委ねることだ。結果など気にかけていないし、先のことも何も見ていない。一般の資本主義者にとって、**物**（生産品と生産行為）は、ピューリタンにとってのように、彼自身がなるもの、なりたいと思っているものではない。たとえ**物**が彼のなかにあり、彼が**物**になっている場合でも、それは悪魔が、悪魔だと知らないまま悪魔に取り憑かれてしまった人の魂を支配しているようなものだ。あるいは悪魔に取り憑かれた人が、そうとは知らずに悪魔になっているようなものだ。

人間が自己を否定することは、カルヴァン主義では神を肯定することだった。しかしこの自己否定は、いわば到達できない理想だったのであり、せいぜいのところ、価値観を人に課し自分自身その価値観に同一化できる、際立った個性の持ち主たちがなしうる所業だった。しかしこのような例外が、毎回起きるたびに、力を発揮していたのである。これとは逆に資本主義では、**物**と生産に与えられた自由は、人々に共通の可能性だった。この上なく純粋な――そしてこの上なく清貧な――霊性を維持することなどまったく必要なかったのだ。ただし初期の資本主義においては唯一この霊性だけがその厳格さゆえに、すべての可能性と活動を**物**へ隷属させる資本主義の姿勢と、均衡を保つことができていたのである。だが**物**への隷属の原則がひとたび承認されてしまうと、**諸物**の世界（近代産業の世界）はひとりで発展できるようになり、この世にいない神のことなどもう考える必要はなくなっていった。人々の利害心は明瞭だった。なにしろ、いつも迅速に**現実の**対象を捉えて、覚醒した意識の外へ内奥性を去らせておいたのだから。そのうえ**物**の支配〔この「支配」（règne）はキリスト教の「神の支配」（新約聖書の邦訳では「神の国」と訳されている）に淵源する。「物」が主導権を持つ事態の意味〕は、隷属へ流れる人間の自然な傾向によって支えられていた。**物**の支配は、この傾向に支えられながら同時にまた、**純粋な**力（成長以外に目的を持たない成長）への意志にも応えていた。しかしこの**純粋な**力への意志は、表面上は隷属的精神に対立していても、根本においては隷属的精神の補完でしかなかったのだ。消費へ使用されることのないこの力への奉仕――資源が成長へ吸収される最も完全なあり方――のなかにこそ、唯一の真正な自己無化がある。脇道にそれたりまったくしない生命放棄がある。しかしこうした資本主義の姿勢は純粋なカルヴァン主義の姿勢としばしば見分けがつかなくなる。カルヴァン主義は資本主義の対立物であるというのに。

この対立について少なくとも言えることは、カルヴァン主義者は覚醒と緊張の頂点に存在していたということだ。これに対して、産業成長の人間は――この成長しか目的にしていなかったので――眠りを表している。この人間の周囲にはいかなる緊張もないし、世界を世界に合わせて〔余剰エネルギーを蕩尽する世界に合わせて〕秩序づけようという欲望も全然ない。その行動が結果として近代産業をもたらした人々は、そんなふうに世界自身に合わせて秩序づけられる世界などこのままではありえないということすら知らずにいた。そうした考えを持ったことがなかったからだ。彼らは、自分たちを運んでいる動きの非力さ、つまり世界を世界の法則に返すことのできない動きの非力さに完全に無関心だった。彼らの時代には、彼らの動きに反する多様な消費の動きが残存していて捌《は》け口を維持していたのだが、彼らはそんな捌け口をも企業の発展のために利用した。資本主義の世界では、生産手段を生産するうえでの、いかなる原理の選択もなかった（この選択は共産主義の蓄積においてはじめて出現する）。生産に反するもの、つまりあらゆる種類の非生産的消費、そうした消費を創出する制度と価値、こういったものと生産の優越とが対立していることに、中産市民階級は無自覚だった。彼らにおいてこの対立はせいぜい、消費の量に関係していただけだ（じっさいのところもそれだけのことだったのだが）。中産階級の資本主義は奢侈を敵視していたが、これはただ軟弱に、支離滅裂に、そうしていただけだった。吝《りん》嗇《しょく》と行動が彼らを切り詰めていたが、しかし軽率な行動結果を別にしても、彼らは放任主義を捨て去ったことは一度たりともなかった。

こうして中産市民階級は混乱の世界を創造した。この混乱の世界の本質は**物**なのだが、しかし**物**への人間の還元は、神を前にしての人間の自己無化にはもはや関係していなかった。成長の眠りに入らなかった人は皆、彼岸への探求が放棄されているのを見て苦悩した。しかしそれでも、閉ざされた道などなかったのだ。まさに**物**が広く勝利をおさめ、大多数の人の動きを支配していたがゆえに、挫折したかつての夢すべてが誰にも自由に手に取ることができていた。たしかに生命（蕩尽へ向かう地球全般の生命の動き）はこれらの夢から抜け落ちていたが、しかし夢は途方に暮れた人々に慰めとして役立っていた。カオスが始まったのだ。すべてのことがそれぞれ正反対の方向へ向けて同じように可能になったのだ。社会の一体性は、主要産業の異論なき重要さと成功によって維持されていた。この曖昧さのなかで、心を誘惑する過去のものはどれも簡単にその挫折から生き残ることができた。過去の誘惑物は様々な矛盾へ人を差し向けたが、しかしこの矛盾は、この憎むべき現実の世界ではもう感じられなくなってしまった。この現実は公的に人間が基準になっていただけにいっそう憎むべきものになっていたのだ。ロマン主義の抗議も自由だった。しかしこの自由はすべての意味で次の事態を言わんとしていたのだ。人間は、その一体性のなかで（差別抜きの集団のなかで）考察されると、一個の**物**にだけなって存在することに同意しているということを。

第4節　物質的な難題の解決とマルクスの急進主義

人類は、中産市民階級の共犯者である限りにおいて（一言で言えばその**全体**において）、**諸物**以外の何ものにもならない（人類として**物**でしかない）ということに暗黙のうちに同意している。しかしまさにこの混乱した民衆のただなかで、ちょうど植物が大地に根づいているように厳格な精神がこの混乱に根づきながら繁殖する。この厳格な精神の本質は、**物**の完成——**諸物**（生産）と人間との完全な一致——という経路を通って、人間自身への人間の到達もしくは帰還を欲するということにある。そしてこの厳格さが純粋科学と技術の発展を対象にしている限りは、中産市民の世界はこの厳格さを自由に活動させる。

正真正銘の経済の活動の限界内では、厳格さは明確な目標を持つ。すなわち、余剰資源を生活の物質的な不均衡の解消へ捧げること、および労働時間の短縮である。これが、人間と**物**の完全な一致に適合する唯一の富の使用だ。この富の使用はまた、次のような目的の行動を目立たないままに残存させておく。その目的とは、人間が自分を全面的に意のままにできるようにすることだ。科学と技術の発展に結びつけられた厳格さの精神は、このような根本的な目標実現のために直接的に武装を整えている〔武装蜂起による革命のことが暗示されている〕。しかし産業文明の設備の使用と多様なサーヴィスの使用は少数の特権者に限られているわけではない。そもそも、かつての豪勢な富の使用は役割を持っていた。

つまりこの使用は価値を表明していたし、価値を表明する任務と富の関係を示唆していたのである。しかしこの価値の表明は誤った考えに発していたのだ。つまり我々に対して、物の否定が原則になっていることを物のように捉えたがるように仕向けていたのである。このため厳格さの精神は、こうした旧世界の残存物を破壊するように駆りたてられた。資本主義の法則のせいで厳格さの精神は、自分の内包する物質的な可能性を自由に発展させることができたのだが、同時にこの発展を阻む様々な特権を容認していた。このような状況のなかで厳格さはただちに科学と技術から帰結を引き出すように人々を促した。この帰結とは、眼前の世界のカオスを**諸物**それ自体の厳格さへ追い込むということだった。つまり、**諸物**に対する操作すべてを合理的につなげることへ眼前のカオスを追い込むということだった。こうなるともはやこの厳格さは革命的な意味を持つようになる。マルクスはこの意味を至高に明示したのだ。

第5節　封建制と宗教の残存物

とはいえ、過去の価値観をまず取り除かねばならないという必要性についてはここで明確に語っておかねばならない。中世の経済体制のなかには、一方に、公認の価値観を表示する人々がいて、この公認の価値観の名の下に労働が浪費されていた。他方に、彼らによって浪費される労働を供給する人々がいた[1]。この二種類の人々のあいだで富は不平等に分配されていた。耕地の労働や都市の労働は、表示された価値観に対して、隷属的な性格を持たされていた。いや労働だけでなく、労働者もまた、聖職者と貴族に対して、隷属的な性格を持たされていたのだ。聖職者と貴族は、自分たちは**諸物**ではないと**言い張って**いた。しかし結局、**物**の性格は、口先での抗議の影で、全面的に労働者に降りかかってしまった。原初のこの状況は、はっきりした結果をもたらした。すなわち人は、**物**の可能性の果てにまで行って人間を解放したいと思うことと、労働を否定すること以外に意味を持たない人々を、資本主義がそうするように、自由に振る舞わせておくこと、この両方を同時に果たすことはできないということである。後者の人々について言えば、彼らは、人間を人間に唯一返すことができると人々がみなす高貴な仕事のために、低劣な労働を否定しているということなのだ。資本主義は封建制と宗教の残存物を無視していたが、この残存物は、労働者を一個の**物**にしたいという不変の、そしておそらく無意識の意志を表していると言えるだろう。比較の視点に立つと、もしも我々が、労働者の労働を否定する**仕事**に従事してはじめて自分を解放できるというのならば、労働者は**物**として存在することしかできないということになる。**物**の完成（人間と生産との一致が成し遂げられること）は、非生産的な消費に関係した古い価値観が、宗教改革でローマ・カトリック教会の価値観がそうなったように、告発され解体されてはじめて解放の力を持つことができるのだ。じっさい疑問の余地のないことだが、人間の自己回帰には、まず貴族体制と宗教の顔が偽りだと暴かれることが必要なのである。両者の顔は、真に人間の顔にはなっておらず、**物**に帰せられる人間の外見でしかない。人間の自己回帰は、パンやハンマーを手に入れるように内奥性を手に入れると豪語している人々の間違いと混同されるべきではない。

(1) すべての労働者がこの労働を供給していた。この労働者の集団は、自分たちの食料のほかに、豪奢な仕事に雇われていた職人の食料をも供給していた。

第6節　共産主義、および人間と物の有用性との合致

ここから根源的な立場が確定される。労働者の世界はこの根源的な立場に政治的な帰結を与えた。しかしこの立場はある意味では奇妙な立場だ。一方ではこの立場は物質的で現実的な力への根源的な肯定であり、他方では、霊的な価値への、同じほど根源的な否定なのである。共産主義者は、いつも**物**を優越させ、**物**の従属的な性格をあえて持たないものに対抗してきた。この態度は、プロレタリア(労働者)の嗜好《しこう》に堅固に立脚している。彼らプロレタリアからは霊的価値観への感覚は共通して消えているし、また彼ら自ら人間の

存在意義を明晰判明な意義に還元している。そして人間の世界を、互いに隷属しあう**諸物**の体制と見なしている。この体制とは例えば、犂《すき》が畑を耕し、畑は小麦を産出し、小麦は鍛冶屋の栄養になり、鍛冶屋は犂を作り上げる、といったことだ。このことは高尚な欲求をいささかも排除していないが、高尚な欲求はここでは変わりやすく、曖昧で、開放的だ。それに反して旧世界の住民の高尚な欲求は、通常、伝統的で、不変である。じっさいプロレタリアは、**物**から出発して人間の解放を企てる(**物**にこそ彼らは旧世界によって貶《おとし》められたのであり、旧世界の価値観は彼らにはほとんど近寄りがたいものだった)。彼らは人間を野心的な道へ導くことはしない。古代の神話や中世の神学を手本にして豪華で変化に富んだ世界を建設したりしない。彼らの注意は、**そこに存在するもの**に好んで限定される。彼らの感情を表現する高尚な文章によって互いの連帯を密にするということも彼らにはない。彼らの世界には、互いに**従属しあう諸物**の連鎖全体に対立する堅固な限界などまったく存在しないのだ。厳格に現実主義的な政治、粗暴な政治は、その理由を厳しい現実のせいにするのだが、そういった政治こそ、彼らの情念を最もよく満たすものなのである。彼らの情念は利己的な集団の意図を包み隠しもしない。それゆえいっそう苛烈なのだ。このような道を進む活動家は厳密な従属関係に簡単にはめこまれる。ちょうど、規律が彼に解放とは裏腹の合い言葉を次々に課すのと同じようにして、解放の仕事が彼を**物**に完全に従属させることに、彼は簡単に同意してしまう。こうした急進的な姿勢は奇妙な結果を生み出す。すなわちこの姿勢は、中産階級の人々に、つまりその搾取を労働者が終結させようとしているこの人々に、**物**への個人の還元を回避する自由を人間のために維持しているのは自分たち中産階級の人間なのだという印象を与えてしまうのだ。だがこの姿勢で問題になっているのは、人間が自分を意のままにできるようになるまでのたいへんな努力にほかならないのである。

本当のところ、中産階級の人々は、自分たちの世界の自由が混乱の自由であることを現実に忘れられずにいる。彼らは結局途方に暮れるしかないのだ。労働政策の大きな諸成果、その唯一の確固たる帰結が、今や一般化してしまった一時的な隷属なのだが、この隷属が彼ら中産市民を怖がらせている。だが彼らはうめくことしかできないのだ。彼らはもはや自分たちの歴史的使命を自覚していない。共産主義者の上げ潮の運動への応答として、つゆほどの希望も立ち上げられずにいる。これが実情なのだ。

第五部　現代のデータ

第1章　ソヴィエトの工業化

第1節　非共産主義側の人類の嘆き

「今の世界の精神的な空虚は恐ろしいほどだ」。いつの時代も、人はこんなふうに語ることができた。まったく確信を持てないということが、ある程度、未来の何たるかを説明している。同様に、測り知れない夜が目前に広がっているということが、現在の何たるかを説明している。しかし今日では、嘆きを強調する妥当な理由がいくつもある。私が考えているのは、大破局〔核兵器の使用を想定した第三次世界大戦の可能性のこと〕の危険が増していること――この危険は思った以上に活気を与える――よりも信仰のなさ、もっと適切に言えば、現代の思想を無力に貶めている理念のなさなのだ。三〇年前には〔第一次世界大戦（一九一四―一八）が終わってまもなくの頃〕、対立しあう多くの思索が人間に見合った未来を照らしだしていたものだ。際限のない進歩への一般的な信仰（これはとくに一九世紀末から第一次世界大戦開始前までの西欧諸国の「ベル・エポック」（麗しき時代）の特徴）が、地球全体と未来の全部を、難なく無条件に処理しうる領域のように見せていた。それ以後、状況は大きく変わった。圧倒的な勝利（第二次世界大戦（一九三九―四五）におけるアメリカ軍の勝利）が平和の再来を確保したときに、避けがたい問題（例えば西洋諸国の経済的困窮）を前に、**劣等**感が多くの人の心を徐々にむしばんでいった。唯一の例外は共産主義世界――ソヴィエト連邦と同盟党――だった（ソヴィエト連邦は一九一七年のロシア革命を経て一九二二年に成立し一九九一年まで続いた。正式名称はソヴィエト社会主義共和国連邦。ユーラシアからヨーロッパの東部にかけてロシア共産党一党支配の政治体制が敷かれていた。同盟党とはとくに東欧社会主義諸国と西欧諸国の共産党を指す。なかでもフランス共産党は「モスクワの長女」と呼ばれるほどロシア共産党に忠実だった）。この共産主義の世界は、不安以外に統一性のない人類、不安に陥りバラバラになった人類のなかにそそりたつ一本の巨大な石柱建造物だった。

この共産主義世界のブロック（第二次世界大戦後すぐに生じた東西冷戦の東側の陣営のこと。ソヴィエト連邦と東欧社会主義諸国は強固な連合を形成した）は、揺るぎない確信を自前で好きなように案配していたのだが、しかし脆弱な楽観主義（東西冷戦の西側の陣営すなわち非共産主義の西欧諸国を支配していた精神的傾向〕を支える助けになるどころか、逆に今日では完全に悲嘆に暮れさせている。このブロックは、自分の側に対しては際限のない希望を持っているのだが、同時に、このブロックの掟を拒み、その原理に盲目的に従えない人々にとっては恐怖になっている。マルクスとエンゲルスは一八四七年にこう書いていた〔『共産党宣言』の冒頭の言葉である〕。「亡霊が、共産主義という亡霊が、ヨーロッパに出没している。」一九四九年〔本書出版の年〕には共産主義はもはや亡霊ではなくなった。このブロックは、組織化された動きに支えられた一個の国家であり一個の軍隊〔**地上で**群を抜いて最強の〕なのである。そして、個人の利害の形態を何であれことごとく無慈悲に否定して、石柱建造物の一体性を保っているのだ。ヨーロッパだけでなくアジアもこのブロックに揺さぶられている。アメリカもまた、その軍隊と産業の優越にもかかわらず、態度を硬化させているし、厳密な個人主義の名のもとにアメリカが表明する怒りはその過度の恐怖を隠せずにいる。今日、ソヴィエト連邦への恐怖は、共産主義でないものすべてを襲って、希望を奪っている。唯一ソヴィエト連邦だけが、決然とし、自信に満ち、組織化への一徹な意志を持っているのだ。その周囲の世界は、根本において、惰性的な力に頼んでソヴィエト連邦に対抗しているにすぎない。周囲の世界は、自分の抱える矛盾に身を任すだけで、これに抗することがない。その日その日を、盲目的に、豊かにあるいは貧しく、しかも意気消沈して、生きているのだ。そこで発せられる言葉は、無力な抗議になってしまった――うめきにすらなってしまった。

第2節　共産主義に対する知識人の態度

以後、西欧とアメリカでは、上昇気運の思想のないなかで、つまり人々を統合し気分を高める希望のないなかで、人間の思想が、まずソヴィエト世界の教説と現実に相対峙しているのである。この教説は多くの信奉者を持つ。彼らは、プロレタリアートの独裁と資本主義の廃絶を、満たされた人間生活の前提条件にしている。ソヴィエト国家の根本の目的は、一九一八年の憲法によれば、「人間による人間のいかなる搾取も撲滅し、すべての国の社会を社会主義的に浄化し、社会主義を勝利させること」なのである。「一国のみの社会主義」をまず実現させようとする意志、そして一九一八年以降ロシア革命がたどった道は、何人かの共産主義分子から批判を招いた。しかし今日までソヴィエト連邦の忠実な信奉者だけで十分に、それぞれの国でソヴィエト連邦と協調しながら革命の成功を決意し、自分たちの主張をもとに労働者の集団を結束させることができたのだ。分派の共産主義者は、民主主義体制のなかで他の傾向の活動家たちと不毛な思いを共有することになってしまった。というのも彼ら分派は存在意義を嫌悪と拒否に持つだけだからだ――彼らは自分たちの決意で人々に強力に希望を与えているわけではない。

そのうえ、反体制勢力の反抗には相対立する二つの源泉がある〔以後バタイユは西側諸国にとっての「反体制勢力」を二つにわけて検討を進めている。一方で「反対制勢力」として「一国社会主義」、「ボルシェヴィキ主義」、「スターリン主義」の名の下にロシア共産党の強力な勢力を取りあげて、これをロシアの歴史と風土から掘り下げ、またヒトラーの「国家社会主義」との相違も強調している。他方でトロツキーを始めとする反スターリン主義の左翼に対しては反体制の力不足を指摘し、資本主義下のリベラル派と同じ次元に置き、さらには保守的な反共産主義者とのつながりも示唆している〕。

一方では、ソヴィエト連邦が自らの基本方針にもたらした帰結は、既存の条件の枠内に限られていた。すなわち社会主義の領域が一国に限られており、それも後進の工業国に限られていたということである。マルクスによれば、社会主義は生産力の極限的な発展の結果生じるということになる。とすれば、一九一七年の革命時のロシア社会ではなく、目下のアメリカ社会こそが社会主義革命にとって機の熟した社会ということになるだろう。しかしレーニンは、一〇月革命〔一九一七年の二月革命により生まれた共和国政権を労働者の武装蜂起によって同年一〇月に打倒した革命〕に世界革命への最初の数歩——回り道をたどってはいるが——を見ていた。のちになってスターリンは、トロツキーに対立しながら、世界革命をロシアにおける社会主義建設の前提条件にすることをやめてしまった。結局、それ以後のソヴィエト連邦は、当初避けようと望んでいた一国社会主義の賭に同意した。しかしそもそも、トロツキーの楽観主義にもかかわらず、選択の余地などなかったのだ。

もちろん「一国のみの社会主義」の帰結を軽視することはできない。物質面の難題については世界社会主義革命が遭遇するであろう難題とは関係がないこととして今は語らずにおくとしても、一国に結びつけられたということが、革命を変質させて、雑駁《ざっぱく》で、不可解で、一見して期待はずれの相貌を革命に与えたと言えるだろう。

しかしこちら側では〔東西冷戦の西側すなわち非共産主義の西側諸国〕、対立を引き起こしているのは「スターリン主義」の反動的な側面なのである。他方で「反スターリン主義者」による批判は、一般の反共産主義による批判と重なっている。

個人の利益への、思想への、そして個人の都合への、個人の権利への、決然たる無視は、当初からボルシェヴィキ革命〔一九一七年の一〇月革命のこと。ボルシェヴィキは「多数派」の意味。ロシア社会主義労働党の左派を指し、レーニンに率いられていた〕のなすところであった。この点ではスターリンの政策はレーニンの政策の特徴を際立たせているが、何の改革もしていない。「ボルシェヴィキの堅固さ」は「腐ったリベラリズム」に対立している。共産主義への憎悪は今日では広範囲にわたっていて、かつ強烈なのであるが、その主たる理由は、個人の現実へのこうした完全な否定に、極限の帰結にまで到った否定に、ある。一般に非共産主義世界にとっては、個人が根本の重要事項である。この世界では価値と真実は、私的でない生活には目もくれず耳も貸さない私的生活の孤独さに関係している（より正確に言うと、この価値と真実は、非共産主義世界の経済的独立に関係している）。個人というものの民主主義的観念（中産市民的観念）の根底には、たしかに、まやかし、安易さ、けちくささがあり、さらに運命（存在するものの宇宙的な戯れ）の要素としての人間への否定がある。近代中産階級の人物は、人類が引き受けたなかで最も平凡な人物像であるように見える。だが生活の孤立――そして平凡さ――をもとに作られたこの「人物」に共産主義は死へ飛込むように促すのだ。もちろん、この「人物」は飛込むのを拒否する。それゆえ、この「人物」は人民を蜂起させる希望になることもない。この「人物」の不安に同意した革命家たちは、そのように同意したことで心を悩ます。スターリン主義がきわめて急進的なので、スターリン主義に対立する共産主義分派たちは、最終的に、中産階級市民に共感してしまった。意識的であろうとなかろうと、この癒着が、スターリン型共産主義の厳格さから逃れようと欲したすべてのものの弱さと無気力に大いに貢献することになってしまった。

賛同、反対もしくは憎悪のような単純な心理とは別に、スターリン主義の複雑さや、スターリン主義の発展の条件がもたらした不可解な相貌は、**知識人たちの**きわめて混乱した反応を生みだすもとになった。まずまちがいなく、目下のソヴィエト連邦のきわめて重大な問題の一つは、社会主義がこの連邦で持つことになった国家的な性格に関係している。かなり前から、いわゆるヒトラーの社会主義のいくつかの外面的特徴が、スターリンの社会主義のそれと比較されてきた。首長、単一政党、軍隊の重要性、青年の組織化、個人思想の否定、抑圧といった特徴である。目的、そして社会と経済の構造も、二つの体制では根源的に異なっていたし、両者をひどく対立させていたのだが、しかし両者の方法の類似は衝撃的だった。両者が、形式、さらに国民の伝統さえをも重視していたので、必然的に人々は、その注意を、両者の間のこの疑わしい比較にいつまでもぐずぐず差し向けることになってしまった。他方でこの種の批判は、共産主義分派を中産階級のリベラリズムに結びつけることになった。革命行動の麻痺をめざし、完全に保守的な結果を確定しようとする「反全体主義の」世論の動きがこうして形成されたのだ。

思想は、この矛盾した状況によって根源的に一変させられてしまったので、この上なく危険な解釈にも散発的に身を任しさえした。こうした解釈はつねに印刷されて世に公表されているわけではない。私は、人から聞いたもので、堅実なとはいえないが、輝かしい解釈を以下に紹介しておきたい〔おそらくスターリン主義に近かったヘーゲル学者アレクサンドル・コジェーヴ（一九〇二—六八）の解釈〕。スターリン主義はいささかもヒトラー主義の類似物ではない。まったく逆なのだ。スターリン主義は、**国家的**ではなく、**帝国的社会主義**なのだ。この場合、**帝国的**という言葉は、一国による帝国主義とは反対の意味で用いられているのだろう。すなわちこの言葉は、**帝国**の必然性に、つまり現代世界の経済と軍事の無政府状態を終結させる**世界的な国家**の必然性に依拠しているのだろう。ヒトラーの**国家社会主義**は、必然的に敗北したのだ。なぜならば、原理上、その広がりが国家に限定されていたのだから。母細胞に副次的細胞が組み込まれるように、征服した国々を組み込む手段がヒトラーの国家社会主義には存在しなかった。逆にソヴィエト連邦は、その内部にいかなる国家も参入しうる枠組なのである。もう少し時がたてば、チリ共和国がソヴィエト連邦に組み込まれるだろう。ちょうどウクライナ共和国がすでにそうなったように。この見方〔ここまでがコジェーヴ風の解釈〕は、マルクス主義に対立してはいない。だがそれでもマルクス主義とは異なっている。というのも、この見方は、ヘーゲルのように卓越した、そして決定的な地位を国家に与えているからだ。ヘーゲル的発想の人間、すなわち「帝国的社会主義」の人間は、個人ではなく国家なのである。この人間において個人は死んでいるのであり、国家という上位の現実と国家への奉仕に吸収されている。広い意味では、「国家の人間」は、歴史の大河が流れ込む大洋なのだ。国家に参入している限り、人間は、動物性と個人性から同時に離脱している。この人間は、もはや世界的な現実と異なっていない。世界のなかの分離可能などの部分も世界の全体に帰属する。世界的国家の最高裁定機関もこの機関自身にだけ帰属する。この世界観は、共産主義の民衆次元の現実と真っ向から対立しているし、行動的な熱狂の外側に存在していて、矛盾は明らかだ。しかしこの世界観は、個人の条件というものの意味の乏しさと貧しさを強調しているところに利点がある。個人の人格を最終目標とは別の地点に位置づけて、もう少し広い地平に開かせるという機会を逃すべきではないというのだろう。我々がソヴィエトの生活について知っているのは、せいぜいのところ、限定された事業に関係したことや個人の自由の制限に関係したことだ。だが我々の習慣はソヴィエトの生活では覆されているし、この生活で問われていることは、結局、我々が好んで閉じこもる短絡な展望を越えているのである。

もちろんソヴィエト連邦の存在——そして脅威——が様々な反応を引き起こすのは避けがたい。単純な拒絶、そして憎悪は、後味としてぞんざいな感じが残る。こちら側〔非共産主義の西側諸国〕では、〔ソヴィエト連邦寄りの左翼の人々が〕思想の沈黙を愛する勇気、挫折した組織化への軽蔑、民衆に対置された障壁への憎悪に駆られて、過酷で決定的な試練を欲している。他方である人々は、前もって最悪の事態に同意しておきながら、憑かれたように天国に祈る信心家に似ていて、あきらめ顔で東西の緊張緩和を待ち望んでいる。

彼らのその姿勢は前者の人々より一徹さに欠けるのだが、世界の平和な進展と共存しうるように彼らには見えたマルクス主義の大義に忠実なままなのだ。別の信条の人々は、この世界がソヴィエト連邦の拡大によって全面的に縮小される事態がどうにも想像できずにいるのだが、この拡大が存続させる緊張が、必然的に経済の転覆をもたらすとは思っている。じつのところ、こうした精神の驚異的な混沌は、世界のなかでのボルシェヴィキ主義の行動と、ボルシェヴィキ主義が遭遇した受け身の姿勢、精神的無力さとによって生じている。とはいえ、ただ歴史だけが、何らかの軍事的決定によって、この混沌を終焉させることができるのだろう。我々にできることといったら、我々の眼前で、ヒトラーがなしえたよりももっと根源的に既成秩序を揺さぶっているこのボルシェヴィキ主義の行動の本質の探求にのりだすことだけだ。

第3節　蓄積に逆行する労働者の動き

ソヴィエト連邦は直接的に世界を変えることができる。というのもソヴィエト連邦が編成している力はアメリカ主導の連合にまさっているからだ。

と同時にソヴィエト連邦は、その行動の余波によっても世界を変えることができる。つまりソヴィエト連邦との抗争によって、対立陣営の国々は経済の法的基盤を変えるように仕向けられているのだ。

ともかくも、全面的な大破局〔東西冷戦の帰結としての第三次世界大戦のこと〕でも生じない限り、社会構造の変化は生産力の急速な発展によってもたらされる。ヨーロッパの目下の成長低下はこの発展を一時的に後退させているにすぎない。

我々の混乱が行き着くであろう的確な解決〔世界規模で余剰を貧窮状態の地域の人々に分配し、その生活水準の向上を実現すること〕は、おそらく我々にとって二義的な意味しか持たない。大切なのは我々が、目下の世界で活動中の力の本性を意識することができるかどうかということなのだ。

かつて余剰資源の処理において最も首尾一貫していた変化は、まずまちがいなく、余剰資源を主に設備の発展に差し向けることだった。この変化は産業の時代を開始させ、現在も資本主義経済の基礎になっている。「蓄積」と呼ばれる事態が意味することは、多くの裕福な個人が豪勢な暮らし向きの非生産的消費を拒否して、手持ちの資金を生産手段の購入に使ったということである。ここから、加速的に前進していく発展が生じたのだ。そして、この発展が生じるにつれて、増大した資源の一部が逆に生産的ではない消費へ差し向けられるようになった。

究極のところでは、労働運動も富を消費へ分配するこの問題に本質的に関係している。

ストライキや、昇給と労働時間短縮のための闘争は、根源的に何を意味しているのだろうか。労働者の権利要求が成功すると、生産費は上昇する。同時に雇用者の奢侈に充てられていた消費の部分が減少するだけでなく、さらに蓄積の部分も減少する。資源の増加が可能にした一時間の労働短縮、時給額の上昇は、労働者に富を分配するということに相当する。つまり逆のことを考えてみると、もしも労働者がより多く働いたのに収入が減ったのならば、資本家の収益はよりいっそう増えて、より多くの額が生産力の発展に使われていただろうということだ。他方で労働者のための社会保障の制度もまた労働者への富の分配という効果を強力に押し進めることになる。こうして労働運動と、賃金労働者に対する左翼の、少なくともリベラルの、政策は、資本主義に抗いながら、富のより多くの部分を非生産的消費に差し向ける事態を原則として意味している。たしかにこのようなやり方で富を非生産的消費に差し向けても、何らかの輝かしい価値がめざされているわけではない。人間が自分を意のままにできる可能性がよりいっそう増す傾向にあるというだけだ。それでも今現在において得られる満足の部分が、未来をよりよくするための配慮の部分を排して増加したのである。まさにこれゆえに、我々の知っている左翼の政策は、総体的に、有用性の連鎖を断ち切る荒れ狂いというほどではないが、緊張緩和という意味は持っている。逆に右翼は、連鎖の意味、けちけちした打算の意味を持っている。進歩政党を概ね活気づけているのは気前のいい動き、今現在を生きたいという嗜好なのである。

第4節　蓄積に対するロシア皇帝の非力さと共産主義による蓄積

ロシアの経済発展は我々のそれと根本的に異なっていたのであり、私が導入した考察〔余剰収益を労働者へ分配すること〕をロシアの経済発展に適応することはできない。西欧においてさえ、左翼の政治運動は、私が今述べたような意味を最初から持っていたわけではない。フランス革命は、結果として、王宮や貴族たちの豪勢な消費を減少させ、産業の蓄積をもたらした。一七八九年のこのフランス革命は、イギリスの資本主義に対するフランスの中産階級の遅れを是正した。左翼の政策が気前よくなり、自分の内に深く貯めこまなくなったのは、もっとあとになってのこと、浪費好きの貴族階級と対立しなくなり、産業を支える中産階級と対立するようになってからのことである。ところで一九一七年の皇帝〔ツァー（Tsar）と呼ばれたロシアの君主のこと。一九一七年の二月革命で退位したニコライ二世が最後の皇帝〕の下のロシアは、旧体制下のフランス〔旧体制（アンシャン・レジーム）は一七八九年のフランス革命より以前の王政のこと〕とほとんど変わらなかった。このときまでのロシアは蓄積することのできない階級によって支配されていた。ロシアの広大な領土が擁していた無尽蔵の資源は、未開拓のままだった。開拓するための資本がなかったからだ。一九世紀の末になってやっとある程度の規模の産業がそこで発展した。しかしこの産業はそのほとんどの部分を外国資本に依存していた。「一九三四年でも、この産業に投資された資本の内ロシアの資本はたった五三パーセントだけだった」[1]。ロシア資本の発展はまだきわめて不十分だったので、ほとんどすべての分野で、フランスやドイツといった国々に対するロシアの劣勢は年々増すばかりになった。レーニンはこう書いている。「我々はどんどん遅れをとっていく」[2]。

このような状況のなかで、皇帝と大土地所有者に対する革命闘争——民主主義政党（立憲民主党）からボルシェヴィキまで——は、たいへん短い期間のうちに、フランスで一七八九年から今日まで波乱のなかで行われた複雑な運動をまるごとすべて経験し、それで活気を得ていた。とはいえ、その前に、経済の基盤がこの革命闘争の行方を決定していた。つまりこの革命闘争は、非生産的な浪費を終結させて、富をこの国の設備に投資することしかできなかったのだ。言い換えればこの革命闘争は、産業化の進んだ国々ならば労働者層とこれを支える政党がごく自然にめざす目標〔労働者への富の分配〕に対立する目標しか立てることができなかったのだ。すなわち非生産的な消費を減少させて、蓄積を促進しなければならなかったのである。たしかにこの減少は、有産階級をターゲットにしていたのだが、しかしそうして有産階級から巻き上げた部分を、労働者の境遇の改善に役立てることはできなかった。せいぜい二義的にしかそうすることができなかった。なによりもまず、この部分を産業の設備に差し向けなければならなかったのである。

第一次世界大戦が当初からロシアに明示していたのは、諸国家が産業勢力の合成体になって至る所で成長しているときに、いかなる国も遅れたままでは存在できないということだった。このことは第二次世界大戦によって完全に証明された。先進産業諸国家の発展を引き起こした決定因は、内部から生じていた。ロシアのような後進国の場合、決定因は主として外部から与えられたのだ。ロシアが抱えていた産業面での資源開発の内的な必要性について人がどのように言おうと、結局、唯一この開発があったおかげでロシアは先の大戦の試練を克服できたということを付言しなければならない。一九一七年のロシアは、その日暮らしの人々によって占められていて、国力を発展させるという条件でしか生き延びることができなかった。そのため、このときのロシアは、豪勢な浪費を軽蔑する階級の指導を必要としていた。外国の資本主義の寄与と、ロシア自身の産業発展のひどくなるばかりの遅れとがはっきり示しているのは、この国の中産階級が数的重要性を持たず、優勢になりうるための上昇性を備えていないということである。それゆえ、プロレタリアートの矛盾が生じたのである。つまり生を可能にするために生を断念するという矛盾を自らに断固として課さねばならなくなったのだ。倹約家の中産市民は、最も無益な贅沢を断念しても、ゆとりある生活は享受する。労働者の断念は逆に欠乏状態で生じていた。ルロワ＝ボリューに言わせると、「だれもロシア人のように苦しむことができないし、死ぬこともできない」。だがこの激しい忍耐心は打算とははっきりかけ離れているように見える。ヨーロッパのどの国を探しても、中産階級の生活の合理的長所からこれ以上に無縁な人間は見出せないように思われる。この合理的長所は、安全性の条件を必要とする。つまり資本家の投資は、秩序が厳密に構築されていて、眼前に広がる未来がよく見えることを求めている。ロシア人の生活は、長いこと広大な平原のなかで蛮族の侵入にさらされてきたし、また飢えと寒さの脅威に絶えず付きまとわれてきた(3)。そのせいで、むしろ反対に無頓着、無情、そして今現在のなかで生きる姿勢を長所として培うことになった。ソヴィエト連邦の労働者が未来の幸福に向けて目前の利益を断念するためには、じっさいのところ、第三者を信頼することが必要だった。いや信頼に留まらず、自分を縛る拘束に身を任すことも必要だったのだ。このために必要な努力は強烈で直接的な刺激に直面し対応しなければならなかったのだ。もともとこの刺激は、危険で、貧しくて、広大な国の自然のなかで生じたものだった。だからソヴィエト連邦の労働者の努力は、この広大さと悲惨さに応じて営まれ続けねばならなかった。

そのうえ、プロレタリアートの先頭に立って、ロシアの産業化の必要性に**財政手段のな**

いまま対応していた人々は、資本主義の企業を統率する人の冷静で打算的な精神を持つことなどできなかった。彼らが行った革命からして、そして彼らが生まれた風土からしても、彼らは戦争の世界に全面的に属していた。戦争の世界、それは一般に産業の世界に対立している。ちょうど恐怖と情熱の混ざったものが、つまり片方に軍隊の規律、もう片方に兵士を高揚させる軍旗、これら二つの混合物が、利害打算の冷静な合成物と対立しているのと同じだ。ソヴィエト以前のロシアは、農業を主体にしながら同時に軍隊の要請に支配される経済しか知らなかった。このような経済では富の使用はほとんど浪費と戦争に限られていた。他の国々では産業界の出資が惜しみなく軍隊になされるのだが、ロシアの軍隊はほんのわずかしかこれに浴しなかった。ロシア帝政から共産主義への唐突な変化が意味するものは、他の国と違ってロシアでは、富の設備投資が行われるためには、どうしても戦争による野蛮な需要が、この刺激が、必要だったということである。一般に資本家の倹約は、戦争という人を陶酔させたり恐怖させたりする強風を避けて、一種の静かな貯蔵庫でなされる。富裕な中産階級の人間は、比較的、恐怖も情念もなしに暮らしている。逆にボルシェヴィキのリーダーは、ロシア帝政の大土地所有者と同様に、恐怖と情念の世界に属していた。だが初期の時代の資本家に似て、ボルシェヴィキのリーダーは浪費に反対した。彼は労働者にほんのわずかそのうえ彼はこれらの特徴をロシアの労働者各人と共有した。彼は労働者にほんのわずかだけ距離を取っていただけだ。ちょうど好戦的な部族において首長と彼の命じる人々との隔たりがわずかであるのと同じように。この点で、当初におけるボルシェヴィキのリーダーたちと労働者階級との精神上の一致は否めないだろう。

こうしたやり方のなかで注目すべきなのは、ある意味で現在時を重視する覇権のなかですべての生命が維持されていることである。たしかに将来の成果は、労働の存在理由ではあるのだが、現在時での自己贈与、熱狂、そして情念を鼓舞するために喚起されている。同様に戦争の脅威も、恐怖が常軌を逸して広がる鋭さを持っている。これは社会全体の構図の一面でしかない。だがこの一面が強調されている。こうした状況では、労働者によって提供される労働の価値と支払われる給与とのあいだの差は相当なものになりうる。

一九三八年に「達成予定の生産総額は一八四〇億ルーブルに設定されていたが、そのうち一一四五億ルーブルが生産手段の生産に充てられ、わずか六九五億ルーブルだけが消費財に充てられていた」(4)。この割合は給与と労働の差に正確に対応しているわけではない。しかし次のことは明らかだ。すなわち、分配される消費財は、まずもってその消費財の生産に役立った労働の報酬のなかに含まれるはずなのであり、だとすれば消費財は労働全体のわずかな部分にしか相当しえなかったということである。第二次世界大戦以後はこの給与と労働のあいだの差は減少する傾向にあった。しかし相変わらず重工業が特権的な位置を保っていた。国家計画委員会議長のヴォズネセンスキーは、一九四六年三月一五日にこう告白している。「今回の計画で予定された生産手段の生産のリズムは、消費財の生産のリズムを少しばかり上回っている」(5)。

一九二九年に始まった五カ年計画の初めにもうロシア経済は現在の形態になった。つまり余剰資源のほぼ全体を生産手段の生産に差し向けるという特徴を持ったのだ。先行者である資本主義もこの目的のために手持ちの資産の相当な部分を使用したのだが、しかし資本主義では浪費の自由を阻止するものは何もなかった(浪費は縮小されていたが、自由なままだったし、部分的には資本主義のためになるように起こりえた)。ソヴィエト共産主義は非生産的消費の原理を断固として受けつけなかった。非生産的消費を消滅させてしまったわけではなかったが、自らが引き起こした社会転覆のおかげで、消費の最も豪勢な形態は排除されてしまった。そしてソヴィエト共産主義は絶え間なく労働者各人に働きかけて、人間の力の限界にまで達するほどの、最大の生産力を出すように求めたのだ。ソヴィエト共産主義以前のいかなる経済組織もこれほどに余剰資源を生産力の増大に、すなわち体制の成長に、差し向けることはできなかった。どのような社会組織においても、どのような生命体においても、処理可能な余剰資源は、二つに分割されるのが常である。その二つとは、体制の成長と、生命の維持にも成長にも役立たない純粋な消費のことだ。ところが、成長のためにそれ相応の多くの部分を割り当てることができず、滅びる寸前であった国民が、突如そのときまでの均衡を破って、奢侈と惰性に委ねていた部分を最小限に削減したのである。以後、この国民はもはや常軌を逸した生産力増大のためにだけ生きるようになったのだ。

周知のように、ヴィクトール・クラフチェンコ（一九〇五—六六）（革命家の家系に生まれたクラフチェンコは一九二九年ロシア共産党に入党後、期せずしてウクライナで農地の共有化政策の立役者にされ、過酷な現実（共有化政策に関係した農民の飢饉と処刑）と矛盾（共有化政策を正当化する政府側の安直な宣伝）の板挟みに会う。第二次世界大戦では軍需産業の責任者として再び現実と体制の両面（飢餓状態の労働者と無能で残酷な体制側の役人）の生き証人になると同時に心を痛めた。一九四四年にアメリカに亡命。一九四六年アメリカで出版した『私は自由を選んだ』は反響を呼び、翌年刊行された仏語訳はフランスでさらなる反響を巻き起こした）は、ロシアにおいては技師であり共産党員であったが、そのロシアを去ったあとにアメリカで「センセーショナルな」回想録を出版し、ロシアの政治体制を告発した(6)。彼の非難の価値がどのようなものであれ、ロシアの産業のこうした構図からは、巨大な労働に飲み込まれた世界の、心にまといつくような光景を簡単に得ることができる。この著者は、ロシアで使用された方法の価値に異議を唱えている。その方法は間違いなくたいへん過酷なものだ。

一九三七年頃のことだが、弾圧は情け容赦なく、強制収容は頻繁に行われた。公表された成果が政治宣伝のための表看板にすぎないという場合もあった。他方で労働の浪費の一部は無秩序のせいだった。警察はいたるところで職務怠慢や反抗を監視していたが、その監視は幹部の士気を削ぎ、生産の妨げになりがちだった。こうした体制の欠点は別なふうにも知らされた（つまりこの時代の**粛清**は誇張された過酷さだと告発する傾向が一九三七年よりあとになって見られたのだ）。我々はこの粛清がどのくらい甚大だったのかその規模の大きさを知らないだけなのである。詳細を伝える十分に確かな証言がないのだ。だがそれでもクラフチェンコに対する告発は彼の証言の本質に差し向けることのできないものである〔スターリンの死去した一九五三年に作成され、ソ連邦の崩壊後に公表された資料によれば、一九三七年から三八年にかけてスターリンは政治統制を強化するために共産党の幹部から労働者にいたるまで大量の粛清を行った。逮捕者一五七万人、その内の約六八万人が死刑、これとほぼ同数の人が強制収容所送りかシベリア流刑に処された〕。

巨大な機械的体制が整然と組織され、個人の意志を減少させながら、最大の生産効率をめざしたのである。個人の気まぐれに充てられた部分などそこにはまったく残されていなかった。労働者は、勤労手帳を受け取ると、それ以後は別の都市への移動も別の工場への移動も、自分の意のままにはならなくなる。二〇分遅刻すると、強制労働の罰が待っている。産業指導者でさえ、いやおうなしに、軍人のようにシベリアのどこか僻地に配属される。クラフチェンコの例自体から、労働しか可能性のない世界の本質が理解される。その本質とは、未来時のために巨大な企業を建設するということだ。情熱などは、幸不幸を問わず、束の間のエピソードに過ぎないし、記憶にほとんど痕跡を残さない。最終的に政治面での絶望感と、沈黙せざるをえない状況のおかげで、睡眠以外の生活のすべての時間が完全に労働の熱狂へ捧げられるのだ。

至る所、歯ぎしりと歌声のなかで、重苦しい沈黙か騒々しい演説のなかで、貧困と高揚感のなかで、帝政時代には無力のまま放置されていた巨大な労働力が日に日に建築物を立ち上げていく。そのなかで使用可能な富が蓄積され増加していく建築物を。

(1) ジョレ『ソヴィエト連邦、大地と人間』、一九四五年、一三三頁
(2) 同上書
(3) ロシア語で《Golod i kholod》。
(4) アレクザンスキー『革命ロシア』、一九四七年、一六八―一六九頁
(5) 同上書、二五四頁
(6) V・A・クラフチェンコ『私は自由を選んだ』、一九四七年〔初出はアメリカで一九四六年〕。

——私は、この重要な資料、たしかに思想上の偏りはあるが、真正さのあるこの資料を用いた。厳格な批判の規則に従って、この資料から真実の要素をいくつか引き出すためにそうしたのだ。人は、この資料の明白な欠点、矛盾、軽薄さから、そして総じて著者の知的堅実さが不十分であることから、この書物の真正性のかけらも引き出すことはできない。この書物は他の資料と同じような資料だ。つまり他のどの資料もそうだが、用心して用いるべきだということである。

第5節　土地の「共有化」

個人の利益を削減するこの努力はそのまま農村部にも影響を与えた。

だが農村部の土地の「共有化」はおそらく経済構造の変化のなかで最も問題含みの部分なのである。この共有化が多くの犠牲をもたらしたことは間違いない。この共有化は、寛容であったことなど一度もなかったソヴィエトの事業の最も非人間的な局面だった。だがこの土地というロシア資源の開発について広い視点にたって判断するとなると、この開発が始められたときの状況や、対応を迫られていた必要性を忘れがちになる。そうなると、富裕な土地所有者ではなく、我々フランスの貧農と生活水準がほぼ同じロシアのクラーク〔ロシアの自営農家のことで、共産主義者からは富農と見なされ批判されていた〕を対象にした粛清の緊急性がよく分からなくなる。農業を混乱させないほうが賢明だったのではないかとさえ思えてくるのだ。なにしろすべての資源を動員して、産業の任務に取りかかるときだったのだから。このように遠くから判断を下すのは難しいことなのだが、しかし以下のような説明を斥けるのも理不尽なことだろう。

第一次五カ年計画の初期においては、労働者が食する農産物の**現物**支給を予め算定しておく必要があった。この計画は最初から重工業を優先して軽工業を軽視しなければならなかったので、耕作者が必要とする細々《こまごま》とした工場生産物の供給を重要な部分として考慮に入れるのは難しいことだった。逆に彼ら耕作者にトラクターを売りつけるのには好都合な状況だった。トラクターの供給ならば、この計画の方針に適していた。そのための工場は、必要ならば、兵器の製造にも役立つだけに、なおさら適していた。だがクラークの所有する小規模な土地はトラクターをまったく必要としていなかったのだ。それゆえ彼らクラークの個人的農業経営に代えて、農民をかき集めて、もっと規模の大きい農業経営に携わらせる必要性が出てきたのである（他方でこの集団農場の会計は必要不可欠であり操作可能であったために徴用〔国家からの強制的な取り立て〕を容易にした。この徴用があったからこそ農民の食糧消費は、あらゆる点で消費財の部分の減少をめざしていた五カ年計画の規則になんとか順応できたのだ。そしてクラークのような小規模農業経営がこの徴用の大きな障害になっていたことも無視できない）。

こうした考察は、工業化が都市への相当数の人口移動をつねに必要としているだけに、説得力を持っていた。もしも工業化がゆっくり進められるのならば、人口の移動は自ずとバランスよくなされるだろう。農業用の設備が円滑に農村部の人口減少を補うことができる。だが急激な工業の発展は待ったなしに雇用を募る。耕作の機械化と合わさった農地の「共有化政策」だけが唯一、農業生産の維持と成長を確かなものにすることができるのだ。もしもこの維持と成長がなかったのならば、工場の増設は必ずやアンバランスな経済状態を引き起こすことになるだろう。

しかしだからといって、クラークを対象にした残酷な政策が正当化されるわけではない。人はそう言うにちがいない。

この点に関しては、問題を全体的な視野のなかに置いてみることが必要だ。

第6節　工業化の過酷な面に対する批判の弱点

現在のフランス人は平和時の世界に慣らされてしまっていて、残酷さが避けがたいように見える可能性など想像もできずにいる。しかしこの安逸な世界には限界がある。つまりこの世界のもっと向こうで出現している状況では、是非はともかく残虐な行為が個人を苦しめていても、不幸を回避させようとしているのだから、見逃してもかまわないと思われているのである。農業用トラクターの製造がささいな道具の製造よりも優っているということを個別に、それ自体として、考察するのならば、死刑や強制収容所送りの犠牲者が数百万にのぼる事態をしっかり理解できなくなる。一つの直接的な利点が、死活に関わる別の利点の必然的な帰結になる場合があるのだ。ソヴィエトの人々が生産活動を組織化することで、すでに死活の問題に対応していたということは今日容易に見てとれる。

私は残虐な行為を正当化したいのではなく、理解したいのだ。いつまでも恐怖にこだわるのが浅はかに見えてくるのはなぜなのか。この点を理解したいのだ。弾圧は恐ろしいという理由だけで、そしてまた恐怖政治を憎むという理由だけで、もしかりに彼らソヴィエトの人びとが柔和な対応をとっていたならばもっと成功していただろうと主張するのは安直である。クラフチェンコはそう主張しているのだが、彼の主張は場当たり的なものだ。同様に彼は、ロシアの指導部がもっと人間的な方法を用いていたならば、もっと効果的に戦争を準備できていたはずだなどと性急に言ってのけてしまうのである。スターリンがロシアの労働者と農民から得たものは、数多くある個人的利益に反していたし、総じて人間各人の直接的な利益にさえ反していた。たとえ私がその意味をしっかり呈示したところで、人は、国民全員がこれほど過酷な自己放棄に無抵抗に従ったことを想像できないであろう。クラフチェンコは、ロシアの工業化の失敗をもっと曖昧でないかたちで証明するのでなくては、自分のロシア批判を支えることはできまい。彼は、無秩序と怠慢についての意見陳述のレベルに甘んじている。工業の諸成功が無駄だったことの証拠は、一九四一年と四二年の対独戦争の屈辱的な敗北に求められるのだそうだ。だがロシアの赤軍はナチス・ドイツの軍隊を叩き潰したのである。たしかにアメリカの援助はあった〔一九四一年からアメリカが実施した同盟国向けの武器貸与。一九四五年までにイギリスへ三一四億ドル、ソヴィエト連邦に一一三億ドル相当の軍需品が貸与された〕。だがクラフチェンコは次の驚くべき文言をうっかり漏らしている。「アメリカの武器と弾薬が我々のもとに大量に届きはじめたのは、もっとあとになってから、それもスターリングラードの戦いのあとになってからだった[1]」。戦争の行方を決定する戦い〔スターリングラードの攻防戦のこと。ロシアに進軍したドイツ軍は一九四二年六月から四三年二月までのこの攻防戦でロシア赤軍に敗北を喫し、以後劣勢に転じて第二次世界大戦の転回点になった〕において重要な働きをしたのは、まさしくロシアの軍備、つまりロシア産業の努力の賜物だった。そのうえクラフチェンコは、ワシントンにおけるアメリカ国会の反米陰謀調査委員会で証言したときに、こう述べたのだ。今しがた引用した発言に劣らず驚くべき意見陳述である。「アメリカやイギリスの工業に対してロシアの工業の技術発展が立ち遅れているのを理由にソヴィエト連邦での核兵器製造は不可能だとする風評は、不快であるばかりでなく危険でさえあると理解しなければならない。なぜならばこの風評は世論を誤らせるからだ」。

我々が反スターリン主義宣伝の目的にこだわるのをやめるのならば、クラフチェンコの著作は大いに関心をそそるものになる。ただし理論的な価値には欠けている。したがってこの著者の批判は、読者の感性ではなく知性に関わってくるかぎりでは、不確かだという誹《そし》りを免れない。彼は今日アメリカのために尽くしている。クレムリン〔ロシア帝政時代のモスクワの宮殿でソヴィエト連邦時代にはロシア共産党の本部があった〕は世界革命への意志を捨てたと想像するアメリカ人に対して彼は警戒を呼びかけている（先ほどの調査委員会での証言だ）。その一方で彼はスターリン主義のなかに反革命の動きがあることを暴きたてている。彼から見て、目下の共産主義組織の政治的・経済的問題があるならば、その問題に対する答えは一つしかない。スターリンと彼の一派が、容認しがたい現状の責任を負う、という答えだ。となれば、他の人々と他の方法ならば、スターリンが失敗に終わったとみなされるところで成功していただろうということだ。じっさいにはクラフチェンコは問題の骨の折れる解決を避けている。見たところ、ソヴィエト連邦、より一般的に言えば、ロシア——ソヴィエト連邦はロシア帝政時代の遺産を継承しているのだから——は、その資源を工業設備に大量に充当しなかったのならば存続できなかっただろう。見たところ、この充当がスターリンが要求したよりほんの少しでも厳格でなかったのならば、ほんの少しでも耐え難くなっていたのならば、ロシアは消滅していたかもしれないのだ。もちろんこれら外観からの主張は、絶対に確証しうるというものでもない。しかしこの外観は説得力を持つ。それにクラフチェンコの著作はこの外観に反対しているわけではない。それどころか逆に、資源を大量に、厳格に、そして耐え難いほどに、工業設備に充当することを裏付ける証言を提供し、最終的にはこの充当の結果を、つまりスターリングラードでロシアがロシア自身の手段によって自分を救ったということを、示している。

生産効率をあげるうえでの間違い、無秩序、力不足といった面に深刻にこだわりすぎてはいけないのだろう。この面はたしかに否定しがたいし、ロシアの体制側もまったく否定していない。だがどれほどこの面が広汎に広がっていたとしても、決定的な結果は到達されたのだ。唯一提起されたまま残されている問題は、もっと費用のかからない方法はないのか、もっと合理的な効率はないのかという問題である。この問題をめぐって、ある人々はこう発言するかもしれない。もしも帝政が存続していたならば、資本主義の飛躍があとに続いて起きていたはずだ、と。他の人々は、メンシェヴィキ主義を語りだすかもしれない〔メンシェヴィキは「少数派」の意味。もとはロシア社会民主労働党の右派で大衆政党をめざし、民主主義革命を唱え、中産市民階級と連携する道へ進んだ。前衛革命家集団が労働者と農民を先導して民主主義革命さらに社会主義革命へ進むことを唱えたレーニンらのボルシェヴィキと対立したが、一九二二年後者の独裁体制のもとに活動を停止させられた」。そして最も狂っていない人々が、ボルシェヴィキ主義の、現在とは違う何らかの形式を持ちだすということになるかもしれない。だがロシアの皇帝たち、そして彼らを支えていた帝政の支配階級は、生産効率の政策に関して、ちょうど閉鎖的体制の漏れ口——亀裂——に相当するくらいのことしかできなかった。メンシェヴィキ主義は、上昇中の中産階級に呼びかけたが、砂漠にむかって叫ぶようなものだった。トロツキー主義は「一国社会主義」の可能性に対して不信感を募らせていた。残るは、もっと過酷でないスターリン主義のより大きな効果を擁護する道しかない！　この比較的穏やかなスターリン主義とは、事前に政策の結果を予知していて、機械仕掛けの体制に必要な統一性を民衆の自発的合意から得てくるというものである。本当のところ我々は非人間的な厳しさに憤っている。そして我々は恐怖政治を立ち上げるよりは死ぬほうがましだと思っているのだろう。だが人間はたった一人で死ぬことができるが、莫大な数の民衆の眼前には生きること以外に可能性はない。ロシアの世界は帝政下の社会の遅れを取り戻さねばならなかった。これは必然的にきわめて骨の折れることであり、莫大な努力を必要としていたので、強力なやり方——すべての点で犠牲を最も多く払うやり方——が唯一の解決策になってしまったのだ。我々を誘惑するものを取るか我々の資源を増大させるものを取るかの選択を迫られたとき、前者を捨てて欲望を断念し、後者のために未来時の善を選ぶのはいつの時代でも辛いことだ。強いて言えば、我々が良好な状態にある場合には容易なことかもしれない。合理的な利害の判断が支障なく働くからだ。だが我々が疲弊している場合には、恐怖政治と革命の高揚しか我々を弛緩した状態から引き出すことができない。暴力的な刺激がなかったのならば、ロシアはどん底から斜面を這い上がることはできなかっただろう。(ロシアよりまだましな状況にある目下のフランスの困難ですら暴力的刺激がどれほど必要かを示している。ナチス占領下の生活は、物質的な視点では、蓄積に励む必要がなかったので比較的容易だった。——目下の我々はたいへんな痛みを払わねば未来のために働けるようにならない。)スターリン主義は、深刻でありながらも様々な可能性が開かれている状況に恐怖と希望の要素を与えて、これをできる限り表現してきた。ただしいつもの荒っぽさで、だが。

スターリン主義への批判が失敗してしまったのは、現在の支配層の政治を一階級の利害の表現、とは言わずとも大衆とは無関係のグループの利害の表現とみなそうとしたからなのである。土地の共有化政策も、産業計画の指針も、特別な経済状況に恵まれたグループとしての支配者たちの利害に対応しているといったものではなかった。たいへん悪意のある書き手たちでさえ、スターリンを囲む人々の質のよさを否定したりしない。クラフチェンコは、支配層の近くにいた人々をクレムリンで個人的に知っていて、はっきりこう書いている。「だが私は、自分が関係した指導者たちの多くは、有能な人々で、自分たちの職務を心得ており、任務にすべてを捧げるダイナミックな人々だったと証言できる」(2)。クレムリンの事情を最初期から知っていたボリス・スヴァーリン(一八九五―一九八四)(ロシア生まれのフランス人左翼活動家。コミンテルン(レーニンによって一九一九年に創設された共産主義者の国際組織、第三インターナショナルとも)のフランス代表役員として一九二一年からモスクワに滞在。二四年、中央集権と官僚主義に傾きだした当時のボルシェヴィキ主義を批判してロシア共産党からもフランス共産党からも除名された。以後フランスで共産主義の左派として活動。一九三〇年に民主共産主義サークルを組織し、三一年から機関誌『社会批評』を刊行。バタイユも同組織に所属し、この機関誌に「消費の概念」など重要な論考を発表した。なおスヴァーリンの名前は偽名。ゾラの小説『ジェルミナール』(一八八五)の登場人物でロシアからの無政府主義亡命者の名に因んでいる)に私は一九三二年頃、尋ねた。「スターリンはこれまでそうしてきたわけですが、いったいどんな理由があって、自分を前面に出し、他の人をすべて排除するなんてことができたのでしょうか。あなたはどう考えますか」。「おそらく、レーニンが死んだとき、革命を成就できるのは自分一人だけだと思ったからさ」。スヴァーリンは、皮肉なしに、まったく単純にこう答えた。だがじっさいは、スターリンの政治は、経済上の理路のしっかりした必要性への厳格な、たいへん厳格な回答なのだ。この必要性はじっさい、極限的な厳格さを必要としていたのだ。

最も奇妙なのは、スターリンの政治が恐怖政治であると同時にテルミドール的反動とみなされていることだ〔フランス革命のさなかに過激なロベスピエールの恐怖政治（反対派を次々に処刑した）を終結させた革命暦テルミドール（熱月）九日（一七九四年七月二七日）の反動的クーデターを踏まえている〕。反対派の精神が頑固一徹な態度ゆえに陥っている混迷をこれ以上素朴に明示することはできまい。本当のところ我々は恐怖政治を憎んでいるし反動の数のなかに入れたがる。だが国家主義とマルクス主義の合体は、常軌を逸した工業化と同様に死活の問題への厳密な回答だったのだ。もしも大衆がこの点で納得していなかったのならば、とうてい共産主義革命のために全員一致で戦うなどということは起きていなかっただろう。もしも革命がその成り行きを国家の成り行きに関係づけていなかったのならば、革命は死を余儀なくされていただろう。この点についてW・H・チェンバリン（一八九七—一九六九）〔アメリカの歴史家でありジャーナリスト〕は、彼の心を打った思い出をこう紹介している。「国家主義が、ほとんど反革命とみなされて、密輸品のように禁止されていた時代があった。私はモスクワの国立歌劇場の席に坐っていたときのことを思いだす。帝政時代のオペラ、ムソルグスキー（一八三九—八一）の『ホヴァーンシチナ』のアリアのあとにいつもきまって沸き起こる爆発的な拍手喝采を心待ちにしていたのだ。このアリアは、ロシアの古い呼び名**ルス**を救うために聖霊を遣わしてくれるように神に懇願する祈りなのである。このときの拍手喝采は、ソヴィエト体制に対する抗議デモにきわめてよく似ていた」[3]。戦争が差し迫っているときに、国民のこれほどに深い反応を無視するのはとうてい正気の沙汰とは言えまい。しかしだからと言って、マルクス主義の国際主義的な原則の放棄に達してよいものなのか。人民委員会(ロシア・ソヴィエト社会主義連邦共和国〔ソヴィエト連邦の内にあってその中核をなしていた〕の政府)の党幹部の秘密会議の報告文をクラフチェンコは紹介しているのだが[4]、それを読むと疑問の余地はほとんどなくなる。クレムリンの城壁のなかで党の責任者たちは「レーニン主義からの後退」を「臨時の戦術的操作」として絶えず語っていたのだ。

(1) 前掲書、四八三頁
(2) 前掲書、五三三頁
(3) W・H・チェンバリン『ロシアの謎』、モントリオール、一九四六年、三四〇頁〔初出はニューヨーク、一九四三年〕
(4) クラフチェンコ、前掲書、五六〇―五六六頁

第7節　世界の問題とロシアの問題の対立

現代のソヴィエト連邦のなかには、デカダンスなどではなく、まったく逆に凄まじい緊張、そして意志が表出している。革命の**現実の**問題を解決するためには何を前にしても怯《ひる》まなかった意志、これからも怯むことのない意志だ。ただしこうした緊張や意志は荒っぽくて不寛容な光景とともに表出しているので、見まいとするには目を覆う必要があるのだろう。「道徳的な」批判を事実に対して突きつけることはできるし、現実のなかで、かつては肯定されていた社会主義の「理想」から乖離しているもの、つまり個人の利害や思想に関わるものを批判の題材として強調することはできる。しかしこうした状況はソヴィエト連邦の状況なのだ――世界全体の状況ではない。だからまた、ソヴィエトの教説および方法（ロシアの特殊な決定に関係している）と、他の諸国の経済問題とのあいだの**現実上の**対立の帰結を見まいとするためにも自ら盲目になる必要があるのだろう。

根本的にソヴィエト連邦の現代の体制は生産手段の生産に専念しており、他の諸国の労働運動に逆行している。後者の労働運動の目的は、生産設備の生産を縮小して、消費財の生産をふやすことに向けられている。だが少くとも全体から見ると、この労働運動も、これを条件づけている経済上の必要性に対応しているのであって、ソヴィエト連邦の体制が自国の経済事情に対応しているのと変わらない。世界の経済状況を支配しているのは、アメリカ産業の発展、つまり生産設備とこれを増大させる手段の多さなのだ。今現在のアメリカ合衆国は、いずれ同盟諸国の産業を自国の産業と近い状況に置くことのできる力すら、概《おおむ》ね持っている。だから古参の産業諸国において〈産業とは裏腹のその現状にもかかわらず〉、経済問題は、販路拡大の問題ではなくて〈すでに広汎な範囲で販路の問題は可能な回答を得られなくなっている〉、利益の見返りのない消費の問題になりつつある。まずまちがいなく、産業生産の法的基盤は現在のままでは維持されなくなっている。あらゆる仕方で、あらゆるところで、現代の世界は迅速な変化を求めている。地球がこれほど多くの目も眩むような動きで活気づいたことはこれまで一度もなかった。もちろん今後の展望が、大規模で突然の破局でこれほど重苦しく見えるということもかつてなかったことだ。この展望についてこんなふうに言わねばならないのだろうか。もしもこの破局が起きてしまったのならば、ソヴィエトの方法〈個人の声のみごとな沈黙のなかにある!〉、唯一この方法だけが、広大な廃墟に見合ったものになるのかもしれない、と〈漠然とありうることだが人類は、貪欲な無秩序へのこのような完全な否定〔ソヴィエトの方法〕を基礎に据えたいと渇望しているのかもしれない〉。だがともかく今なすべきことは、もうこれ以上恐怖を表すのはやめにして――死があっという間に耐え難い苦痛を癒してくれるのだから――この世界に立ち返り、この世界の増大した可能性がどのようなものか見抜くことなのである。思考のための物質的条件を虚心に再認識する人には何ごとも閉ざされてはいない。しかも、あらゆるところで、あらゆる仕方で、世界は、世界を変えてくれるようにと手招きしているのだ。おそらくこちら、西側の人は、必ずしもソヴィエト連邦の高圧的な方途を辿るように求められているわけではない。今日西側の人は、恐怖に怯えながら不毛な反共産主義にのめり込んで自分をむなしく蕩尽している。だがこの人は、解決すべき固有の問題を抱えているのだから、盲目的に共産主義を呪ったり、弥増《いやま》す矛盾に駆られて嘆きの叫びを発しているよりも、行動に打って出るべきなのだ。ロシアの大地を深く耕す人々の凄まじいエネルギーを理解しようと努力するのならば、あるいはもっとよくてこのエネルギーを讃えるのならば、この人は自分に課せられている任務の近くにいることになる。というのも、**まさに、あらゆるところで、あらゆる仕方で、運動状態にある世界が、変えてほしいと願っているのだから。**

第2章　マーシャル・プラン

第1節　戦争の脅威

共産主義の企てと教説の外に存在している人間は、見たところ、世界の不確かな在り方に同意していて、短絡な見解に甘んじている。ソヴィエト連邦の外では、上昇運動の価値を持って飛躍するものは何一つない。うめき声、**聞き覚えのある**言葉、断固たる無理解を証《あか》す大胆な証言、これらが力のない不協和音を奏でているだけなのだ。しかしこの無秩序は、おそらくその反対の事態よりは、真正の**自己意識**の誕生に適しているのだろう。それにこう述べることすらできるのではあるまいか。すなわち、この無力さがなかったのならば——同時にまた共産主義の挑発による緊張感がなかったのならば——意識は自由にならないだろうし、**目覚め**させられることもないだろう、と。

本当を言うと、状況は厳しいのだ。まずまちがいなく、個人は今やその無気力状態から放り出されようとしている。「大分裂」、完全に引き裂かれたこの世界の状態は、単に人々を分離させているだけでなく、一般的に人の精神を引き裂いている。もとをただせば対立中の政党間においてさえ、すべてが共通であるというのに！〔狭い視点に立てば一九二〇年一二月トゥールでのフランス社会党大会で共産党が分離独立する以前のことを指すと思われるが、「すべては一つ」というのがバタイユの根本の世界観。「連続性」(continuité)「連続体」(continuum) という概念で表現されている。「内奥性」もまたこの世界観に立脚する。《すべての人間は、**内奥においては**、一つでしかないのである》〔本書第二部第1章第7節の原註（1）〕〕分離と憎悪はそれでもやはり完全になってしまった。それらが予告するものこそ、見たところ戦争であるように思われる。鎮めることのできない戦争、歴史上最も惨《むご》く最も犠牲者の多くなるのは避けがたい戦争だ。

このような戦争が迫っているというのに、省察は奇妙な条件に置かれている。じっさいどのように戦争を秩序づけても、いったん起きてしまうと、その動乱を越えてさらに戦争を続行することなど想像できないからだ〔第三次世界大戦が人類破滅の最後の戦争になりうるということ〕。

ロシアが勝利した場合、広く廃墟と化した世界はいったい何を意味することになるのだろうか。その世界ではアメリカ合衆国が他の諸国を救うどころか今日のドイツ以上に深刻な被害を受けることになるだろう。ソヴィエト連邦の方もまた同じ程に損害を被っているはずだ。こうなると、世界中で確立されたマルクス主義は、生産力の発展が必然的にもたらす革命とはもはや何の関係もなくなってしまうだろう。資本主義を破壊するとは同時に資本主義の制作品を破壊することでもあるのだが、いったいこのような資本主義の破壊とは何を意味することになるのだろうか。この破壊は、あきらかに、マルクスの明晰さに差し向けられうる反論のなかで最も粗雑な反論だ。産業革命の成果を破滅させるのならば、そのときの人類はすべての時代のなかで最も貧しい者になるだろう。昨日の富を思い出してこの人類は、もう完全に生きていけなくなるにちがいない。レーニンは社会主義をこう定義していた。「ソヴィエト、さらに電気化が必要だ」。社会主義は人民の力だけでなく、富をも必要とする。正気の人間ならば誰一人、社会主義が、ニューヨークやロンドンの名前によって象徴される文明のあとに掘建て小屋が立ち並ぶような世界の上に創設されるなどと想像したりしないだろう。たしかにこの文明は憎むべきものかもしれない。ときには悪夢にしか見えてこないこともある。この文明は、大破局へスライドしていくのに好都合な倦怠といらだちをまちがいなく生み出している。だがそれ自体無意味の魅力しか持たないものに正気のままこだわる人は一人もいない。

もちろん、ロシアに対するアメリカの勝利を想像することもできる。この場合、世界はロシアが勝利するときほど全面的に荒廃することはないはずだ。だがそうなるとこの勝利が勝者のアメリカにほとんど犠牲をもたらさないだろうから、「大分裂」の度合いもさほど減少しないかもしれない。もちろん、表向き、世界帝国は決定的武器のただ一人の保持者の手中にあるのだろうが、**しかしこれは死刑囚の命が死刑執行人の手中にあるようなものだ**。この死刑執行人の任務は望ましいものではないので、つまり流血の解決が社会生活を決定的にかき乱すだろうという意識がたいへん強いので、アメリカの側には、すぐに戦争に踏み切る確かな利点がない。他方で時間はロシアの方に有利に働くのは明瞭だ。少なくともそれが真実であるように見える。

第2節 生産方法のあいだの非軍事的競争の可能性

一方には共産主義が強制収容所の恐怖によって世界中の人々に強いる沈黙がある。他方には共産主義者を皆殺しにする**自由**がある。この両方の事態を見据えるならば、もう疑いの余地はない。精神の目覚めがこれ以上に完全な状況を手に入れることはまずないだろうということに。

だがこの状況が脅威の結果であり、たとえしばらくのあいだ徒労感——すでに勝負に負けたという印象——につながっているにしても、目覚めた意識は不安に身を委ねることなどまったくできない。なぜならば、目覚めた意識のなかで優越しているのは、不安ではなくむしろ瞬間への確信なのだから（この確信とは、夜だけが、見たいという意志への唯一の回答だとする滑稽な考えのことなのだ）。だが目覚めた意識は、究極の瞬間まで、**好運**への**冷静な**探求を手放すことができないだろう。目覚めた意識は、死の至福なる終局のなかではじめて手放すことになるだろう〔神秘的で難解な一文だが、言わんとするところは意識の限界体験である。「好運」の体験は、死ぬことではなく、意識が死と直面し、その内実たる「夜」を、つまり世界エネルギーの激しくまた恐ろしい蕩尽を「見る」ことにある。この窮極の状況を人間の至福として伝えようとしている文章である〕。

戦争は不可避だという思いにさせないもの、完全に引き裂かれるなかで、そういう思いにさせないものこそ、クラウゼヴィッツの言い回しを逆転させて言うと、現在の状況では「経済が戦争を別の方法で続行する」という考えなのである〔プロシアの将軍で軍事理論家カール・フォン・クラウゼヴィッツ（一七八〇―一八三一）の遺作『戦争論』（一八三二）にある言葉「戦争とは違う方法で政治を続行することだ」をバタイユは典拠としている〕。

経済の次元で行われる闘争は、産業発展のさなかの世界――誕生期の蓄積の世界――を、産業が発展した世界に対立させる。

根本的には、生産が溢れ出ている側から戦争の危険はやってくる。輸出が困難な場合、**しかも他の捌け口が開かれていない場合**、戦争だけが唯一、過剰になった産業の得意先になりうる。アメリカ経済は、まさにこれまで世界に存在したなかで最も巨大な爆発物なのだ。その爆発性の圧力は、かつてのドイツのように、国外において高密度で軍事的な人口を抱えた近隣に恵まれていないし、国内においては多様な部門間の生産力発展の不均衡に見舞われているわけでもない。その代わりに、こんな考えが、すなわちこの巨大な機械仕掛けの生産体制は、**避けがたい**成長の動きに活気づけられているのだから、存続可能である――均衡がとれていて合理的である――という考えが、無意識下のありとあらゆる危険をはらんでいるのだ。この機械仕掛けの生産体制は二度の戦争で内部のエネルギーを放出した。しかしだからといって、完全に安心していられるわけではない。ともかくもアメリカのようにダイナミックな社会が無条件に、長期的展望もないままに、自らを牽引する動きに身を任せているのを見るのは辛いことなのだ。この社会は自分を飛躍させた法則を内面で無視して、生産の帰結を推し測ることなしに生産に励んでいる。これを知るのは何とも辛いことなのだ。この社会の経済は二度の戦争に対応して営まれた。そのようにして成長の動きが続行されるなかで、いったいどんな突然の魔法が、この経済を平和に見合うようにさせることができるというのか。この経済を突き動かしている人々は、経済のほかに目的を持っていないと素朴に信じ込んでいる。だが人は彼らにこう問いただすことができるのではあるまいか。あなた方は、意識が認可していることと反対のことを無意識のうちに遂行しているのではないか、と。たしかにアメリカ人は他の国の人々が戦争を始めるのを見る習慣があるし、経験によって、待つことの利点を学んではきたのだが。

しかしこのような悲観的な見方には、別のはっきりした見解を対置させねばならない。その見解は、今や実施され始めた大規模プロジェクトの構想に立脚している。アメリカ合衆国の繁栄が、戦闘機や爆弾、他の軍備といったかたちでの富の大量破壊の助けなしには思い描けないのが事実だとしても、これと同等の大量破壊が、流血を伴わない生産品を対象になされるということも想像できる。言い換えれば、戦争がアメリカ経済に必要であるにしても、その戦争は伝統的な形態を墨守《ぼくしゅ》せねばならないというわけではないのだ。容易に想像できることだが、慣例に従うのを拒む決然たる動きが大西洋の対岸からやってきているのである。今や闘争は必ずしも軍事的になる必要はなく、大規模な経済競争を考えてみることができるようになった。この経済競争は、主導権を握る人に、戦争での犠牲に匹敵する犠牲を払わせる。そして軍事予算と同じ性質の予算に則って、資本主義的収益の希望をいっさい伴わない消費をおこなっていくのだ。西欧世界の無気力について私がすでに述べたことには、少なくとも次の補足が必要だ。西欧世界には、反発を示す政治動向（政治宣伝という意味での）もないし、思想の動きもないということである。とはいえソヴィエトの圧力には一つの的確な決定が対応している。マーシャル・プラン（一九四八年に始まり五一年まで続いたアメリカによる巨額のヨーロッパ復興援助計画のこと。総額の八九パーセントが無償の贈与で、バタイユは蕩尽に近いと見ていた。なおマーシャルの名はこの計画の提案者で、アメリカ陸軍参謀総長から国務長官に就任したジョージ・マーシャルから）は、たしかに孤立した反発ではあるが、クレムリンが抱く世界支配の意志に体系的な見解を対置させる唯一の企画なのである。マーシャル・プランは現在の東西の闘争にひとつの表情を完全に与えている。この計画の原理は、二つの軍事強国の主導権争いではなく、二つの経済方法の戦いである。マーシャル・プランは、スターリンの計画経済の蓄積に対して余剰を組織化してぶつけている。このことは、必ずしも武力闘争を意味しない。真の決定（国の存亡に関わる決定）をもたらすことができないからだ。相対立する二つの勢力は、経済面で本性を異にしているのであれば、経済の組織化の次元で相争うべきなのである。じっさいこの経済闘争こそ、マーシャル・プラン、つまりソヴィエトの動きに対するこの唯一の西欧の反応が、世界の中で現在イニシアティヴをとって、実現していることなのだ。

二つに一つなのである。世界全体のなかの、まだ十分に生産設備の整っていない地域がソヴィエトの計画経済によって工業化されるようになるのか、それともアメリカの余剰がこれらの地域に設備投資をするようになるのか、ということである（しかしまちがいなく、後者の成功、つまり余剰の使用が真の希望を残している）。

第3節　マーシャル・プラン

たいへん独創的なフランスの経済学者の一人、フランソワ・ペルー（一九〇三―八七）は、マーシャル・プランを、格別に重要な歴史上の事件と捉えている。(1) フランソワ・ペルーにとってマーシャル・プランは、「国際的な規模で実施された経済実験、それもこれまで試みられたなかで最大の経済実験を開始させている」（『マーシャル・プラン、あるいは世界に必要なヨーロッパ』、八二頁（以下頁数のみ記す））。この実験の結果も、「世界規模」であり、「様々な労働者政党が国家規模で唱えた最も大胆で成功した構造改革をも、はるかにしのぐことと必定なのである」（八四頁）。そのうえ、この計画は真の革命ですらあるというのだ。「歴史の現段階で重要な意味を持つ正真正銘の革命」（三八頁）だというのである。マーシャル・プランがもたらす「革命的変化」はじっさいに「国家間の慣例化した関係」を変える（一八四頁）。ところで「階級闘争の名の下に国家間の戦争を準備するよりもこの戦争を回避することのほうに革命の精神は多く存在する」(三四頁)。したがってマーシャル将軍の企画が「ついに報われて成功の兆しという冠で飾られる」ようになると、もうその日から「この企画はその良き効果の輝きによって社会革命のなかで最も根源的で、最も成功した革命さえをも影の薄いものにしてしまうだろう」(三八頁)。

こうした意見は正確な考察に基づいている。マーシャル・プランは、アメリカ合衆国に対するヨーロッパ諸国の国際収支の赤字を修復しようと試みている。実を言うと、この赤字は今に始まった話ではないのだ。「輸出の超過はアメリカ合衆国における国際収支の積年の傾向なのである。一九一九年から一九三五年までのあいだに、輸出の超過は、総額一四四億五千万ドルに上《のぼ》った……」(二一五頁)。だが、このうちの大部分は、ヨーロッパからアメリカへの金《きん》の流出で相殺され、残りは利息計算の評価に基づく正当な貸し付けで埋め合わされていた。今日ではこれらの抜け道すべてが失われてしまった。ヨーロッパの貧困のおかげで、アメリカの諸製品への需要はきわめて緊急度の高いものになり、それらの重要性は必然的に赤字の増大をもたらしている。にもかかわらず、この増大する赤字を埋め合わせる手段がすべて欠落しているのだ。金《きん》と信用貸し付けだけでなく、アメリカにあるヨーロッパの資産も、消えてしまったのである。観光業はまだ再開したばかりであり、ヨーロッパの商船団の部分的消滅も結果としてドルによる消費の増加をもたらした。アメリカ向けの物資供給で重要な意味を持っていた東南アジアなどの地域との多額な通商関係が消滅したため、ヨーロッパは、アメリカからの輸入過剰を帳消しにする手段の一つを失った。したがってこのままいけば、供給者の利益を優先させて商品を引き渡す商業活動の論理は、破産したヨーロッパから、生きることのできる経済へ回帰する可能性を奪うことになるだろう。

ともかく現代の世界におけるこれほどに甚大な経済不均衡の意味は何なのだろうか。アメリカ合衆国は、この問題の前に立たされた。利益の原則を盲目的に維持していくべきなのか。そうなると、生きることのできない状況の帰結を耐え忍ばねばならなくなる（他のすべての国から憎悪されるというアメリカの運命を想像することは容易だ）。これを避けたいのならば、資本主義世界が立脚している経済の規則を放棄しなければならない。支払いとは関係なしに商品を引き渡さなくてはならない。労働の成果を**贈与する**ことが必要なのだ。

マーシャル・プランはこの問題の解決策である。このプランは、まさにヨーロッパに生産品を譲渡して、戦争に向かう世界の熱を冷ます唯一の手段なのである。

フランソワ・ペルーがマーシャル・プランの重要性を強調するのはおそらく正しい。**革命**だということに関しては、この言葉の完全な意味に照らすならば、革命とは言えないだろうが、しかしマーシャル・プランの革命的な効果は疑わしいと言い立てるのは、結局のところ、不確かな指摘になってしまうだろう。人はもっと単純にこんな疑問に駆られるかもしれない。すなわちこの著者が設定しているような技術的な意味や将来的な政治効果をこの計画は持っているのか、と。彼は、世界全体に渡ってアメリカとソヴィエト連邦を対立させる政治の動きのなかにマーシャル・プランを組み込むことを、この著作の展開では差し控えている。この計画が国家間の関係のなかにもたらしたきわめて斬新な経済原則を考察することだけに彼はとどめている。この計画のじっさいの運用、それも政治的な運用ゆえに生じる国家間の関係の進展を考察することも、国際情勢でのこの進展の帰結を考察することも、彼はしていない。

のちほど私は、この著者が意図的に開いたままにした問題に立ち戻ることにしたい。今まず必要なのは、この著者の技術上の分析の重要性を示すことだ。

(1) フランソワ・ペルー『マーシャル・プラン、あるいは世界に必要なヨーロッパ』、一九四八年

第4節 「古典派」経済と「全般的な」操作の対立

フランソワ・ペルーはブレトン・ウッズ協定——とその挫折——から議論を始めている

〔この協定は第二次世界大戦末期の一九四四年七月にアメリカのブレトン・ウッズで結ばれ、翌年から実行された通貨協定。アメリカ・ドルと他国の通貨の交換額を一定にして自由貿易を円滑に進める狙いがあった。当時四五カ国が参加。日本は戦後に参入する〕。ブレトン・ウッズでは重要案件がすべて「古典派経済」に沿っていたことを彼は苦もなく立証している。ここから彼は、「全般的な教説」を示すのだ。この教説は、「一八世紀イギリスのどの古典派の学者にもその厳密な意味で見出せない」が、しかし「彼らのなかに源泉を持ち、そこから出た流れは、アダム・スミスからA・C・ピグーまで蛇行しながらも途切れることなく発展していった[1]」。古典派では、資源の合理的で正常な使用は「**個別の**計算から発している[2]」。この計算は、「商会の業務」であり、「連結決算〔支配従属関係にある企業グループ全体を単一の会計単位と見なして決算する方式〕に発する取引、あるいは連結決算に行き着く取引を原則として排除している」。言い換えれば、貸す側の人と借りる側の人は「それぞれ自分固有の利益において」取引を考えているのであって、「周辺の人々に生じる影響を考慮に入れていない」(九七頁)。この状況では取引は、**全般的な**利害がどのようなものであれ、これとは無関係のままだ。こう言ってよければ、政治上の目的や集団化した利害は考慮に入るはずがないということである。費用、効率、危険だけが考慮に値するのである。じっさい個別の単体の利益、つまり取引に関わった商会の利益だけが掟として存在しているのである。信用貸し付けが認められるのは、利子による債権者の利潤がこの貸し付けで明示される限りでのことだ。ところで経済の再建と発展のための国際銀行〔ブレトン・ウッズ協定では国際通貨基金とともに復興開発のための国際銀行が設立された〕は、次のように定められた原理を枠として自らに課してしまった。「この国際銀行は、個人の貸し付けの無政府状態の上に、グローバルな計算をもとにした協調的で一貫した投資を乗せることをせずに、国際貸し付けの分配を個人のイニシアティヴに任せる悪弊を永続化させようとしている」（一五五頁）。たしかに「その存在からして、この国際銀行は、様々な需要の連結決算とは言わないまでも、少なくとも貸し付けの協定を相互に交渉しあう諸部門のグループ化を目ざして実施された最初の試みではある」（一五六頁）。だがある条項規約によれば「一まとまりの需要によって、あるいはさらにじっさいに明文化された一まとまりの要求によって形成された総体とのつながりなしに各要求固有の利害を念頭において、それぞれの要求を**一つ一つ**検討する義務がこの国際銀行には課せられている」（一五五頁）。

　要するにブレトン・ウッズ協定は国際経済の行き詰まりを明確に示したと言えるだろう。国際経済は、資本主義世界の枠のなかで、**個別の**利益——これがなければ資本主義世界ではいかなる取引も**考えられない**(3)——の規則に基づいていたのだが、この基本を断念しなければいけなかったのだ。あるいは逆に、この基本を維持するために、国際経済の存続にぜひとも必要な条件を断念するかだったのである。国際銀行と通貨基金の不徹底さは、ネガティヴなものになって、マーシャル・プランのポジティヴな特徴を際立たせることになった。

そもそも資本主義経済には矛盾がある。すなわち全般的な目的が資本主義経済の意義と価値を与えているというのに、資本主義経済はこの全般的な目的を無視してしまう。そして個別の目的の限界を越えることができずにいる。私はあとではっきり示すつもりだが、この矛盾から基本的展望の間違いが生じているのだ。つまり我々が、全般的な目的を、個別の目的に似せて考察するという間違いである。しかし今はまず、ある世界から別の世界への急激な移行、つまり**個別の**利益から**全般的な**利益への優越権の急激な移行を考察することのほうが、それもそのじっさいの帰結にあれこれ先走って判断を下さずに考察することのほうが、はるかに興味深い。

フランソワ・ペルーは、個別か全般かの本質的対立からマーシャル・プランの定義を次のようにたいへん的確に導きだした。すなわちこの計画は「世界的な利益のための投資」(一六〇頁)なのである。

この投資においては、「予想される危険の大きさと本性ゆえに、投資の範囲と運命ゆえに、**はっきりした**利益の算定はむなしいものになるだろう」。この投資は、「古典派の分析が理解の助けにまずならないような巨視的な政治選択と計算に基づいて準備され、決定されたのであり、将来もそうして運営されるだろう」（一七二―一七三頁）。したがって今後は、「信用貸し付けの要請もその分配も、経済自由主義が好んでこだわってきた個別の計算とは何の関係もない集合的な計算に立脚することになる」（九九―一〇〇頁）。つまり「集合的な需要を前にしての集合的な供給」があるようになる。当然のこと、「このような需要と供給は、連結決算でなされるのであって、投資についての古典派の教説および実践とは明白に対立している」（一六七頁）。

経済の諸集団、そして諸国家も、グローバルな投資に統合され、自分たちの**個別の**利益から諸地域の相互理解による利益へ優先権を移行させるように促されている。諸産業が周辺の利益を無視あるいは否定して維持されてきた保護貿易主義に代わって、労働の新たな割り当てをめざした体系的な合意の必要性が叫ばれるようになったのだ。もちろん地域の相互理解もまた、世界規模の統合への一段階でしかない。自分自身と世界だけを認識する個別の単体――つまり世界のなかにある国家で、その経済力が圧倒的な国家〔アメリカ合衆国のこと〕――は存在せず、個別化への異議が地球全般に存在するようになる。ある単体を「近隣の諸単体に基づかせる」動きそれ自体が各地域の経済を世界全体へ統合することになる（一一〇頁）。

こうした展開になると、「信用貸し付けの分配は**職業**〔原語は métier で、個人の技能、経験、知識から捉えられた職の意味。例としては職人の仕事〕であることをやめて、**職務**〔原語は fonction で、国家なり機関なり大きな組織のなかで果たす役割、機能、地位の意味での職。例としては公務員の職種〕になった」（一五七頁）。この指摘をもう少し詳細に言い直すと、こうなるかもしれない。地球全体で考えてみると、人類は、もはや利子を給付する必要なしに、債権者の利益で定められた返済期限を守る必要もなしに、人類自身が決定する目的のために信用貸し付けを用いるようになるということだ。人類は、経済協力局（Economic Cooperation Administration〔マーシャル・プランの実務を担当したアメリカ大統領直属の対外援助機関〕）の一人の**マネージャー**つまり管理者に成り変わり、利潤規定の否定という基本法に従いながら、絶えず交渉を行って投資を分配することになる。この新たな基本法を表わす古い格言はおなじみのものだ。世界規模の利益のための投資は次の明白な原則を必ず持つ。「各人からは、その生産能力に応じて。各人へは、その生活の必要に応じて」〔この格言の淵源は新約聖書の「使徒行伝」の一節、すなわちイエスの死後に生じたエルサレム初期共同体に関する一文（「信者たちは皆一つになって、すべての物を共有にし、財産や持ち物を売り、おのおのの必要に応じて、皆がそれを分け合った」第二章第四四―四五節）。一九世紀前半の空想社会主義者ルイ・ブランらがこれを労働者の共同体の理念へ転換したあと、マルクスはさらに『ゴータ綱領批判』（一八七五）のなかで「共産主義社会のより高度な段階」を要約する言葉として引用して有名になった。「……諸個人の全面的な発展につれて彼らの生産能力も成長し、協同組合的な富がそのすべての泉から溢れるばかりに湧きでるようになったのち——そのときはじめて、ブルジョワ的権利の狭い地平は完全に踏みこえられ、そして社会はその旗にこう書くことができる。各人はその生産能力に応じて、各人にはその必要に応じて！」（マルクス『ゴータ綱領批判』望月清司訳（一部改訳）岩波文庫、一九七五年、三八―三九頁）。バタイユはマルクスの共産主義社会の限定をも外して、広く国際社会の財の共有化の理念としてこの格言を用いている）。

（1）フランソワ・ペルー『マーシャル・プラン、あるいは世界に必要なヨーロッパ』、一二七頁。数行進んだところでこの著者は、こう詳しく説明している。「「古典派」という言葉は、ここでは、J・M・ケインズが『一般理論』の最初の数頁でこの言葉に与えている意味をほとんど継承している」。

（2）前掲書、一三〇頁。強調は著者による。

（3）投資の**成果**は利潤なしになりうる。さらに消失にさえなりうる。というのもこの投資は、その**構想**において期待された結果など持っていなかったのだから。この原則は依然として不動のままである。

第5節　フランソワ・ペルーの語る「全般的な」利益から、「全般経済学」へ

本件に関してこの共産主義の基本的な格言がどれほど奇妙で、場違い（すべての意味で）であっても、マーシャル・プラン、つまり論理的に筋道の通ったこの「世界の利益のための投資」、そしてこの理想的な投資の失敗した下書き〔ブレトン・ウッズ協定のこと〕さえもが、これ以外の格言を受け入れはしないだろう。もちろん、**設定された**目的はまだ**到達されて**いない。しかし意識的であるにしろ、そうでないにしろ、マーシャル・プランにほかの目的を設定することはできないはずだ。

このことは、明らかに、多くの難問をもたらすし、フランソワ・ペルーはおそらくこれらの難問を意識してはいても考察していない、少なくともこの短い書物の枠のなかでは考察していない。

この計画の偶然的な特徴をフランソワ・ペルーは見ようとしないし、また全般的な政策へのこの計画の影響に関して我々が陥っている不確実さも見ようとしない。

他方で彼は、この計画が財政支援を前提にしていることを看過している。結局のところ、この計画は融資されねばならないのだ。財政支援の性格に応じて、また資産投与の及ぶ範囲に応じて、この計画の効果は限定されうるし、その意義も変更される可能性がある。

以下では、フランソワ・ペルーの著作に沿った方向で、一連の理論的考察を導入して、この財政支援の特徴を検討してみたい。マーシャル・プランは資本の投入を利潤の一般原則から切り離して行うことを第一の前提にしている。この場合の資本は、フランソワ・ペルーの表現によれば、「国際社会を支配している経済」の備蓄に由来する。だがじっさいには、この経済はすでにたいへん発展してしまっているので、増加の必要性はわずかであり、剰余資源を汲みつくせずにいる。そのため国家の歳入は他の国々の歳入と重大な不均衡をきたしているのだ。ということは、他の国々への取り立て額が比較的少額になるだけでもう赤字経済をかかえるこれらの国々にとってはその分、大きな援助になる、ということだ。じっさい、数十億ドルの援助はヨーロッパにとって死活の重要性を持つが、この額は一九四七年のアメリカ合衆国のアルコール消費額より少ないのである。またこの数字はだいたい三週間分の戦費に相当する。アメリカの国民総生産のおよそ二パーセント近くの数字だ。

もしもマーシャル・プランがなかったのならば、この二パーセントの国民総生産は、非生産的消費を部分的に増加させることができたかもしれない。しかし設備財が問題になってくるならば、アメリカの生産力の成長に、つまり合衆国の富の増大に、用いられることもありえたのだ。これは必ずしもショッキングなことというわけではない。たとえ不快な衝撃を感じても、それは道徳の見地から単純にそう感じているだけであるように思える。ここでは、この事態が**全般的に**意味するものを考察してみよう。この富の増加は、多くの

個別の利益への連携した要求を満たしていたかもしれないのだ。今我々が、フランソワ・ペルーが考察した全般的な取引を越えて、「全般経済学」の視点へ立ち返るのならば、**個別の**利益は次の明確な事態を意味するようになる。すなわち地上の、生きた自然全体のなかにある**個別の**各単体は増加の傾向にある、原理的にそうなりうる、という事態である。じっさい、どのような個別の粒子状の生命体も、平均的な状況で手にしうる余剰資源を、生殖による増加へ、あるいはその生命体自身の成長に、活用することができる。だが増加への欲求、それも可能性の限界にまで増加を導きたいとする欲求は、**個別の**存在たちの事柄であり、**個別の**利益を明示している。これは、**個別の**利益の在り方に従って**全般の**利益を考察するという習慣的な見方なのだ。だが世界はそれほど単純ではなく、そんな見方をすれば必ずや間違った展望を導入することになってしまう。

この間違いを感じとらせるようにするのは容易だ。粒子状の生命体の増加は、全体として考察してみると、無限ではありえないということである。生命に開かれた空間には飽和点がある。たしかに活動力に対して空間が開かれていても、その開かれ方は、生命形態の本性に応じて変わりうる。翼のおかげで鳥は、より広い空間を増加のために開かせてきた。同様に、人間はその技術のおかげで、エネルギーを消費し生産する生命体系の発展の面で躍進を続けることができた。新たな技術が作られるたびに、生産力の新たな増大が可能になった。だがこの成長の動きは、生命のすべての段階で、限界に衝突する。絶えずストップをかけられるのだ。そして再出発のために、生命の様態の変化を待たねばならないのである。この発展が停止しても、資源がなくなるわけではない。生命力の量を増加させることができたはずのその資源は残されている。その残った資源、つまり増加を生みだしえたはずのエネルギーは、生命体の成長が停止すると、純粋な消失になって消費されていく。人間の活動の次元では、新たな生産力へ向けて蓄積され〔資本化され〕えたはずの資源は、なんらかのかたちで消え失せる。一般に認知しておくべきなのは、生命あるいは富は無限定に**豊饒**であることができず、生命あるいは富が成長をやめて消費に転じなければならない瞬間が絶えずやってくるということである。死のない単細胞生物の強烈な繁殖に続いて、死の、そして有性生殖の奢侈《しゃし》〔贅沢〕が起きる。この奢侈は、風土病のように一定の場で莫大な浪費を維持する。ある種の動物が別の種の動物によって食べられるという事態はグローバルな増加へのブレーキになる。同様に人間も、生命のために使える空間を、そこに住む動物を犠牲にして支配を確立すると、あとは戦争、および多様な形式の無益な消費に向かうようになる。人類は、産業によってエネルギーを生産力の発展に活用して、増加の可能性を多様に開設する。と同時に、純粋な消失として蕩尽を行う能力を際限なく持っている。

だが増加は、原則として個別の個人の欲求として考察しうる。じっさい個人は、増加の限界など推し測らず、増加を確保するために辛い戦いも辞さず、その結果にけっして心を配らない。増加の格言は、個別の貸し手の次のような格言だ。「各人、自分の利益だけで頭がいっぱいで、周囲の人間に及ぼす影響を念頭に入れない」、いわんや**全般の**影響など念頭にない。逆に〈**個別の**利益の常軌を逸した増加でしかない利益を越えて、つまり人々のグローバルな利益でありながら先述したように間違って〈個別の視点から〉考察された利益を越えて〉**全般的な**視点が存在する。この視点からは生命が新たな姿で考察されるようになる。たしかにこの視点は増加の利益への否定を含意しているわけではないが、しかし個人の無分別さに――そして絶望に――奇妙で、溢れ出るような富の感覚を、好ましいと同時に悲惨な富の感覚を、対置させる。この全般的な利益は、利己主義に支配された経験とは逆の経験から得られるものだ。この経験は、自分の個人的力を伸張させて我が物顔に振舞いたいと欲する人間の経験のことではない。こうした欲求の空しさへの逆の意識のことなのだ。経済のテーマのおかげでこの利益を正確に示すことができるようになった。資本の所有者たちの個別の利益を一まとまりに考察するならば、人はすぐにこの利益の矛盾した性格を見抜くはずだ。一人一人の所有者は自分の資本から利益を求めている。これは投資が無制限に発展することを前提にしている。つまり生産力の無制限の増大を前提にしているということだ。本質的に生産的なこの投資の原理において盲目的に否定されるのは、無制限の量ではなくとも、おびただしい量の生産物が純粋な消失として消費されてしまうことである。残念ながらこの打算でとくに忘却されているのは、想像を絶する富が戦争で消え失せていかねばならなかったということである。このことは、次のように語ると——矛盾した言い方になるが——もっとはっきりしてくるかもしれない。すなわち問いかけが「古典派」経済でのように利潤の追求に制限されている経済問題は**個別の**問題つまり**枠が設定されている**問題なのであり、逆に**全般的な**問題においては、余剰エネルギーを休みなく破壊し（蕩尽し）ていかねばならない、生きた集合が、いつも再登場するということである。

マーシャル・プランに話を戻すと、今や事態を容易に明示することができる。この計画は「古典派」タイプの**個別の**投資に対立しているのだが、集団の需要と供給の連結決算によってだけ、これに対立しているわけではない。この計画が全般的な投資であるのは、**ある一点で**、生産力の増大を放棄しているからなのだ。つまりこの計画は、投資であるのだが、その資金が消失される投資になっている。まさにこの点でマーシャル・プランは全般的な問題の解決へ向かっているのだ。にもかかわらずこの計画は同時に増加への最終的活用になることを企てている（全般的な視点が同時に二つの問題を含んでいることは了解ずみだ）。だがマーシャル・プランがこの活用の可能性を差し向ける場は、戦争の破壊によって――そして技術の遅れによって――この可能性に領野が開かれた地域なのである。言い換えれば、この計画の支援は、断罪された富を送り込む支援なのだ〔「断罪された富」というのはアメリカ経済の余剰をアメリカの経済発展のために使うことが否定されているという意味。他方で、アメリカの政治的利益がこの援助計画に見込まれている可能性についてはバタイユは次節にあるようにこれを考慮に入れて慎重に推移を見守ろうとしている〕。

世界全体を見渡してみると、一部分の余剰資源があるのだが、この余剰資源は、増加のための「空間」（可能性と言ったほうがいい）が不足しているため増加を支えることができない。他方で犠牲にしなければならない部分も、犠牲のための時間も、けっして正確に与えられているわけではない。だが**全般的な**視点は、明確には定められない時間と場所において増加が放棄され、富が否定されることを、そして富のありうべき豊饒化つまり利益のあがる投資がしりぞけられることを、求める。

第6節　ソヴィエト連邦の圧力とマーシャル・プラン

いずれにしても根本的な難題は取り除けない。どうやって支援を出資させるのか。どうやって五〇億ドルを個別の利潤法則から引き抜くのか。どうやってこの金額を大量抹殺に処するのか。ここで現実の政治の動きのなかへマーシャル・プランを組み込む問題が動きだす――先ほど私はペルーの著作にはこの現実の政治の動きが扱われていないと語っておいた。見たところ、すべてはこの問題から再検討されねばならないのかもしれないのだ。フランソワ・ペルーは、まるで一般の利潤の規則からこの計画を引き抜くことがすでにできているかのように、そしてまたこの計画が共通の利益の結果であるかのように、この計画を定義した。私は、この点に関して、ためらいなしに彼を支持することができずにいた。この計画はたしかに「世界的な利益のための投資」になりうるかもしれない。しかしまた「アメリカの利益」のための投資にもなりうるのだ。そうなっていると私は言わないが、しかしこの問題は提起される。さらに、原則においては「世界的な利益」でありながら、アメリカの利益の方向へ歪められるという可能性もある。

理論的には、この計画は資本主義への根源的な否定なのだ。このように限定された意味ではフランソワ・ペルーの分析で際立たせられた対立から取り消すべきものは何一つない。だが事実ではどうなっているのか。

今のところそのような事実は存在しない。我々としては問題を提起するだけにしておこう。資本主義は、自分を否定しようと欲しながら、その動きのなかで別のことを露に見せているのかもしれない。つまりこの自己否定を避けることができなかったにもかかわらず、そうする力がなかったことを露に見せているのかもしれない。だがともかくこの問題はアメリカ世界にとっては死活の問題なのだ。

現代世界のこの様相は、現代世界を理解しようと努めるほとんどの人から看過されている。矛盾したことに、状況を動かしているのは次のような事実なのだ。すなわち、ソヴィエト連邦の人々への好都合な恐怖（あるいは彼らの脅威に似たような何か）がなかったのならば、マーシャル・プランは存在しなかっただろうという事実である。じっさい、クレムリンの外交手腕がアメリカの国庫の鍵を握っている。矛盾したことに、この外交手腕が世界のなかで維持している緊張こそが、世界の動向を決定しているのである。こうした主張は簡単に不条理な発想へ流れていくのかもしれない。だがこう述べることはできる。もしもソヴィエト連邦が存在しないのならば、もしもソヴィエト連邦が取る緊張政策がないのならば、資本主義世界は麻痺状態をしっかり避けることができないだろう、と。この真実が現在の世界の行方を決定している。

今現在、ソヴィエト連邦の体制が世界全般の経済の要請に応えているかどうかは定かではない。少なくとも考えられるのは、余剰を溢れるほどかかえる経済は産業の独裁的組織化を必ずしも求めていないということだ。しかしソヴィエト連邦とコミンフォルム〔一九四七年に設立された各国共産党の情報交換機関だが、実質的にはソヴィエト連邦の強権を各国に、とくに東欧諸国に行き渡らせるための組織だった）の**政治行動**は、世界経済に必要なのである。この場合、行動は、上部構造（生産のための法体制）の相違の結果であるだけでなく、経済水準の相違の結果でもある。言い換えれば、世界の一点にある政治体制、つまりロシアの世界が、攻撃的なアジテーションによって、階級闘争の極端な緊張によって、資源の（エネルギーの流動の）不均衡を表現しているということなのだ。言うまでもなく、この緊張は、資源の分配の不均衡をなくすために好都合なのである。弥増《いやま》す経済水準の不均衡が麻痺させていた富を流通させるために、好都合なのである。マーシャル・プランは、労働者のアジテーションを西欧の生活水準の向上によって収拾させようとしたものであり、このアジテーションの結果なのだ。

マーシャル・プランに対する共産主義側の反発もまた初発の動きを発展させている。この反発は、マーシャル・プランの実施を阻止することをめざしているのだが、この外観とは裏腹に、その闘争相手の動きを増大させているのである。共産主義側の反発はマーシャル・プランの動きを増大させ、かつ制御している。マーシャル・プランによるヨーロッパ援助は、アメリカの介入の可能性だけでなく必要性をもたらす。ソヴィエト連邦の反発は、アメリカの介入を征服行為へ転じさせかねない不規則さや過激さを困難にさせている。共産主義者による破壊工作はたしかにこの抑止効果を弱めはするかもしれない。だが他方で、西欧諸国に、無力な悲壮感ではなく、アメリカの介入が必要だという感情を助長させて、よりいっそうためらいのない援助の実施を確かなものにさせることになる。

こうした反響の動きの重要性はどんなに強調してもしすぎることはないだろう。この動きは経済の根源的な変化へ向かう。この変化の結果だけで十分であるかどうかは分からないが、両陣営の間の矛盾に満ちたやりとりは、次のことを立証している。すなわち、世界の対立は必ずしも戦争によって解決されるとは限らなくなる、ということを。一般的に、労働者のアジテーションは、社会主義系のであれ共産主義系のであれ、じっさいは、経済制度の、革命を介さない平和な進展へ向かう。ただし始めに陥る間違いは、穏やかな、改良主義的なアジテーションだけがこのような進展をもたらすと信じてしまうことだ。もしも共産主義者のイニシアティヴによるがゆえに革命的なアジテーションが、脅威の外観を帯びなくなったりすると、もはや進展などなくなってしまうだろう。しかしまた、共産主義の唯一の幸福な結果は権力の奪取だと想像するならば、これも間違いなのだろう。獄中にあっても共産主義者たちは「世界を変える」ことを続けるかもしれない。マーシャル・プランのような試みの効果はそれだけで重大である。しかしだからといって、この計画に限界を見出すことはできないだろう。共産主義側からの転覆的行動に由来する経済競争は、富の分配における変化を越えて、もっと根源的な構造の変化をいとも簡単にもたらすことができるはずなのだ。

第7節　あるいは戦争の脅威だけが唯一「世界を変える」力を持ちつづける

当初からマーシャル・プランは生活水準の世界規模での向上をめざしている（その余波として、この計画は、ソヴィエト連邦に対して、生産力の増加を捨てて生活水準を向上させるということを引き起こすかもしれない）。しかし生活水準の向上は、資本主義の現状では、生産力の持続的な増大からの回避策にはならない。他方で当初からマーシャル・プランは、生活水準を向上させるための、**資本主義の外部にある**手段なのである。（ただしこの点に関して、マーシャル・プランの結果がアメリカの外で起きるかどうかの問題は重要ではない）。かくしてソヴィエト連邦の構造と大差ない構造への**横滑り**が始まる〔アメリカのことが示唆されている〕。この構造とは、どちらかと言えば国家的な経済のことだ。ただしこれが可能になるのは、唯一、次のような地点においてだけなのである。すなわち生産力の増加が停止され、資本主義的な蓄積が、それゆえ利潤も、十分な余地を持たなくなるような地点である。それにまた、ヨーロッパ援助という形態だけが、労働者のアジテーションによって広く促進されつつある進展の徴候というわけでもないのである。アメリカ合衆国は解決できない矛盾のなかで四苦八苦している。アメリカ合衆国は、自由な事業を擁護しているが、そうする一方で、国家の重要性を発展させている。そうしてソヴィエト連邦が一気に飛込んだ地点へ、できるだけゆっくりと、進み続けている。

こうなると今後は、社会問題の解決はもはや街頭での民衆蜂起に依存しなくなる。人口過剰で膨張し、しかも経済資源に不足した諸民族が最も豊かな地域へ侵略に向かっていた時代は我々から遠い過去の話だ（それに軍事的条件は、過去とは逆に今日では、富裕者に有利なように働く）。それゆえ戦争とは別の政治の結果が第一義の重要性を持っている。この結果が我々を戦争の災厄から守ってくれる保証はないのだが、我々の唯一のチャンスではある。たしかに、しばしば戦争が社会の進展を加速させてきたことは否めない。ソヴィエト連邦もそうだし、我々もまた、つまり我々の精神の自由、以前より柔軟になった我々の社会関係、我々の産業、国有化された我々のサーヴィス機関もまた、ヨーロッパを揺るがせた二度の戦争の結果なのだ。第二次世界大戦が終わったとき我々の人口はまさに増加さえしていたのである。生活水準も全体として見れば改善に向かい続けていた。だが我々は、第三次世界大戦がもたらすであろうものをいったいどのように想像したらよいのか。地球全体を一九四五年のドイツの状態へ転落させる、それも修復しがたいほどに転落させること以外に想像できないのではあるまいか。となれば今後我々は、平和裡の進展を考慮に入れねばならないのだ。さもなければ、資本主義の破滅が、資本主義の**制作物**の破滅であると同時に、産業発展の停止に、そして社会主義の夢の消滅に、なってしまうだろう。昨日までは戦争に期待するのが非人道的ではあっても致し方のなかったことを、今後我々は、戦争の脅威に期待しなければならない。これは心安らかなことではないが、選択肢は与えられていない。

第8節 「ダイナミックな平和」

我々は、政治判断の基底にある明瞭な原則を考慮に入れるということだけにしておかねばならない。

もしも戦争の脅威のせいでアメリカ合衆国が余剰の重要な部分を軍事産業に差し向けるようになるならば、これ以上平和のための進展を語ることに意味はなくなるだろう。そうなるとまちがいなく戦争が起きるだろうからだ。**戦争の脅威のせいでアメリカ合衆国が余剰の相当の部分を平然と——見返りを求めずに——世界的な生活水準の向上に差し向けるのならば、そのかぎり、唯一そのかぎり、経済の動きは、生みだされたエネルギーの余剰に戦争とは別の捌け口を与えるようになり、人類は平和裡に人類の問題の全般的な解決へ向かうだろう。**非武装にしないと戦争になると言いたいのではない。それどころかアメリカの政治は、次の二つの道のうちでどちらに進むか迷っているのである。一方の道は、新たな武器貸与法を用いてヨーロッパを再軍備するということである。もう一方の道は、マーシャル・プランの少なくとも一部を軍備に利用するということである。世界の現状での非武装は政治宣伝のテーマであって、いささかも捌け口になっていない。だがもしもアメリカ人がマーシャル・プランの特殊性を断念するのならば、つまり余剰の主要な部分を戦争以外の目的に使用するということを断念するのならば、この余剰は、爆発するように彼らが決めたところで爆発するようになるだろう。この爆発の際にはこんなことが語られるかもしれない。ソヴィエトの連中の政治のせいでこの災厄は避けることができなかったんだ、と。こんな慰めはくだらないだけでなく、欺瞞である。今日ではもはや逆の意味でこう主張しなくてはいけない。生みだされた力の余剰に戦争の捌け口だけを残しておくのは、戦争を自分の問題として引き受ける、戦争の責任を背負う、ということなのだ、と。たしかにソヴィエト連邦はアメリカを厳しい試練にかけている。しかしもしもソヴィエト連邦が存在して、アメリカを目覚めさせ、試練にかけ、「変わる」ように強いていないのならば、いったいこの世界はどうなってしまうのだろうか。

急速な軍事武装の避けがたい帰結について私はすでに述べたが、だからといって非武装の方向へ進むことをよしとしているわけではない。非武装の思想は非現実的なのだ。非武装はあまりに可能性から遠いため、その結果がどうなるのか想像することすらできない。

今の世界を休息へ促すことがいかにむなしいことか、人々はうまく推し測ることができずにいる。休息、眠りは、せいぜいのところ、戦争の前兆でしかありえない。**ダイナミックな平和**(1)だけが唯一、変化の明白な必要性に応えている。**ダイナミックな平和**という言葉こそ、ソヴィエトの人々の革命的な意志に対置されうる唯一の言い回しなのだ。この決然たる意志が戦争の脅威の状態を維持し、さらに対立陣営の軍事武装をも維持すること、**ダイナミックな平和**はこのことを意味している。

(1) ジャン゠ジャック・セルヴァン゠シュレーベルの言い回しを用いている。『ル・モンド』誌、一九四九年一月一五日号、一六—一七日号、一八日号に連載された注目すべき論文「平和に直面する西洋」を参照のこと。

第9節　アメリカ経済の成就に関係した人類の成就

以上語ってきたことからもう言うまでもないことだが、唯一アメリカの方法の成功だけが世界の平和裡の進展をもたらす。戦争のない革命はありえない、少なくとも古典的な革命はありえないということをアルベール・カミュ(一九一三—六〇)はあれほどはっきり明示したのだが、これは大きな功績である〔この頃のバタイユにとって重要だったカミュの論文「犠牲者もなく死刑執行人もなく」（一九四八）の中の「歪曲された革命」の章によれば、一七八九年のフランス革命のような一部の武装勢力による一国内の「古典的な革命」の時代はもう終わり、現代では革命は諸国家を巻き込んだ国際的なものになり戦争状態で推移するとされる。「もっと正確に言えば、今日では国際的な革命は戦争の極限的な危機なしには進まない」」。だがソヴィエト連邦のなかに非人間的な意志の具現を見てとり、クレムリンの政治のなかに悪業の具現を見てとる必要はない。多くの強制収容所を、思想弾圧を、秘密警察に基づく体制の伸張を、欲するというのはたしかに残忍なことだ。現在の世界にソヴィエト連邦の陣営が存在しているのは、ソヴィエト連邦で人間集団の巨大な動きが、逼迫した要請に対応していたからなのである。いずれにせよ、世界のなかでソヴィエト連邦によって維持された緊張の意義、**真実**、そして重大な価値を見抜かないのだったら、**自己意識**を欲してもむなしい話になるだろう（もしもこの緊張がなくなるならば、静穏な生活はすべての面でむなしくなるだろうし、かつてないほどに恐怖に駆られるようになるかもしれない）。情念にただ動かされて盲目になり、ソヴィエト連邦に常軌逸脱しか見ずにいる人は、彼自身、少なくともその盲目ぶりにおいて同等の常軌逸脱に身を任せているのだ。完全な明晰さによって人間は最終的に**自己意識**になる好運にめぐまれるのだが、この人はそういう明晰さを放棄しているのだ。もちろん**自己意識**は、ソヴィエト圏内でもこの人に劣らず排除されている。そもそもこの**自己意識**は、既存の何ものにも結びつくことがない。脅威の衝撃を受けると、この**自己意識**は、急速な変化をもたらし(1)、さらに世界の支配的な部分の勝利をもたらす。他方で今からもうすでにこの**自己意識**は、アメリカ民主主義の将来の選択のなかにもたらされている。そしてその選択の戦争なしの成就をただひたすら求めている。ここではもう国家の視点は問題外だ(2)。

(1) ジャン＝ジャック・セルヴァン＝シュレーベルが指摘しているように、そしてまたアメリカの前衛知識人も同じように考える傾向にあるのだが、合衆国の内部状況の急速で目立った変化が、新たな政治勢力、つまり労働組合の勢力の矢のように急激な上昇から期待できる。

(2) ソヴィエト連邦やアメリカ以外の国々から発する、深い意味での独立のイニシアティヴがもはや存在しえないという事実をどうして否定できようか。時代に遅れるというのは、もはやその日その日の論争のなかでしか意味を持たない。

第10節　富の最終的目的への意識と「自己意識」

おそらくこれらのまったく外的な要因に**自己意識**の真実（完全で何にも還元できない至高性へ存在が帰っていくこと）(1)のような内的な真実を関係づけるのは矛盾したことだ。しかしすぐさま本質に立ち返ってみるならば、容易にこれら外的な要因の深い意味――本書全体の深い意味――を見抜くことができる。

最初から矛盾は極まっている。というのも「支配的になった国際経済」に基づいて考案された政策が世界の生活水準を高めることしか目的に掲げていないのだから。(2) ある意味でこれは期待はずれであるし、意気消沈させる。しかしこれは**自己意識**の出発点であり基底であって、完成ではない。こうしたことは十分正確に表現されねばならない。

自己意識は本質的に内奥性の完全な所有なのだが、しかし人は、いかなる内奥性の所有もまやかしだという事実に帰っていかねばならなくなる。(3) たとえば供犠は一個の聖なる**物**しか呈示できないのだ。**聖なる物**は内奥性を外在化させる。**聖なる物**は、本来、内部にあるものを外部へ顕示する。それゆえ**自己意識**は、最終的に内奥性の次元でもはや何も起きなくなることを要求するのだ。これは、存続しているものを排除したいと欲する意志とはまったく関係がない。いったい誰が、芸術作品や詩を消滅させるなどと語るだろうか。そうではなく、冷徹な明晰性が聖なるものの感情と合体する一**点**が露呈されねばならないということなのだ。そのためには、この上なく純粋に**物**に対立している要素へ聖なる世界を還元することがまず前提として必要なのである。聖なる世界を純粋な内奥性に還元することが必要なのだ。このこと〔冷徹な明晰性と聖なるものの感情の合体〕は、じつのところ、神秘家たちの体験の場合と同じように、知的で、「形態も様態もない」観照へ帰着する。様々な「幻視」、神々、神話が呈する魅力的な外見に対立した観照である〔原注(5)の末尾に付した訳注を参照のこと〕。他方でこのこと〔冷徹な明晰性と聖なるものの感情の合体〕は、本書で導入した角度から眺めると、根本の議論に決着をつける意味を持つ。

我々存在たちは、決定的にその存在を与えられてしまったわけではなく、見たところ、エネルギー資源の増加に差し向けられている。じっさい我々存在たちは、大部分の時間、ただ同じように存続しているのではなく、この増加を自分たちの目的と存在理由にしている。だがこのように増加に従属していると、どの存在も自律性を失ってしまうのだ。自分の資源を増加させるということで、現在の自分を将来成るはずの自分に従属させているのである。だが本当は、このエネルギー資源の増加は、この増加が純粋消費へ解消する瞬間との関係において位置づけられねばならないのだ。とはいえこの純粋消費への解消はたしかに困難な移行ではある。じっさい意識はこの移行に反対する。というのも意識は、純粋消費の**無**ではなく、何らかの獲得できる対象を、つまり**何らかの物**を捉えようとするからだ。したがって重要なのは、意識が**何らかの物**への意識であることをやめる瞬間へ到達することなのである。言い換えれば、増加（**何らかの物**の獲得）が消費へ解消する一瞬間の決定的な意味を意識するということ、これこそが、まさに自己意識なのである。つまりもはや**対象として何ものも**持た**ない**意識なのである[4]。

このような完成は、明晰性が運よく発揮されるところでは、生活水準の高レベルでの修正策の緩和に結びつけられて、社会生活での**配備**〔しかるべき場所に人や物を配置すること。ここではアメリカの余剰を世界規模の視点でしかるべき地域に移動することを指す〕という価値を持つ。この**配備**は、ある意味で、動物から人間への移行に相当する（もっと正確に言えば、この移行の最終的な行為だ）。こうした見方からすると、まるで最終目標が与えられているかのような感じになる。最後にはすべてがしかるべき場所に置かれ、設定された役割に応じるようになる。今日トルーマンは盲目的に、究極の——そして密やかな——終幕の準備をしているのかもしれない[5]。

だがこれは明らかに錯覚なのだ。もっと開かれた精神は、時代遅れの目的論の代わりに、真実を見出す。沈黙だけが裏切らない真実を。

（1）　これは瞬間のなかの自由であり、成就されるべき任務から独立した自由のことだ。

（2）「**世界の**」と私はたしかに書いている。この意味で、「トルーマン・プラン」〔一九四九年一月にトルーマン大統領が発表した、マーシャル・プランとは別の発展途上国援助計画。重要政策の第四条であったため、「ポイント・フォア・プログラム」と呼ばれる〕のなかで示されたアメリカ政治の最終的な方向性は、マーシャル・プランよりも意義深い。もちろん戦争問題の解決をこれらの経済政策の次元に見出すのはむなしいことかもしれない。実を言うと、これらの政策は、一貫したものであっても、戦争の必要性を取り除くだけであって、戦争の可能性を取り除くわけではない。だが今日の軍事武装の恐ろしい脅威も加わって、これだけですでに、概ね十分であるのかもしれない。いずれにせよ、人はこれ以上のことはできないだろう。

（3）本書第四部第2章「中産市民の世界」を参照のこと。

（4）純粋な内面性は別だ。これは物ではない。

（5）情念がもはや無意識の要素ではなくなるときが来るかもしれない。マーシャル・プランとトルーマン・プランのなかにそんな事態を見出すことができるのは一人の狂人だけだ、と人は言うかもしれない。私こそその狂人だ。まさに次のような意味でそうなのだ。つまり、二つに一つなのである。一方には、操作が失敗して、私のような狂人が、これに劣らず正気を失った世界のなかへ沈んでいくという可能性がある。他方には、操作がうまく成立して、じっさいに**狂人**だけが先述の**自己意識**に達することになるという可能性がある。なぜ狂人だけが自己意識に達するのかというとそれは次のような事情による。つまり理性は意識なのであるが、理性に還元できないものを対象にしたときにはじめて完全に意識的になるという事情である。こうした考察をここに導入したことをお許しいただきたい。ただ、こうした考察は一つの確かな事実を典拠にしてはいる。その事実とはすなわち、経済に関する本書の著者は、別な面で（その著作の一部において）、歴代の**神秘家**の跡を継ぐ身だということである（それでもこの著者は様々な神秘主義の前提とは無関係であり、これら神秘主義に彼はただ**自己意識**の明晰性だけを対立させるのである)。〔バタイユは『内的体験』(一九四三)の第一章の断章で次のように書いてキリスト教神秘家の観照(聖なるものを見る行為)との違いを打ち出している。すなわちキリスト教神秘家の観照よりももっと奥へ行き、神ではなく「未知なるもの」に触れようとしている。「彼、十字架の聖ヨハネにとって、体験は形態も様態もない神を把握することにしか意味はない。アビラの聖テレサは最終的に「知的な幻視」にしか価値を与えていなかった。同様に私は、たとえ神が形態も様態もないとしても(神の「知的な」な幻視であって、感覚的な幻視ではない)、神の把握それ自体を、**未知なるもの**のもっと不分明な把握へ我々を導く動きにおける停止とみなす。**未知なるもの**とは、言い換えれば、不在とまったく異ならない現存のことなのだ」〕。

補遺

消費の概念

『社会批評』誌第七号（一九三三年一月）掲載

I．古典派の有用性原理は不十分だ

有用なという言葉の根本的な価値が議論のゆくえを決定しているときにはいつでも、つまり人間社会の生活に関わる本質的な問題が取りざたされるときにはいつでも、発言者が誰であれ、また表明される意見がどのようなものであれ、その議論は必然的に間違っており、根本の問題が回避されていると言い切ってよい。じっさい現代人の考え方は、全体を見渡してみると、程度の差こそあれ多様であって、人間にとって何が有用なのかを決定するための正確な手段が欠落している。この欠落を十分に示す事実がある。すなわち我々は、有用なものと快楽の彼岸に位置づけようとする原理を、たとえば**名誉**とか**義務**などの原理を、この上なく不当な仕方で援用せざるをえない、つねにそうせざるをえないという事実である。**名誉**や**義務**の原理は、金銭的な利害関係の調節のなかで偽善的に使用されているのだ。そして神はもちろん、**精神**もまた、閉ざされた体系の受容を拒む人々の知的な戸惑いを包み隠すのに役立っている〔ここでバタイユが示唆しているのは一九二〇年代半ばから西欧近代の価値体系に抗っていたシュルレアリストたち、および直近では一九三一年に創刊となったばかりのキリスト教系思想誌『精神（エスプリ、Esprit）』と、そこに集う非順応主義の知識人の存在である。もともと「精神」はキリスト教の聖霊（Saint Esprit）とのつながりのある語であり、西欧の伝統的な思想の基本概念になっていた。本稿のバタイユはこうしたキリスト教的で観念的な「精神」の概念と縁を切りつつ、他方で一八世紀後半からの古典派経済論の唯物的で功利的な利益追求の思想からも脱して新たな心的かつ物質的価値を無益な「消費（デパンス、dépense）」に見出そうとしている〕。

しかし日常の慣習はこうした基本的な難題を気にしていないし、一般の意識も、一見したところ、古典派の有用性、つまり唯物的と言われる有用性の原理に対して、ただ言葉の上の留保を突きつけているだけなのだ。この古典派の有用性は、理論上は快楽を目的にしている——ただしこれは穏やかなかたちでのことであり、荒々しい快楽は**病的**だとみなされてしまう。こうして実際のところこの古典派の有用性は、一方では財の獲得（じっさいには財の生産）と保存に限定され、他方では人間の生命の増殖と維持に限定されていて、ただそのままになったきりなのだ（これに加えて、苦痛に抗する戦いがあげられるのだが、この戦いの重要性はそれだけで十分に快楽追求の原則が、たとえ経済原則の基盤に導入されていても、まったく消極的な性格であることを示している〔ジェレミー・ベンサム（一七四八—一八三二）の『道徳および立法の諸原理序説』（一七八九）によれば人間の行動を決定する根本の原因は「快を得て、苦を回避する」という利益にあるとされる］）。一連の数量的な経済表現は、このような平板で支持しがたい実存の考え方に関係しているのであって、そのなかでは唯一、生殖の問題だけが深刻な議論を巻き起こしている。というのも生者の過剰な増加が個人の分け前を減少させる危険があるからだ。しかし全体を見渡せば、社会生活に関するどんな広い判断も暗黙の内に次のような原理を支持している。すなわち、個々人の努力はすべて、価値あるものとなるためには、生産と保存の根本的な必要性に帰せられねばならないという原理だ。芸術、公認の風俗営業、賭け事が問題になっていても快楽は、最終的には、**今流行の**知的な表現を用いるならば、譲歩に、つまり二次的な役割しか持たない休息に、帰せられるのがおちだ。生活の最も貴重な部分が、生産的な社会活動のための条件と見なされているのである——ときには残念な条件とさえ見なされているのだ。

たしかに、理由もなしに浪費し破壊できる若者の場合、個人的な体験がこうした哀れな快楽の発想をつねに否定している。だが、きわめて頭脳明晰な人でさえ、なんの思慮もめぐらさずに放蕩に耽って自分を破滅させることがあるというのに、そうなったときにこの人は、なぜこんなことをしでかしたのか分からず、自分を病人だと思ったりするのである。この人は、**功利的な視点に立って**自分の行動を正当化できないし、ましてやこんな社会的な考えを思い浮かべることもない。つまり、自分のように人間社会もまた、破滅や膨大な損失に**興味**を持つことがありうるという考えだ。その破滅や損失とは、**確固とした欲求に応じて**、不穏当なふさぎ込み、不安の発作、あげくのはてにはなんらかの乱痴気騒ぎを引き起こすようなものなのだが。

日常の社会的発想が社会の現実的な欲求に対立している様は、父親が狭量な判断で、自分の扶養する息子の欲求充足を阻んでいる光景を、耐え難いほどに想起させる。この父親の狭量さのおかげで、息子は自分の意志を表明できずにいるのだ。半ば悪意さえある父親の配慮が、息子の衣食住に向けられ、場合によっては衛生無害な気晴らしにまで及ぶことさえある。息子は、何が自分を熱中させるのか、口にだす権利さえ持たない。どんな**恐ろしいこと**も考えていないと父親に信じさせておかねばならないのだ。この点に関して、悲しいかな、こう言わざるをえない。**意識的な人類はずっと未成年のままだった**、と。人類は、獲得し、保存し、合理的に消費することを自分の権利として認めたが、**非生産的な消費**を概ね排除してしまった。

もちろんこの排除は表面的であるし、じっさいの活動を変化させているわけでもない。ちょうど息子が父親の禁止にかまわず、その目が及ばなくなるとすぐに密かな楽しみに耽りだすのと同じだ。人類は、父親の平凡な満足と盲目ぶりに染まった発想を人類自身のために気ままに表現させておくのだが、しかしじっさいの生活では、あきれるほどの野蛮さを求めていて、その野蛮な欲求を満たすように振る舞っている。そしてまた人類は恐ろしいことの近くでしか存続できないようにも見えるのだ。それゆえ、ある人が、ほんの少しでも、存在の公的な、つまりは臆病な、考えに従うことができなくなって、既成の権威の破壊に生涯を捧げる人の魅力に感化されだすと、平和な世界のイメージ、彼の打算に沿った世界のイメージが、ただの安直な幻想にすぎないと思うようになってしまうのである。

となれば、父親と息子の関係の隷属的な在り方に縛られない着想が発展していき、たとえ様々な障害に出会っても、その障害は乗り越えがたいものではなくなっていくはずだ。大衆向けの世界のイメージが曖昧で意気あがらないのは歴史的に必然のことであり、これはやむをえない。ただし大衆は、わずかな誤りであれ誤りなしには行動していないし（この誤りを麻薬のように用いている）、それでいて、自分が人間の矛盾の迷路のなかにいるとは認めたがらないのだ。人口の内の無教養の層、あるいはほとんど教養教育を受けていない層の人々にとっては、極端な単純化が、攻撃力を減退させない唯一の手だてになる。彼らの悲惨で貧窮した生活状態がこうした単純化を生み出す温床なのだが、しかしこの生活状況ゆえに彼らの認識には限界があると見るのは卑劣なことだろう。そして彼らよりもっと独断的でない発想がじっさいには秘教のように一般性のない状態を強いられているのならば、しかも目下の状況では病的な反感に直面しているのならば、そうした反感は、ある世代の恥ずべき態度なのだと、つまり反逆者が自分の言葉の騒がしさを恐れている、そんな世代の恥ずべき態度なのだと言わねばならない。こんな反感を考慮にいれることはできない〔「秘教」化を余儀なくされている発想とはこの論文の発表された雑誌『社会批評』およびその母体の「民主共産主義サークル」の発想を指し、これにロシア共産党直属のフランス共産党は「病的な反感」を示していた。正統派を自任する後者の共産党系左翼勢力は、いわば同じ世代でありながらよりいっそう革新的で開明的な前者の左翼勢力、つまりロシア共産党のスターリン主義に批判的でフロイトなど新しい知に開かれた左翼勢力を極度に嫌っていた〕。

Ⅱ. 損失の原理

人間の活動は、生産と保存の過程に全面的に帰せられるわけではないし、出費〔原語はコンソマシオン(consommation)。本稿の中心概念である「消費」(デパンス、dépense)との違いを明確にするためにこの訳語を選んだ〕というものも異なる二つの分野に分けられるべきなのである。第一の分野、つまり生産と保存の過程に帰せられる出費は、一定の社会の個人が生命の保存および生産活動の存続のために必要最小限のものを使用するということなのである。要するに、この出費は生産活動の根本的な条件になっているということなのだ。第二の分野は、非生産的と呼ばれる消費(デパンス)である。これは、例えば、奢侈《しゃし》、葬式、戦争、礼拝、荘厳なモニュメントの建設、賭け事、芸術、倒錯的な性活動（つまり生殖の目的からはずれた活動）のことなのだが、これらの活動はどれも、それ自体のなかに目的を持っているのである。少なくとも、もともとの状況ではそうだった。ところで今必要なのは、**消費**という名詞〔デパンス（dépense）〕を、これらの非生産的な活動形態に差し向けることである。生産活動に媒介項として役立っているすべての様式の出費を排して、そうすることが必要なのである。もちろん、今列挙した様々な非生産的な形態を相互に対立させることは可能だが、これらの形態は、次のような共通の特徴を持つ総体を形成しているのだ。すなわち、これらの形態のどの活動も**損失**に強調が置かれていて、しかもそれぞれの活動が真の意義を持つためにはできるかぎりその**損失**が多大にならねばならないという特徴である。

この損失の原理、すなわち無条件の消費の原理は、厳密な意味で唯一**合理的な**経済原理すなわち収支均衡の経済原理（獲得によって規則的に補塡《ほてん》される消費の原理）にどれほど反していようとも、日常経験にある以下のごく少数の例をあげるだけで明示できる。

1）宝石は美しくてキラキラ輝いているだけでは十分でない。これだけのことなら模造品に代えても支障をきたさなくなってしまう。ダイヤモンドのネックレスを手に入れるために一財産を犠牲にするということが、このネックレスの魅力の形成には必要なのだ。このことは、精神分析では一般的になっている宝石の象徴的な価値と関係づけられねばならない。夢のなかでダイヤモンドが排泄物の意味を持つのはコントラストによる連想だけの問題ではない。無意識において宝石は、排泄物と同様に、傷口から流れでる呪われた物質なのである。そしてまた誇示的な供犠に差し向けられた自分自身の部分なのである（だがじっさいには宝石は性愛のための豪華な贈り物に役立っている）。ともかく宝石は、莫大な物質的な価値があってこそ、その機能を果たすのであり、このことが、きわめて美しい模造品であってもほとんど何の役にも立たないという模造品の価値のなさを解き明かしている。

2）　礼拝は**供犠**のために人間と動物の流血の浪費を必要にしている。供犠は、語源の意味からして、**聖なる**事物を作り出すことにほかならない〔フランス語の供犠 sacrifice の語源はラテン語「聖なる」sacer と「する、作る」を意味する動詞 facere よりなる〕。最初から明らかなのは、聖なる事物は何かを損失する行為によって形成されるということである。とくにキリスト教の成功は、人間の不安を損失と零落の表現へ導いた神の子の不名誉な十字架刑がテーマとして価値づけされたことで説明がつくはずだ。

3）　様々な競技において損失は概《おおむ》ね複雑な状況のなかで生じる〔以下、バタイユはとくに競馬を想定して話を進めている〕。相当額の金銭が、競技場、動物、道具、人間の維持のために消費される。エネルギーは、できる限り人を唖然とさせる仕方で浪費される。その浪費の激しさは、企業などの生産の場の勢いなど比にならないほどだ。死の危険は避けられず、むしろ逆に、意識されないまま強烈な魅惑を生みだす。他方で競技は、賞金があからさまに分配される場にもなりうる。大群衆がそうした場に立ち会うのだ。彼らの情念は、多くの場合、常軌を逸して発露される。常軌を逸した額の金銭が賭けの形態で損失へ**投じ**られるのだ。たしかにこれで利益を得るのはごく少数のプロの賭け人なのだが、それでもやはりこの金銭の流れは、競技によって解き放たれた情念のじっさいの**代金**《チャージ》と見なされうるし、多くの賭け人に、それぞれの懐《ふところ》具合と不釣り合いな損失をもたらしている。この損失はしばしば途方もない額に達して、賭け人はもはや牢屋か死しか行き場がなくなってしまうのだ。そのうえ、この種の競技の大規模な見世物には様々な形態の非生産的消費が付随する場合がある。これはちょうど、ある固有の運動で動いていた様々な要素がもっと大きな渦のなかに巻き込まれるのに似た現象だ。かくして競馬には豪勢な社会階級化の過程（**ジョッキークラブ**〔イギリスの競馬業務組織。もともとは貴族たちの競馬愛好会だった〕の存在を言及するだけで十分だろう）が伴うようになり、またファッションの贅沢な新品もこれみよがしに生産されるようになった。そのうえ指摘しておくべきなのは、現代の競技が示す消費の複雑さは、公共活動の全体を馬術競技会に関連づけていたビザンティン人の常軌逸脱に較べたら物の数ではないということだ〔もともと古代ローマにおいては「パンとサーカス」が市民に無償で提供され「サーカス」すなわち戦車競争（四頭あるいは二頭の馬に戦車を引かせて速さ・技術・勇敢さを競った）、およびそのための競技場は、市民の娯楽の重要な部分をなしていたが、東ローマ帝国すなわちビザンツ帝国（三九五—一四五三）ではこの伝統は継承・発展され、場所としても（首都コンスタンチノープルの競技場は一〇万人収容）、時間としても（一年のうち計一〇〇日以上も競技が開かれた）、文化としても（軍事、政治、さらにキリスト教神学を巻き込んだ）、市民生活の中心を形成し、莫大な金が賭けられ消費された〕。

4）消費の視点に立つと、芸術の産出物は二つのカテゴリーに分類されねばならない。すなわち第一のカテゴリーは、建物の建設、音楽、舞踏によって形成される。このカテゴリーは**現実の**消費を根幹にしている。これに対して彫刻と絵画、さらに催しや見世物への場所の使用も当然そうなのだが、これらは、建築物そのものに第二のカテゴリーの原則すなわち**象徴的な**消費の原則をもたらす。音楽や舞踏もそれぞれに象徴つまり外的な意味づけを容易に与えられうる。

文学と演劇は、第二のカテゴリーに含まれるのだが、悲劇的な損失（転落や死）の象徴的な表現によって不安や恐怖をかきたてる。これを文学と演劇のメジャーな形態だとすると、笑いをかきたてるのはマイナーな形態であって、その表現は、構造面では不安や恐怖の表現の場合と似ているのだが、しかし魅惑するいくつかの要素を排除している。「詩」という言葉〔ポエジー（poésie）〕は、損失状態の表現の最も堕落していない形態、つまり最も知的に加工されていない形態に用いられるのであって、消費の同義語と見なしてよいほどである。じっさい「詩」という言葉は、最も明確に、損失を介しての創造を意味しているのだ。だからこの言葉の意味は、**供犠**の意味〔先述の供犠の語源からの定義「聖なる事物を作り出す」のこと〕に近い。たしかに「詩」という名称は、通俗的な使用においてこの名称が指し示しているものの残りかす、それもほんのわずかな残りかすにのみ用いられるのだが、しかしこれを摂取し同化するような仕方で用いられているのだ。したがって前もって損失化をしっかりやっておかないと、とんでもない混同が生じかねないのである。詩においては、こうした残りかすの要素とこれを取り込む副次的な諸形成〔様式化、定型化のこと〕との境界が、際限なく変化しているのであって、それをこのような初発の短い論述で語るのは不可能である。とはいえ、もっと簡単に指摘できることがある。すなわち、この残りかすの要素を意のままにできる数少ない人々にとっては、詩による消費はその結果においてもはや象徴的ではなくなっているということだ。つまりある程度、表現の機能が、これを引き受ける人の人生を巻き込むことになるのである。この人を、期待にそぐわないことこの上ない生き方に、貧困に、絶望に、差し向けるのだ。めまいや怒りのほか何も提供できない不確かな幻影を追求することに、差し向けるのだ。よくあることだが、詩人は、自分自身の損失のためにしか言葉を意のままにできず、そのため、二つの事態のうちどちらかを選ばねばならなくなる。つまり排泄物が表面上の生活から根源的に切り離されるのと同じように、一人の人間が社会から深く切り離されて呪われた者に変えられる、そういう運命を選ぶか、あるいは諦めるかの選択である。諦めてしまうと、そのあとは凡庸な生活が、つまり通俗的で表面的な欲求に縛られた生き方が、待っているだけなのだが。

Ⅲ. 生産、交換、非生産的な消費

消費の在り方と社会的役割を以上で指摘してきたわけだが、そうなると今後はこの消費の役割と、これに対立する生産および獲得の役割との関係を考察しなければならなくなる。この関係は、**目的**と**有用性**の関係としてすぐさま提示される〔バタイユの議論は、非生産的消費こそ人間の生の本来的な「目的」であり、何かの役に立つという「有用性」の発想は生産・獲得・保存の原理としてこの「目的」に尽くす手段にすぎないという視点に立っている。この「手段」を目的と取り違えて生活の指針にしている近代人の生き方が本論の批判の標的である〕。生産と獲得は、発展しながら形態を変えていくのであって、一つの変数を形成している。この変数を知ることが歴史の過程を理解するうえで根本の条件になっている。しかしそうはいっても生産と獲得は、消費に従属した手段でしかないのだ。人間の貧困は、どんなひどいものであっても、社会を動かして保存への欲求（この欲求が生産を目的のように見せている）を非生産的消費への欲求に勝るように仕向けたことはかつて一度もなかった。非生産的消費の優越を維持するために、無益に消費する階級によって権力が行使され、貧困層は社会の活動いっさいから排除されてしまった。したがって貧者は、権力の圏内へ戻る手段としては、権力を占有する階級への革命的な破壊、つまり制限のない、流血の社会的消費しか持たないのである。

消費に対する生産と獲得の二次的性格は原始経済制度のなかで最もはっきり見てとれる。というのも、いまだに交換が、譲渡された物品の豪勢な損失として執り行われているからである。じっさい交換は、**根底においては**、消費の過程として存在しているのであり、この過程の上に獲得の過程が発展したのである。古典派経済学の考えでは、原初の交換は物々交換の形態で行われていた。じっさい古典派経済学は、交換という獲得手段の起源が獲得の欲求（今日では交換がこの欲求を充足させているのだが）にあるのではなく、まったく逆の、破壊と消失の欲求にあるなどとは想像すらできなかったのである。経済の起源に関する伝統的な考えが打破されたのは、最近のことでしかなかった。それもごく最近だったので、いまだに多くの経済学者が物々交換を商い取引の原点だと勝手に思い続けているのである。

物々交換という人為的な概念と対立させるかたちで、マルセル・モース（一八七二―一九五〇）〔エミール・デュルケーム（一八五八―一九一七）を継承してフランス社会学を創設した学者で、バタイユにも多大な影響を与えた。『社会学年報』に掲載された「贈与論」（一九二三―二四）のほかアンリ・ユベールとの共著『供犧論』（一八九八）が重要〕は、交換の古風な（アルカイックな）形態を**ポトラッチ**の名の下に確定した。(1) この名称は、アメリカ北西部のインディアンからの借用語なのだが、じっさい彼らインディアンは**ポトラッチ**の最も注目すべき形式を提供してくれたのだ。そしてインディアンのポトラッチに似た制度、あるいはその痕跡は、きわめて広い範囲で見出されたのである。

アメリカ北西海岸のトリンギト族、ハイダ族、チムシアン族、クワキウートル族の**ポトラッチ**は、一九世紀末から詳細に研究されてきた（だが当時はまだ他の国々の古風な交換形態との比較はなされていなかった）。これらアメリカの部族のなかで最も未開の部族でさえ、個人の状況変化――成人式、婚礼、葬儀――の際に**ポトラッチ**を行っている。より進化した形態をとっていても**ポトラッチ**は祭儀と切り離すことができないのだ。祭儀を引き起こすにせよ、祭儀のときに行われるにせよ、である。**ポトラッチ**は値切るということを全面的に排除する。そして一般的に**ポトラッチ**は、膨大な財の贈与からなるのである。

相手を侮辱し、挑発し、**強制**する目的で財が誇示的に贈られるのだ。この場合、贈与の交換価値は次のような事情から生じる。すなわち受贈者が、侮辱を拭い消し、挑発を受けて立つために、贈与を受け取ったときに同意された義務、つまり後にさらに膨大な量の贈与によって返礼する、つまり高利子付きで返すという義務に応えねばならないという事情である。

だが贈与が**ポトラッチ**の唯一の形態というわけではない。見世物のように財を破壊することによっても相手に挑むことができるのだ。まさしくこの究極の形態を介して、**ポトラッチ**は宗教的な供犠と出会うことになる。というのも**ポトラッチ**における破壊は、建て前のうえでは、受贈者の神話上の祖先に捧げられているのだから。比較的最近の話だが、トリンギト族の首長が相手の前に現れて、その眼前で何人かの自分の奴隷の喉をかき切って殺すということがあった。この抹殺行為は、決められた期日に、よりいっそう多くの奴隷の喉をかき切って殺すことによって返礼を受けた。シベリアの北東部奥地のチュクチ族は**ポトラッチ**と似た制度を知っていたのだが、別の集団を啞然とさせ侮辱するために高価な橇《そり》用の犬の群れの喉をかき切って殺したのだ。アメリカ北西部での破壊は、村を焼き払ったり、小舟の船団を叩き壊したりするところまで行っている。紋章の入った銅製のインゴットは、一種の貨幣であり、莫大な財産価値を虚構としてではあれ付与されているのだが、これも叩き割られたり、海に投げ捨てられたりする。祭儀特有の熱狂が所有物の大量破壊や贈与物の積み上げを後押しする。その意図は相手を驚かせ、凡俗に見せることにあるのだ。

高い利子は返礼**ポトラッチ**の際に義務づけられた超過物というかたちで出現するのだが、このことは交換の起源史において利子付き貸し付けが物々交換に取って代わっていった事情の説明を可能にもした。じっさい、**ポトラッチ**文明において富は、銀行文明における融資の増加を想起させるような仕方で増大したことは認めねばならない。つまり換言すれば、受贈者全体によって同意された利子付き返礼の義務ゆえに贈与者全体が所有することになった富を一度にすべて現実化することなどできないということだ〔融資先に渡った金額は融資した側の財ではあるが、じっさいにすべての融資先から一度に返金させて自分の財として確認することができないのと同じに、ポトラッチの贈与者の財の総額は相手から返ってくるまで手元に現実化できないということ。もちろんバタイユの主張は、贈与を損失と見るところに力点が置かれている〕。だがこうした比較は**ポトラッチ**の二次的な性格を対象にしている。

ポトラッチの制度が意義深い価値を持つのは、損失によってポジティブな特性が形成されるからなのだ——この損失から気高さ、名誉、階級制度における地位が生じるのである。贈与は、損失として、つまり部分的な破壊として、考察されるべきなのだ。というのも、破壊への贈与者の欲望が部分的に受贈者にも及ぶのだから。精神分析が描きだすような無意識の形態において贈与は、排泄行為を象徴している。そして排泄行為は、肛門性愛とサディズムの根本的結合に応じて死に関係している〔『性欲三試論』(一九〇五)などで展開されたフロイトの解釈を敷衍《ふえん》すると、成人の肛門性愛は幼児期に立ち返って捉え直すことができ、肛門の性感帯で得られる大人の快感は幼児の脱糞の快楽に結びつけられる。じっさい、親からトイレット・コントロールを受ける二〜四歳の幼児にとって大便は体内に貯めておくべき大切なものとなり、適切な場と時間にこれを排泄すればその時の快楽は肯定され、この大切なものは外部への贈り物になる。大便は黄金の贈与物、排泄行為は錦の贈与になる。他方で大人の社会道徳にとって不適切な排泄はこれを引き裂く危険な贈与になり、適切な排泄以上の快感つまりサディスティックな攻撃的・破壊的快感を幼児にもたらす。もちろん厳しい懲罰の返礼も来るわけでこの意味でもこの排泄は危険な贈与となり、大人の社会道徳にとっても子供にとっても破壊を、ひいては死を意味することになる〕。紋章入りの銅製インゴットは、アメリカ北西海岸地域においてとりわけ贈与の対象になっているのだが、このインゴットの排泄的象徴は、たいへん内容豊かな神話に基づいている。メラネシアでは、贈与者は、競争相手の首長の足下に置くみごとな贈り物を自分の排泄物だと見なす。

獲得の次元での**ポトラッチ**の帰結は、逆方向に向かう過程つまり消費の過程の意図されない結果でしかない――少なくとも獲得行為を命じる衝動が原初的である限りはそうだ。モースの指摘によれば、「理想は、**ポトラッチ**を行って、返礼されないということだろう」。この理想は、可能な対抗処置が習慣として知られていないような激しい破壊によって実現される。他方で、**ポトラッチ**の獲得物がいわば事前に新たな**ポトラッチ**に組み込まれているため、富の古風な原則〔富が無益に消費されること〕は、そのままに明示されることになる。のちの経済段階では貪欲さが発展して緩和策が講じられるが、ここではそんな緩和策などみじんの影もない。たしかに古風な原則において富は、権力が富裕な人間によって獲得される限りでは獲得すべきものとして現れる。しかしこの権力が損失のための権力であるという意味では、富は損失へ全面的に差し向けられる。栄光と名誉が富に結びつけられるのは、もっぱら損失によってなのだ。

賭という面でも**ポトラッチ**は、保存の原則の反対物なのだ。所有が世襲化しているトーテム経済の内部では財産は安定状態にあるが、**ポトラッチ**はこのような財産の安定に終止符を打つ。過剰な交換活動である**ポトラッチ**は、所有の源泉として、世襲相続に代えて、一種の儀式的なポーカーを、それも錯乱した形式のポーカーを出現させたのだ。しかもここでの賭博者たちは、一財産できたら賭から身を引くなどということができず、その場に留まって相手から挑発を受けるがままになっている。したがって財産は、その所有者を**貧**

困から守る役割をいささかも担《にな》わない。そうではなく財産は、逆の役割として、一定の社会集団のなかに恒常的に存する**度外れの損失への欲求にただ従うばかりに**なっている。所有者ともどもにそうなっているのだ。

かくして富を条件づける生産と、奢侈ではない出費（コンソマシオン）は、相対的な有用性だということが見て取れる。

(1) ポトラッチに関してはとりわけモースの『贈与論——交換の古風な形態』（『社会学年報』一九二三—二四年）を参照のこと。

Ⅳ. 富裕層の消費の役割

本来の意味での**ポトラッチ**の概念は、挑発によって行われ対抗行為を求める競合型の消費にこそ差し向けられるべきである。そしてもっと明確に言えばこの概念は、古風な（アルカイックな）社会にとっての**交換**と変わりのない諸形態にこそ差し向けられるべきなのだ。

知っておくべき重要なことは、交換はその起源において人間の**目的**に**直接的に**従属していたということである。もちろん生産様式の進歩に伴って交換も発展したのだが、しかしこの交換の発展は**目的**への従属が直接的であることをやめてしまった時点でやっと始まったのである。生産の役割の原則は、生産品が損失から免れることを、せめても一時的に免れることを求めている。

商業経済において交換過程は獲得の意味を持っている。財産はもう賭博台の上に置かれることはなく、比較的安定したものになる。ひとえにこの安定性が確保されて膨大な損失に巻き込まれる可能性がもはやなくなったときにやっと、財産は非生産的消費の体制に従属するようになったのだ。**ポトラッチ**(1)の基本的構成要素は、この新たな状況においては、もはやかつてのような直接的に競合的ではない形態の下で見出されることになった。消費は、依然として地位の獲得と維持に差し向けられるのだが、しかし別の人に地位を失わせるという目的はもう持たなくなった。

こうした緩和策がどのようなものであれ、誇示的な損失は世界中で富に結びつけられている。富の究極の役割として結びつけられている。

社会的地位は、多少とも密接に財産の所有に結びつけられているが、しかしこれには条件が伴う。つまりその財産が、祝祭、見世物、遊興のような非生産的な社会的消費に部分的に犠牲にされねばならないという条件である。知ってのとおり、人間による人間の搾取がまだ微弱な未開社会においても、人間活動の生産品は富裕者たちへ流れていくのだが、これはしかし、彼らが果たしていると見なされる社会的な保護・運営の任務ゆえだけでなく、彼ら富裕者たちがその費用を負担しなくてはならない共同体のための見世物的な消費ゆえのことでもあるのだ。文明化されたと言われる社会において富の**義務的な**役割が消えたのは、比較的最近のことでしかない。異教が衰退したおかげで〔古代ローマ帝国末期におけるキリスト教の公認（三一三年）さらには国教化（三九二年）の流れのなかで異教信仰が衰退していったことを指す〕、富裕なローマ人たちが経費を負担していた遊興と礼拝も衰退した。それゆえ、人の主張するところでは、キリスト教は、所有者に対して自分の生産品を完全に自分の裁量下に置けるようにしてやり、そうして所有者の社会的な役割を廃止してやったことで、所有の個人化を進めたということになる。ここは、少なくとも義務としての社会的役割を廃止したと言うべきだろう。なぜならば、キリスト教は、風習によって規定されていた異教の消費に代えて、自由な施しをもたらしたからである。そのやり方には、富裕者が貧者に施しを行う形式もあったし、莫大な寄付を教会へ、後になると修道院へ、投じるという形式もあった。そして中世になると教会と修道院は、社会における見世物の役割の主要な部分をはっきりと引き受けたのである。

今日では、非生産的消費の大規模で自由な形態は消滅した。だがこのことから、消費の原則それ自体が経済活動の終局に位置づけられなくなったと結論を下してはならない。

富がある程度発展するとその兆候は病いと疲れという意味を持ちだすのだが、この発展はさらに人間の自己羞恥に行き着き、同時にまた卑劣な欺瞞に行き着く。気前がよくて、乱痴気騒ぎめいていて、度外れのものはすべて消えてなくなった。それでいてライヴァル意識の思考が、今でも個人の活動を特徴づけていて、暗々裏に心の中で膨んで、恥ずべきゲップのように口から出てきたりする。ともかく中産階級を代表する人々は目立たない物腰を取るようになった。富の顕示は、今や、倦怠感たっぷりで鬱屈とした因習に沿うかたちで、塀《へい》の内側でなされるありさまである。そのうえ、中産階級の市民、サラリーマン、小商人が、さもない規模の財産あるいは貧相な財産を実現しながら、誇示的消費をすっかり卑俗化させてしまった。この消費は、いわば細かく分散されてしまい、もはや残っているのはうんざりさせる怨恨感情につながった、虚栄心いっぱいのあがきだけになったのだ。

少数の例外を除いて、こういった茶番劇が、カビのはえた社会を革命の破壊へ捧げる勇気のない人すべての生き、働き、悩む理由になってしまったのだ。現代の銀行の周辺では、ちょうどクワキウートル族のトーテム・ポールの周囲でのように、衝撃を与えたいという同一の欲望が人々を活気づけ、これみよがしの一種の小パレードへ引きずりこんでいる。そこではちょうど強烈な光の前に立たされたかのように互いに盲目になってしまうのだ。銀行から数歩離れると、宝石、ドレス、自動車がショーウインドーから、不吉な実業家の栄華を、そしてよりいっそう不吉なその年老いた妻の栄華をもっときらびやかに築くのに貢献する日を待っている。一段下の階層に降りると、例えば食料品屋の夫婦のために、これと同じほど恥ずべき効果が、金メッキの振り子時計、食堂の食器棚、造花によって醸し出されるのだ。人から人へ向けられる嫉妬が、未開人そっくりの粗暴さで発露される。ただ気前のよさ、気高さだけが消え去ったのだ。それとともに、富裕者が貧者のために催していた見世物の見返りも消えたのである。

　現代の中産階級は、富を所有するだけでなく、消費の役割を義務として受け取った階級でもあるのだが、この義務を概ね拒否しているところに特徴がある。現代の中産階級とかつての貴族階級との違いは、前者がただ**自分のために**だけ、自分の階級の内部においてだけ、**消費する**こと、つまり他の階級の目からできる限り自分たちの消費を隠しながら**消費する**ことに同意している点にある。この特殊な消費の形態の原因は、もともと中産階級が自分たちよりも強力な貴族階級の影で富を増やしていたことにある。消費を制限しなければならないというこの屈辱的な考え方には、一八世紀以降、中産階級が発展させた合理的な考え方が呼応した。ただしこの合理的な考え方は、「エコノミック（économique）」という言葉の通俗的な意味で、つまり中産市民的な〔「安上がりの」という〕意味で、厳密に**経済的な**世界観しか意義を持たない考え方だったのだが。消費への憎悪は、中産階級の存在理由であり、この階級を正当化するものなのであるが、しかし同時に、この階級の恐るべき自己欺瞞の原理にもなっている。中産市民は封建社会の浪費ぶりを根本的な批判材料として利用したのだが、権力を奪取したのちは、自己隠蔽の習慣に拠ることで、貧しい階級に受け入れられる支配を実施できると信じたのだ。たしかに民衆が彼らをかつての支配者と同じように憎むことができなかったことは認めてよい。ただしこれは、民衆が中産市民を愛することができなかったという程度での話だ。じっさい、彼ら中産市民は少なくともその浅ましい表情を隠すことができなかった。その顔は、気高さがなく、あまりに獰猛《どうもう》であり、あまりにひどく卑小だったので、彼らを見たら、人間の生活全体が品位を落としてしまったと思えるほどだったのだ。

民衆の意識は、彼ら中産階級の人間に抗って、消費の原則を根源的に維持せざるをえなくなった。中産市民の生活を人間の恥として、不吉な無化として、見ていたからである。

(1)「競合的」という言葉は「敵対関係」と「闘争」を含む意味で使われている。

V. 階級闘争

収支計算そっくりの理性に従って、消費の不毛化に努めていた中産階級の社会〔中産階級が主導する近代社会。フランスでは一七八九年の大革命以後に伸張し、一八七〇年からの第三共和政時代に顕著な発展を見た〕が成功させることのできたのはただ一つ、万人共通のけち臭さを発展させることだけだった。人間の生活が断固たる欲求に応じた動乱を再度体験できるようになるのは、日常の合理的な考え方の成果を極限へ押し進める人々の努力のなかでしかない。伝統的な消費の様態のうちで残っているものは萎縮の一途を辿ってしまったし、生命感溢れる豪勢な騒ぎは**階級闘争**の前代未聞の嵐のなかへ消えていった〔一七八九年のフランス大革命のことが示唆されている。本稿のバタイユは中産階級社会の端緒となったこの革命を、労働者階級のための革命へ発展させるマルクス主義の進歩史的な革命史観に立っている。しかしこれは言わば『社会批評』誌の根本理念に合わせた表情であり、本稿の末尾ではこのような一つの最終目的に限定されない歴史観が打ち出されている〕。

階級闘争の構成要素は、古風な段階以降の消費の過程のなかに存在している。**ポトラッチ**において富裕な人間は、他の貧しい人々が彼に提供した物品を贈与する。この富裕な人間は、自分と同様の富裕な競争相手の上に立てるように努力するのだが、しかしこうして目ざされた上昇の最終段階は、もっぱら貧しい人々の本性からこの富裕な人間を遠ざけることしか必然的な目的にしていない。とすればこの場合消費は、社会的な役割を持っていても、直接的に行き着くところは、反社会的様相の分離を進める競合的な行為なのである。

富裕な人間は、貧しい人間に対して、奴隷への道となる零落と汚辱の人間のカテゴリーを創出して、貧しい人間の破滅を完全なものにしてしまうのだ。ところで、古代の豪奢な世界から定めなく引き渡された遺産のなかから、近代社会は、その分け前としてこの零落と汚辱のカテゴリーを受け取り、それが今では労働者階級（プロレタリア）に割り振られているのである。たしかに中産階級の社会は、合理的な原理に従って統治を行っていると主張しているし、この社会固有の動きによって、ある種の人間の同質性の実現にも向かっている。それゆえ、人間自身を破壊しかねない分裂を、抗議せずに受け入れたりはしない。だが中産階級の社会は、理論上の否定以上に抗議を押し進めることができないのだ。この社会は、労働者に対して、雇い主と同等の権利を与えているし、これみよがしに**平等**という言葉を壁に書き込みながら平等をおおっぴらに告知している。それでいて雇い主は、まるで中産階級社会そのものであるかのように行動しながら、自分たちが雇用した人々の汚辱にはいささかも関わっていないことを示すのに腐心している――ほかのどの配慮よりも深刻にこの点に配慮しているのだ。**労働者の活動の目的は生きるために生産することにあるのだが、雇用者の活動の目的は彼ら生産する労働者を無惨な零落へ差し向けるために生産することにあるのだ**。というのも、雇い主固有の消費の在り方は、人間の低劣さの上へ雇い主を高めることをめざしているのだが、そのなかで追求されている格づけと、この格づけが依存している低劣さそのものとのあいだには、可能な乖離《かいり》はいささかも存在しないからである。

競合型の社会的消費の考え方に、労働者の境遇改善をめざす中産市民の多くの努力の表明を対置させる人は、現代の上流階級の卑劣さを代弁しているにすぎない。この階級は自分の破滅を認知する力をもはや失っている。労働者を救うために、つまり人間の等級を上げる機会を彼らに与えるために資本家が取り組む消費は、消費の豪勢な過程をその果てまで押し進めることのできない非力さ――疲弊による非力さ――を証しているだけなのだ。ひとたび貧しい人間の破滅が現実化してしまうと、富裕な人間の快楽は徐々にその内実を失っていき、中和されてしまう。快楽は一種の無気力な無関心に変わってしまうのだ。こうした状況において、無気力のおかげで比較的心地よくなった中和状態を維持するためには、この状態を乱す要素（サディズム、憐憫）にも関わらずそうするためには、汚辱を生み出す消費の一部を、新たな消費によって、つまり前者の消費の結果を減じさせる消費〔例えば慈善事業〕によって、埋め合わせるというのが有効なのかもしれない。繁栄をもたらしたいくつかの発展の要素に雇い主の政治的センスが加わって、この埋め合わせの過程が顕著に実り豊かになったこともたしかにあった。たとえばアングロ＝サクソン系の国々、とりわけアメリカ合衆国では第一次過程の競合型消費は、もはや国民の比較的わずかな部分が犠牲になるだけで生じており、労働者階級自体もある程度、この消費に加わるように促された（とりわけ黒人階級のように衆目の一致により汚辱と見なされた既存の階級の存在が奏功したときにはそうだ）。だがこのような逃げ道は、その重要性も限られているし、そもそも人間を高貴な人間の階級と下劣な人間の階級に分ける根本的な分離にいささかも変更を加えていないのである。社会生活の残酷な動きは、どの文明諸国においても変わりはない。人を蔑むような富裕者の栄華が下層階級の人間性を破滅させ低落させる。

一言付け加えておくと、主人の粗暴さへの軽減策——主人の破壊行為そのものよりも破壊への心理的傾向に向けられる策——は、近代を特徴づける一般的な萎縮、つまり古代の豪勢な消費過程の萎縮に呼応しているのである。

逆に階級闘争は社会的消費の最も壮大な形態になる。とりわけ階級闘争が、今度は労働者のために、そして主人の存在そのものを脅かす大きさで、繰返され、発展するときにはそうなる。

VI. キリスト教と革命

怒りを覚えた貧者たちにできたことは、反逆を別にすれば、人間による人間の抑圧のシステムへの精神的参加をいっさい拒否するということだった。歴史上のいくつかの状況において、彼らは、とりわけ現実よりもいっそう衝撃的な象徴を用いることによって、《人間の本性》全体を醜悪な次元にまで引き下げることに成功したのだった。この醜悪さはあまりに恐ろしいものだったので、貧窮者の惨状を推し測る富裕者の快楽は、突如鋭利になりすぎて、眩暈《めまい》なしには耐えられないほどになった。こうして儀式の形式とは関係なしに、とりわけ貧者の側からけしかけられた挑発のやりとりが、つまり一種の**ポトラッチ**と言っていい交換が、できあがったのだ。そこでは現実の汚物と、露になった精神的不浄とが、世界にある豊かさ、純粋さ、輝きのいっさいと、恐ろしいほどの規模で対抗したのである。それゆえこの貧者の発作的な痙攣の在り様には、例外的な解決策が開かれた。宗教的な絶望がこの発作的痙攣を活用しながら解決策を打ち出したのである〔ここでバタイユは古代ギリシアのディオゲネス（紀元前四一二？—三二三）に発する犬儒派（キュニコス派）の人々の反社会的思想とその破廉恥な生活ぶりを示唆している。彼らは犬のように振舞い路上で自慰行為に耽ることも辞さなかった。この派はいったん衰退したが、紀元一世紀に古代ローマ帝国東地中海域のヘレニズム諸都市で復活し、当時の初期キリスト教徒、とりわけその修行者の生き方に先鞭をつけたと言われる〕。

宗教生活を構成する高揚感と不安感、刑の苦しみと乱痴気騒ぎの交錯は、キリスト教とともに、よりいっそう悲劇的な一個のテーマ〔十字架上でのイエスの無残な死〕へ組み替えられ、病的な社会構造と合体するようになっていった。しかもこの社会構造の方も最も不潔な残虐さで自らを引き裂くことになったのである〔紀元一世紀から四世紀にかけての古代ローマ帝国におけるキリスト教信仰の浸透とこれに迫害をもって抗した皇帝権力側および異教勢力側との対立を指す〕。キリスト教徒の凱歌が神を讃えるのはなぜかというと、神が社会的抗争の流血の騒ぎのなかへ入っていき、「権力者たちをその偉大な高みから突き落とし、貧者たちを称揚した」〔「ルカによる福音書」一―五二〕からなのである。キリスト教の神話は、拷問にかけられた人〔すなわちイエス〕の社会的不名誉、死体となったその零落ぶりを神の栄光に結びつけた。こうして礼拝も、そのときまで富裕者と貧者の双方に別々に分けられていた反発力を、つまり相手を滅亡へ導く敵対する力を総合する役割を引き受けるようになった。じっさい礼拝は地上での絶望に密接に関係するようになったのだ。地上での絶望は、人々を分裂させる際限のない〔神の〕憎悪の付帯現象にすぎない。それでいてこの付帯現象、この地上での絶望は、相対立する憎悪の過程を一つにまとめてこれに取って代わろうとしているのである。統治するためでなく分裂させるためにやってきたというイエスに帰せられる言葉〔「わたしが来たのは地上に平和をもたらすためだ、と思ってはならない。平和ではなく、剣をもたらすために来たのだ。わたしは敵対させるために来たからである」〔「マタイによる福音書」一〇―三四〕「あなたがたは、わたしが地上に平和をもたらすために来たと思うのか。そうではない。言っておくが、むしろ分裂だ」（「ルカによる福音書」一二—五一）に従って、この宗教は、他の人々が人間の傷口と見なしているものをいささかも消去しようとはしなかった。それどころか、直接的な形態のもとで自由に活動しえていた限りでは、この宗教は、恍惚的な苦悶に不可欠の不浄に耽っていたのである〔初期キリスト教徒の礼拝はイエスの最後の晩餐を模して経血や精液を分かち飲むなどの不浄な饗宴に堕すとの噂が広まっていて、古代ローマ市民から顰蹙《ひんしゅく》を買っていた〕。

キリスト教の意義は、諸階級の消費の狂的な帰結を発展させたなかに存する。つまり現実の闘争に背を向けて実施された精神上の競合型乱痴気騒ぎ（オルギア）のなかに存するのだ。

だがこうしたキリスト教による**辱めの行為**は、人間の活動のなかでどのような重要性を持ったにせよ、高貴な人々に対する下劣な人々の、純粋な人々に対する不純な人々の、歴史的闘争の一エピソードにすぎない。あたかも自分の耐え難い分裂を意識した社会がいっときのあいだ、この分裂を加虐趣味的に享受するために、泥酔《どろよ》いしたかのようになったのである。だが、どれほど深い泥酔いであっても、人間の惨状の諸結果を汲みつくして無にすることはなかったのだ。そして被搾取階級が弥増《いやま》す明晰さで上流階級に対立するなかで、その憎悪には、考えうるいかなる限界も今なお設定されることがないのである。歴史上の騒乱のなかで、唯一「革命」という言葉が、慣習化した混迷を制し、大衆の無際限の要求に応える約束をもたらす。主人たちの、つまり搾取者たちの役割は、人間の本性を排除して――人間の本性が地の果てに、つまり泥の果てに存するように排除して――侮蔑的な生活形態を創出することにあるのだから、素朴なしっぺ返しの掟に従って、人は、彼ら搾取者たちの美辞麗句が反乱の死の叫びで被われる**大いなる夕べに**、彼らを恐怖へ捧げたいと希望して間違いはないのである〔「大いなる夕べ」(le grand soir) は一九世紀末のフランスで体制転覆の武装蜂起を象徴する語として用いられた表現。その遠い淵源として一二八二年三月三〇日(あるいは三一日)の夕刻、教会の告げる晩鐘とともにシチリア島民がフランス王家の支配にいっせいに蜂起した「シチリアの晩鐘」の伝承があげられる〕。この血なまぐさい希望こそが、毎日、民衆の生活と混然一体となっているのであり、階級闘争の不服従の内実を要約している。

階級闘争は、一つの可能な結末しか持たない。すなわち《人間の本性》を破滅させることに努めてきた人々の破滅である。

しかし予測される発展形態がどのようなものであれ、その形態が革命的であるにせよ隷属的であるにせよ、一八世紀前にはキリスト教徒の宗教的恍惚によって、今日では労働運動によって生じた社会全体の痙攣は、次のような事態へ社会を**強制する**決定的な衝動として表現されるべきなのだ。すなわち、社会が階級相互の排除を活用して、一方では可能なかぎり悲劇的で自由な消費の様式〔プロレタリア革命のこと〕を実現し、同時にまたすぐれて人間的な聖性の形態、つまりこれと比較すると伝統的な聖性の形態が唾棄すべきものに見えてくる、きわめて人間的な聖性の形態〔脱キリスト教的・無神論的な宗教的儀式のことで、バタイユは一九三〇年代後半に秘密結社アセファルでこれの実現に向かった〕を導入するという事態である。まさしくこれらの動きの太陽回帰的な性格こそが、労働者による革命の人間的価値すべてを説き明かす。労働者による革命、それは、まさに単純な生命体を太陽へ向かわせるのに似た強制力でもって革命自体へ人を惹きつけることができるのだ。

Ⅶ・物的事柄の不服従

人間の生は、法的な存在とは違って、宇宙空間のなかの孤立した一球体の上で昼から夜へ、地域から地域へ、生起している。人間の生は、理性的な発想によって課せられた閉じた体系には、いかなる場合も、限定されえない。人間の生を作り上げる放棄の、流動の、嵐の、巨大な働きがまともに表現されうるようになるのは、人間の生とはそのような閉じた体系が欠落したときにはじめて開始されると語ったときなのだ。少なくとも、人間の生が容認している秩序と保存に関わるものは、秩序づけられ保存された力が、会計報告できるような何ものにも従属しえない目的に向けて解放され消えていくときにはじめて意味を持つようになるのである。人類が物的事柄の無条件の輝きのなかで孤立しなくなるのは、もっぱら、このような、哀れでさえある不服従によってのみのことなのだ。

しかしじっさいには人間は、世界のどこを見渡しても、個々別々にしろ、集団でにしろ、消費の諸過程につねに組み込まれている。その形態の変化は、損失を原則とするこれら消費過程の根本性格をいささかも変質させていない。その際の興奮は、高低の周期があっても総量はいつもはっきり同じ水位で維持されており、集団なり個人なりを活気づけている。薬物中毒症状に似通った**興奮状態**は、その際立った形態においては、合理的に（収支均衡の原則に従って）使用することもできたはずの物的あるいは精神的財を投げ棄てる、非論理的で抗いがたい衝動として定義されうる。こうして達成された損失に結びつくのは——**売春婦**〔原語（la fille *perdue*）を直訳すると「身持ちを**損失した**若い女」〕の場合も軍事的消費の場合も——非生産的価値の創造である。この価値のなかで最も不条理で、なおかつ人々を渇望させるのが**栄光**なのだ。この価値は、**零落**によって補われるのだが、あるときは不吉な形態で、別なときには輝かしい形態で、絶えず人間の社会的生活を支配している。しかも、この価値なしには何も企てることができないというのに、この価値それ自体は、個人的あるいは社会的な損失の盲目的実践が実現の条件になっているのである。

そのようなわけだから、活動の莫大な廃棄物〔非生産的消費のこと〕が人間のさまざまな意図――経済行為に結びつけられた意図も含めて――を世界の物質の動きへ、それも量ではなく質を表わす動きへ、巻き込むのである。じっさい物質は、**非論理的な種差**によってのみ定義されうる。この種差は、ちょうど法に対して**犯罪**が表わすものを、世界の**経済**に対して表わしている〔「種差」(différence)とは論理学の用語で、同じ類のなかに含まれる様々な種の差異を示すもののこと。たとえば動物という類のなかで人間の種差は分節言語による活動となる。バタイユがここで「非論理的な」(non logique)と断っているのは、論理的識別のきかない「種差」つまり「異質性」(hétérogénéité)を言いたいがためである。法律と犯罪がまったく異質であるように、「物質」は、古典派経済学におけるような合理的で計測可能の世界の「経済」とは根源的に異質なものを、つまり無益な消費を本質とするものであり、一九四九年刊行の本編では「過剰」、「横溢」、「蕩尽」と呼ばれる不合理な現象を呈するもののことである〕。栄光は、自由な消費の対象を要約あるいは象徴している(もちろんそれでこの目的を語り尽くしているわけではないが)。栄光は、けっして犯罪を排除できないのだが、ともかくも、「質の表示」と別のものと見なすことができないのだ――ここで考慮されているのは、物質の価値に匹敵する価値を有する唯一の「質の表示」であり、他のなにものの条件にもならない**不従属の「質の表示」**なのである〔栄光とは物質本来の非論理的な質、すなわち異質性の表明だということ」。

他方で、人間の集団は、歴史の動きによってつねに実現される質的変化にいつもきまって価値を結びつけており、その価値は、栄光の価値と合致している（零落の価値とも合致している）。もしも人がこの価値のことを思い描くようになるならば、つまり結局もしも人が、歴史の動きは制御したり、限定された一個の目的に差し向けたりすることのできないものだと思い描くようになるならば、いかなる留保も捨てて、有用性に**相対的な**価値を設定するということが可能になってくる。人間は自分の生活の糧を確保する。あるいは苦痛を回避する。こうした行動の役割がそれだけで十分な結果をもたらすから人間はそうしているのではない。自由な消費の不従属の役割に到達するため、このためにこそ、そうしているのである。

訳者あとがき

——アンチからハイパーへの転換
あるいは夜を徹してのバタイユの看病

本書はジョルジュ・バタイユの著作『呪われた部分　全般経済学試論——蕩尽』の全訳である。底本として使用したのは、フランスのミニュイ社より一九四九年に刊行された初版本である（Georges Bataille, *La Part maudite, Essai d'économie générale——La Consumation*, Les Editions de Minuit, 1949）。補遺として末尾に一九三三年一月に『社会批評』誌に発表されたバタイユの論考「消費の概念」を収めた（Georges Bataille, «La notion de dépense», in *Critique sociale*, no.7, janvier 1933）。

1 「全般経済学」の三つの特徴

バタイユは一九三〇年代初めから経済学に強い関心を持ち、その根本的な刷新を考え続けていた。本書『呪われた部分　全般経済学試論――蕩尽』は、長年にわたる彼のこの探求の成果であり、彼自身に言わせれば経済学に「コペルニクス的転回」（第一部第1章第4節）をもたらす試みだった。

本書の題名に掲げられた「全般経済学」の名称が彼の野心を集約している。この新たな経済学の重要な特徴をとりあえず三点あげて簡単に紹介しておこう。視点の根本的変換、蕩尽《とうじん》の強調、そして意識の覚醒の三点である。

最初の点は、「**限定的な**経済の展望から**全般的な**経済の展望へ移る」（第一部第1章第4節）ということである。視点の転換、いや経済学のパラダイム・チェンジと言ったほうがいいかもしれない。一九四九年、本書が出版されるときまでの近代経済学は、概《おお》ね、一時代の社会、一つの国家、特定の政治体制、ヨーロッパのように広域ではあっても一定の地域といった限定的で個別的な視点に立って考察を進めてきた。しかもその際、考察の根本にあったのは、この狭い範囲のなかの利益（および獲得、成長）をよきこととし損失は避けるべきだとする価値観だった。限定的な領域の利己的な利潤追求、これが基本的な姿勢だったのだ。対して「全般経済学」は、太陽エネルギーに発する地球上全体のエネルギーの恒常的な余剰、そしてその消失へという大きなエネルギーの流れを視野に収め、過剰、浪費、喪失といった一見ネガティフな事態を重視して人間の活動全般を捉え直そうとした。基本理念を呈示した本書第一部でバタイユは、既存の経済学の狭さを批判しながら、こう述べている。

「経済学は孤立した一個の状況を一般化するだけで満足してしまっている。経済学は、経済的人間の目的という限定された目的のためになされる諸操作に対象を限定している。経済学は、いかなる特殊目的によっても限定されないエネルギーの活動を考慮することができない。このエネルギーの活動とは、陽光の輝きに捉えられ影響を受けている**生物全般**の活動のことだ。生物は陽光の現象であり結果にほかならないのである。**生物全般**にとって、地表のエネルギーはつねに過剰な状態にあり、問題はいつも「奢侈」（原語 luxe、「贅沢」とも）に関連した言葉で提起される。この場合、選択は富を蕩尽するやり方に関わっているだけなのだ」（第一部第1章第3節）。

地表のエネルギーは豊饒な太陽エネルギーを受けてつねに余剰をきたし、「奢侈」へ、つまり浪費へ、非生産的な消費へ、向けて流れている。バタイユはこのテーゼを生物学、量子力学、天体物理学などの最新の成果に拠りながら形成した。

二つめの重要な点は、蕩尽の強調である。富の蕩尽という徹底した非生産的消費を人間の経済活動の前面に打ち出していることである。従来の経済学が、生産による利潤を第一に重視しながら、生産・蓄積・生産的消費という合理的な経済の循環（サイクル）のなかに留まって考察を進めてきたのに対して、「全般経済学」は生産とその利潤を膨大な損失すなわち蕩尽へ差し向ける動きに注目した。合理的な経済のサイクルに留まっていても、人は知らず蕩尽の欲望に襲われ、自分自身のこのサイクルを激しく揺り動かし、ときには破綻させもする。社会もそうだ。バタイユはこの事態に注目し、そこに人間の生の重要な面を見出した。そしてさらに近代人の意識の目を、この富の蕩尽へ、その「やり方」へ、見開かせようとした。「全般経済学」の三番目の重要な点、意識の覚醒とはとりわけこの蕩尽とその「やり方」を対象にしている。

2　生産のサイクルと蕩尽

人間は、生き延びていくために、なんらか生産活動に従事していかねばならない。生産的消費とは、生産活動を支え、これに貢献している消費のことである。生活必需品の消費、つまり例えば水道の水や運搬用のガソリンの消費がこれにあたる。周知のように二一世紀の日本では介護老人、年金生活者、さらにパラサイト族からニートまで、働かない人が増えてきた。だがこの人たちも、かつて自分で働いて稼いだ金に、その蓄積に、依存している。あるいは親など周囲の人間の労働の成果に生活の根本を負っている。大きな目でみれば彼らもまた生産・蓄積・生産的消費のサイクルのなかにいるわけだが、今現在はこのサイクルに役立つ生産行為はまったく、あるいはほとんど何も、していない。無為という非生産的な生き方でこのサイクルのなかにいる。

今日問題になっているのは彼らへのネガティフな感情と振舞だ。無為な人々の非生産性に対して、役立たずで消費ばかりするその姿に対して、世話をする側、働く側に、暗黙の内に不快感が生じてきている。なかには、負担と重圧を覚えるなかで、憤りを隠しきれず暴力に走る人まで出てきている。他方で、そのような働く人の側の否定的感情を察知し、これに逆に反感を募らせて、市中で無差別の殺害行為に及ぶ者も出てきている。

人を殺害する行為は、生産中心のサイクルを根底から滅ぼす蕩尽にほかならない。人命という富を無益に滅ぼす行為は、非生産的消費のなかの最も激しい形態なのだ。戦争、そして現代の無差別テロも、この形態の最悪の在り方だと言える。

西欧は、一九一四年から一八年まで第一次世界大戦を、一九三九年から四五年まで第二次世界大戦を、体験した。

一八九七年生まれのバタイユは、この二つの大がかりな蕩尽をくぐり抜けて、本書刊行の一九四九年に達している。そのバタイユの眼前には、またさらに三度目の世界規模の、そして最終的な、蕩尽が間近に迫っていた。東西の冷戦から核戦争の勃発へ向かう世界終末的な蕩尽の可能性が差し迫っていたのである。

本書のモチーフはしたがって戦争と切り離せない。しかしバタイユは、戦争をただ批判し呪うという大方の近代人に見られる姿勢を取らなかった。戦争への単純な呪いを取り除いて、戦争が「富を蕩尽するやり方」の一つであることをまず近代人に認識させる。余剰は世界規模で必然であり、蕩尽は不可避であるというのに、世界戦争という蕩尽の仕方しか選択できずにいる西欧文明の到らなさを意識させる。蕩尽を一方的に嫌い呪ってきたおかげで戦争という最悪の非生産的消費を自らに招いてしまった、そして今もまた新たに招きつつある西欧近代人の無意識の愚をただす。本書のバタイユの基本的なモチーフはおおよそのようなものだ。

3 「内奥性」と「物」──歴史のなかから

このために彼は、典型的な蕩尽の事例を西欧の内外に見出して披瀝《ひれき》した。第二部から第五部までがこれにあたる。ただし「歴史のデータ」「現代のデータ」と題目が付けられていても、無味乾燥な統計や図表の提示は行っておらず、むしろ逆に「内奥性」と「物」の対比など哲学的に重要な見方を随所にちりばめて深い思索へ読者を誘っている。

スペインの修道士が記録したメキシコのアステカ文明の太陽崇拝（第二部第1章）に始まって、フランス社会学の泰斗《たいと》マルセル・モースが伝える北米インディアンの競合的贈与（ポトラッチ）の習慣（第二部第2章）へ、そしてさらにイギリス人外交官が報告したチベットの宗教的蕩尽文化と一三世ダライ＝ラマの陥った宗教人と為政者の根源的矛盾（第三部第2章）へ、バタイユは蕩尽の世界巡礼、歴史探訪を行っている。

他方で彼は、生産に加担した近代西欧の歴史的経緯を虚心に振り返る。七世紀の初期イスラムの禁欲的な軍事企画社会（第三部第1章）はチベットの宗教企画社会と対比されているが、彼の論調を汲めばむしろ西欧の一六世紀に誕生したプロテスタンティズム（第四部第1章）の先駆に位置づけられる。初期イスラムも初期プロテスタンティズムも、敬虔な信仰心に則って余剰の蕩尽を徹底して拒み、信徒を軍事に、あるいは労働に、駆りたてた。プロテスタンティズムは西欧近代の資本主義社会を生む精神的母体になったのだが、しかし一九―二〇世紀の西欧近代の資本主義社会は、労働を基軸にすえながら、そして「有用性」つまり「役に立つ」という発想に縛られながら、曖昧で卑俗で利己的な非生産的消費に終始するようになった。大胆さも勇気もないままに欲望を四方八方に中途半端に発露させて今日に至っている（第四部第2章）。このあたりバタイユの批判は手厳しい。人間にとって大切な「内奥性」すなわち生の広がりと深さが人々のあいだで共有されず、各人が利己的で無機的な単体に、「物」に、還元されてしまったというのだ。近代社会のなかで死滅した蕩尽はわずかに中世の遺物に感じられるだけだと彼は嘆く。ベルギーのブリユージュのように近代化から取り残された中世の死都に聳《そび》えるゴシックの大聖堂は巨大な蕩尽の痕跡なのだが、そのなかに入ると失われた「内奥性」が今なお何がしか体験できるとノスタルジックに語りかける。

我々もまた古都を訪れて中世の神社や仏閣、庭園や木像を眺めては、しみじみとした思いに浸る。これも余剰が巧みに蕩尽されて、宗派の教義など超えた生の雰囲気が、奥深い境内《けいだい》から、高木の木立から、大胆な襖絵《ふすまえ》から、静謐《せいひつ》な池の水面から、今なお醸《かも》し出されているからなのだろう。現代とはまったく違う価値観、まったく異なる経済感覚が時代を支配していたのだ。しかしそれでも現代の我々は大切な何かを感受できる。内奥において中世の人々とどこかで交わることができる。

蕩尽によって生まれたものは、「物」でありながら、蕩尽の気配を宿して、あるいは体現して、「物」以上の光輝を発することがある。それをバタイユは「栄光」といい「至高性」と名づけた。人間一人一人もエロティシズムという生の蕩尽によって生まれた存在であり、生きている限り何歳になっても生を無益に、無益だからこそ魅力的に、輝かせることができる。だが近代文明はことさらに人間を有益な単体に還元して、生産のサイクルに組み込み続けた。役立つ人材形成に努め、その人材を有益な歯車として組織へ吸収し、実生活まで支配したのである。リクレーション、リフレッシュ、まさによりよく働けるようにするための再創造であり再活性化なのだ。

このとき「有用性」（生産のサイクルに役立つこと）という価値が麻薬のように機能し人をこのサイクルへ誘い込んだのだが、これは、有用なものを近代文明が次々に生み出して、生き延びたいという人間の根源的な欲望を絶えずみごとに、どんどんみごとに、叶《かな》えていったことによる。こうして近代社会の生活は、便利になり生きやすくなり平均寿命も延ばしていった。しかしその裏で呪詛《じゅそ》の念をどんどん胚胎《はいたい》させていった。「有用性」に毒された副作用として呪うということが蔓延《まんえん》しだしたのだ。この麻薬にやられた近代人は、個人の延命と発展を讃え、その反対の事態（死、喪失、消滅）を短絡に呪うようになっていった。

第二次世界大戦後の西欧社会では、保守層だけでなく左翼側にいた人も、この呪いを東側の共産圏社会へ、とりわけソヴィエト連邦へ向けるようになった。個人とその価値が滅ばされる不自由と強制の国というふうに。スターリンは、ヒトラーと同様に全体主義を強力に体制化させ、処刑か強制収容所かという粛清で国内を恐怖させている、と。本書第五部のバタイユはまず第1章で「呪い、先にありき」といった浅薄なソヴィエト連邦のイメージを払拭《ふっしょく》しにかかる。ロシアの地理的状況、一九一七年一〇月の革命に先立つ帝政時代の産業の事情をていねいに掘り起こす。この章に先立つ第四部第2章でのマルクス主義に対する考察も、ソヴィエト連邦への呪詛解除の伏線になっている。バタイユによれば、初期イスラム、初期プロテスタンティズムでは未来に信徒が行けるはずの天上の国（神の国）に、生を輝かせる至高の生き方が委託され、現世での禁欲主義が厳格に励行《れいこう》されていたが、マルクス主義は、腐った近代西欧社会のなかで、惰眠をむさぼる大衆のなかで、この「厳格さの精神」を発揮し、しかも天上ではなく地上の未来に「至高性」の可能性を、マルクスの言う「自由の王国」を、すなわち共産主義社会の実現を、設定した。ソ連邦の過酷な国内政治はこの未来の「至高性」の途上でのやむをえない処置であり、「至高性」を見失った西側の社会よりずっとましだとバタイユは考える。

しかしそれでもバタイユはこうした未来に最終目標を設置する目的論の立場をとらなかった。誰しも、今現在において、至高になりうるからだ。たしかに「全般経済学」は、既存の経済学を変えることであり、未来に向けた政策提言ではある。しかしなすべきオペレーション（操作）はまず、意識の方向を変えることだけなのだ。必然的な世界の余剰へと、その消失へと、意識を差し向ける。これだけのことなのである。それが今、大規模な経済援助で成し遂げられるところなのではあるまいか。そんな期待を寄せて書かれたのが最終章のマーシャル・プランのくだりなのである。

マーシャル・プランとは、アメリカによるヨーロッパ復興援助計画のことで、第二次世界大戦で経済的に打撃を受けた西欧諸国に対して（当初アメリカは東欧諸国やソヴィエト連邦にも援助の受給を打診していた）、一九四八年四月から五一年六月まで行われた、総額の八九パーセントが無償の贈与のことである。バタイユが本書を出版したときにはまだ実施のさなかだったのだ。もちろんアメリカの反共政策の一環だとする批判はすでにフランス国内でも左翼陣営の知識人から出されていたのだが、こちらのほうの呪いも解くべくバタイユは、経済学者フランソワ・ペルーの研究書に拠りながら、その斬新さ、つまり資本の余剰を生産手段に投資する資本主義の原理からも、信用貸しの近代経済の原理からも、根本的に逸脱した蕩尽であることを、ていねいに論じている。そしてペルーの研究書では語られていない政治的意図にまで踏み込んでいき、その可能性のありうることを示唆している。手放しでこの計画を礼讃していたわけではないのだ。ただし今のところその兆候はないとも語っている。人間の行為に純粋さが望めないことを百も承知のうえでバタイユは、マーシャル・プランの持つ新たな面を、つまり蕩尽への「至高の操作」の面を、際立たせて強調したかったのである。

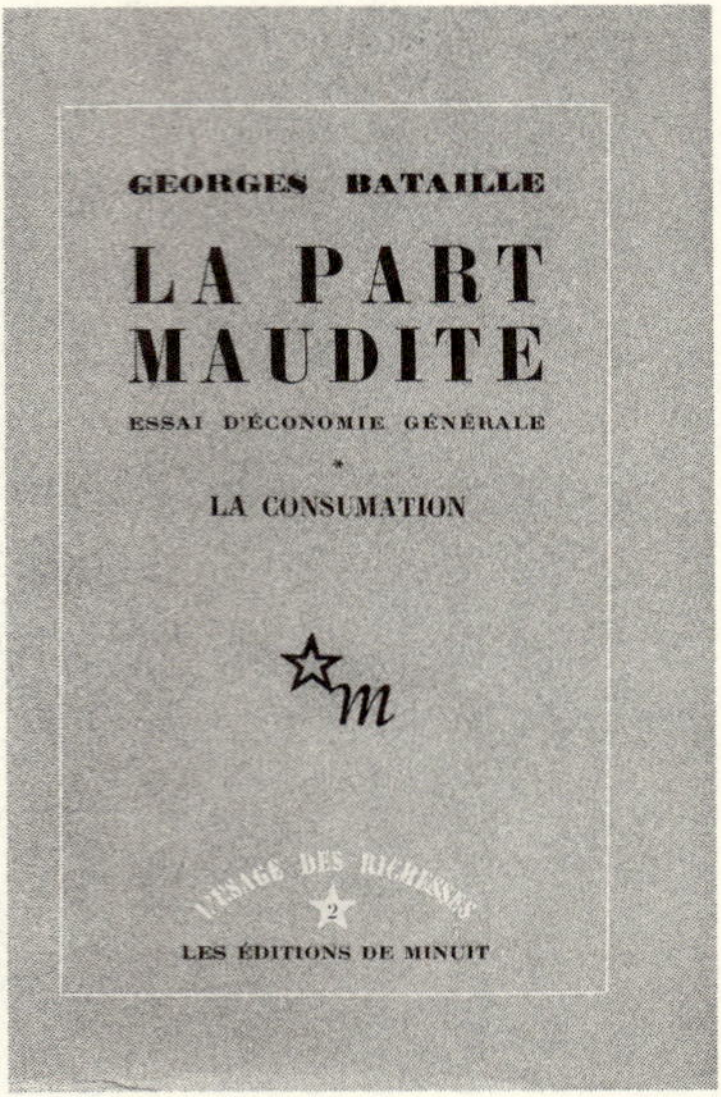

4 『呪われた部分』について

バタイユにとって、彼の時代の世界のなかで呪いを解くべき部分は蕩尽だけではなかった。「まえがき」には本書を指して「この第一試論」とあり、「まえがき」の原注にも「この第一巻には続きがある」と記されているから、『呪われた部分』を総題とするシリーズ本が構想されていて、そのなかの第一巻として本書を『蕩尽』という題名で出版するということなのだろう。ただし表紙（右図）には第一巻とは明示されていない。また続巻が何なのかもこの一九四九年の『蕩尽』では明らかにされていない。その後のバタイユの草稿は多く残っていてプランもいくつか残っている。活字として公にされたプラン、すなわち一九五四年の『内的体験』再版本に付されたプランによれば、『呪われた部分』は、第一巻『蕩尽』、第二巻『至高性』、第三巻『エロティシズム』からなる構成だった。

今日、『呪われた部分』の第二巻という触れ込みで『エロティシズムの歴史』がフランスでも単行本で出版されているし、ちくま学芸文庫からも訳書が出版されているが、これは、バタイユが一九五〇年から一九五一年にかけて『呪われた部分』に収めるべく、このような題名で本を書こうとしたときの草稿である。結局、彼の生前中に完成されず刊行もされなかった。もちろん彼の思索の跡を知るうえで貴重な資料になっている。他方で『エロティシズム』なる書物は一九五七年にミニュイ社から刊行され、ちくま学芸文庫より拙訳にて出版されてもいる。ただしこの書物には『呪われた部分』という総題は付されていない。だが、刊行直後のマルグリット・デュラスとの対話では、この本が『呪われた部分』の第二巻なのかとの問いに、「そうです」とバタイユは答えている（拙訳『純然たる幸福』ちくま学芸文庫を参照のこと）。『至高性』に関しては、これも一九五三年春から一九五四年夏にかけて『呪われた部分』を念頭において書かれた草稿であって、完成に到らず、刊行もされていない。一九四九年刊行の本書に対してもバタイユは、その後、増補改訂版の刊行を考えていた。

執筆制作と出版事情はこのように揺れ動いていたが、重要なのは、エロティシズムなり「至高性」なりが西欧近代社会で呪われた部分を形成しているという認識である。この点に関してバタイユの考えは、生前、一貫していた。順次、確認しておこう。

5 エロティシズムと「至高性」

エロティシズムについては容易に想像がつくだろう。「愛の国」フランスといえども一九五〇年代において肉体上の性の交わりは少なくとも公的な場では語ることの困難な呪いの対象であり、その種の図像や動画も厳しい禁止の対象だった。その後、性の解放が進んで今日に到っているが、しかし今でも性に翻弄されて人生を破滅させるフランス人はいるし、セクシャル・ハラスメントは以前よりもずっと厳しく問われるようになってきている。エロティシズムは、蕩尽である限り、生き延びることを困難にし、禁止の対象になる。しかし個々の局面においては延命に支障が生じなくなったり、新たに生じてきたりで、時代とともにその禁止の様は変化する。女性専用車両などかつての日本にはなかったのだ。ミシェル・フーコーのバタイユ論「侵犯への序言」のなかの言葉から想を得て言えば、砂に描かれた禁止の線を侵犯は波のように乗り越えていくが、その波が引くとまた新たな線が、おぼろな記憶をもとに同じ所へ、あるいはあえて別の所へ、引かれていくのである。ただし、その砂浜には人間の延命のための一線がいかなる侵犯の波によっても「乗り越えがたいもの」として目に見えないかたちで引かれているのだが。

「至高性」が呪われた部分となるのはなぜなのか。大概のフランス人がこの言葉（la souveraineté）を聞くと、君主の主権つまり絶対的支配権を想像するし、「至高者」（le souverain）については君主の存在を思い描く。フランスは一七八九年の大革命で特権階級すなわち王侯貴族と聖職者の階級を倒して、民主制への道を蛇行しながらも歩みだし、一八七〇年の第三共和政でようやく民主政体を確立するに到った。そのなかで王のような君主、そしてその主権も呪うべき対象になっていったのだ。バタイユはこうした政治面での近代人の呪いを解いて、この言葉「主権性」がもともと持っていた意味、すなわち自律性（何にも従属しない在り方）を開示しようとした。王侯貴族が建物や衣服、祭典でこれ見よがしに示した富の蕩尽を、本来的には、何にも従属しない生の輝きであることを、地位の高低や財の多寡《たか》から自律した生の在り方であることを、示そうとした。蕩尽による生の輝きは、どんなに貧困状態に置かれていてもどんなに物質的に恵まれていなくても、起こりうることなのだ。なぜならばこの世界の余剰エネルギーは、各人の根底を流れているのだから。世界は、いかなる人間の内奥をも通って、無意味で無益な自己実現を、誰それの所有と言えない生命それ自体の蕩尽を、果たそうとしているのだから。

バタイユが本書の第一部の最後で、そしてもう一度第五部の最後で「自己意識」を強調して語るとき、この「自己」とは近代人が大切にする自我とか主体、個人のことではない。各人のなかに流れ込んでいる余剰エネルギー、沸騰し燃焼して輝きだすのを求めている余剰エネルギーのことなのである。そしてそこにこそ、呪いを解きたいとする『呪われた部分』の道徳的根拠も、三度目の大戦争を回避したいという本書『蕩尽』に顕著な道徳的意義も、発している。

6 ハイパー・モラルの思想家

バタイユは、第二次世界大戦後の世界情勢を敏感に感じとって、第三次世界大戦を避けたいというモチーフに駆り立てられていた。一九六二年七月に没するまで、そうだった。じっさいアメリカの科学誌の作成する「世界終末時計」によれば、一九四七年における核戦争の危機の度合いは勃発の七分前、本書の原著が出版された一九四九年には三分前、米ソが水爆実験に成功した一九五三年には二分前に達しており、バタイユが没した数ヶ月後のキューバ危機においては米ソの対立はまさに一触即発の段階にまで達していた。世界の終末の近辺にバタイユはいたのだ。とりわけ東西対立が隣国ドイツを真っ二つに分ける分断線として存在していた事情がこの核戦争による世界終末を彼に如実に意識させていたと言える。

とはいえ戦争回避を求めるバタイユの主張はこの思想家らしからぬ奇妙な姿に映るかもしれない。悪、引き裂き、裂傷、こんな言葉を絶えず積極的に語ってきたバタイユが戦争に異を唱えるとは何事か。彼もまた結局、西欧伝来の人道主義に与《くみ》するようになったのか。

戦後バタイユの道徳的発言については様々な解釈を生んできた。私としては「ハイパー」(hyper)という視点に立ってこれを理解したいと思っている。

一九五七年に出版された文芸評論集『文学と悪』の「序言」にある一節をまず読んでおこう。

「文学とは本質的なものである。そうでないなら、なきにひとしい。文学とは悪を――悪の激しい形態を――表現したものなのであるが、この悪は、私が思うに、我々にとって至高の価値を持つものなのである。とはいってもこの捉え方は道徳の不在をうながしているのではなく、《超道徳》(hypermorale)を求めているのである」(バタイユ『文学と悪』「序言」)。

ここで語られる《超道徳》という言葉に注目したい。とくに接頭辞の「超」つまり英語読みで日本語にもなっている「ハイパー」という発想を重視したい。これは、道徳を超えていくという事態を指す。既存の道徳を破壊したり無にしたりするのではなく、その上へ、その外へ出ていく。つまり「道徳の不在」を求めずに、既存の道徳を超え出ていくということなのである。一八八〇年代のニーチェが到達した《超キリスト教》に想を得ている考え方だ。一八八五年頃のニーチェの遺稿断章の言葉「**超キリスト教**によってキリスト教のすべてを乗り超えること」をバタイユは『ニーチェについて』のなかで引用している。

7 アンチを超えて

戦後のバタイユが、三度目の戦争の到来を危惧していたのは、この戦争が近代の「アンチ」(anti)の発想の巨大な具現になりかねなかったからである。バタイユは、ヒロシマとナガサキの惨状を当時のフランス人としては例外的に深く感じ取っていた人である。相手を無化するこの発想が世界規模で、しかも最大の効率をあげる有用この上ない新兵器によって展開したらどうなるのか。いっこうに目覚める気配のない同時代人に対して彼は覚醒を強く迫った。

「アンチ」の発想、それはまさに対立する対象を否定する発想である。戦争は相手を滅ぼすことをめざす(あるいは人と領土を手に入れて自分の思うように道具化しようとする)。核所有国間の戦争になれば、相互に相手を大量に、場合によっては全面的に、滅ぼしあうという事態が起きる。あとには死体と廃墟しか残らない。これもたしかに蕩尽ではあるだろう。しかしもう二度と蕩尽が体験できなくなるのだ。せいぜい、わずかに生き残った人が焦土のなかに立ちつくして、蕩尽の幻影を見出す程度だろう。

「アンチ」の発想は、ちょうど銃で人や獲物を打つときのように、対象を「物」として捉え、その存在を終わらせようとする。「ハイパー」の発想は終わらせない。終わりをもたらさない。先ほど私は、「内奥性」と「物」は対比関係にあると述べた。バタイユがしばしばそのような語り方をしているからなのだが、しかし彼は「アンチ」の発想には到っていない。たとえば本書でもこんな文言を見つけることができる。

富の蕩尽という点でポトラッチは彼に難題をつきつけていたと原注で告白しているくだりである。「つまり**ポトラッチ**は、富の消費であると一方的に解釈できないということである。やっと最近になって私はこの難題を解決できるようになり、《全般経済学》に、かなり曖昧なものではあるが、一つの基盤を与えることができるようになった。その基盤とはすなわちエネルギーの浪費はつねに**物**とは反対の事柄なのだが、しかしまた浪費は**物**の次元に入って、**物**に変えられてはじめて考察されるようになるということである」（第二部第2章第4節原注（1））。

宗教が「内奥性」をめざしながら、「内奥性の外面的な形態」つまり教会建築や聖人の彫刻のような「物」を呈示して、これを「内奥性」と混同するようになったという一節では、両者が分離しえない関係にあることへ考察を進めている。「内奥性は絶対に外面的要素から真には解放されないし、かりに外面的要素がなくなると人は内奥性を**意味づけること**ができなくなる」（第四部第2章第1節）。

バタイユは人間を単刀直入にこう定義してもいる。「一人の人間にとって大切なのは一**個の物**であるだけでなく、**至高に存在する**ことでもある」（第四部第2章第1節）。

本書で最も重要でありながら最も難解な第五部第2章の最終節では聖なる物体を否定せずに、しかもその外へ明晰な意識を差し向けることが語られている。「**聖なる物**は内奥性を外在化させる。**聖なる物**は、本来、内部にあるものを外部へ顕示する。それゆえ**自己意識**は、最終的に内奥性の次元でもはや何も起きなくなることを要求するのだ。これは、存続しているものを排除したいと欲する意志とはまったく関係がない。いったい誰が、芸術作品や詩を消滅させるなどと語るだろうか。そうではなく、冷徹な明晰性が聖なるものの感情と合体する**一点**が露呈されねばならないということなのだ。そのためには、この上なく純粋に**物**に対立している要素へ聖なる世界を還元することがまず前提として必要なのである。聖なる世界を純粋な内奥性に還元することが必要なのだ」(第五部第2章第10節)。

バタイユは二項対立を何種類も駆使した思想家である。「俗なるもの」と「聖なるもの」、「可能なもの」と「不可能なもの」、「同質なもの」と「異質なもの」、そして「善」と「悪」等々。彼の文章を読んでいると、前者を否定しながら後者を肯定しているのではないかと思いたくなる。だがバタイユにおいて前者と後者は同次元にない。先ほどの『文学と悪』の「序言」にあった彼の要請を想起しよう。そこでは、悪を単に善との対立項つまり「道徳の不在」のように「アンチ」として理解してくれるなと、悪を「超道徳」として理解してほしいと彼は要請している。

8 「自己意識」あるいは外部は内部なのだという意識

「アンチ」から「ハイパー」へ。この移行は、「物」の世界(「俗なるもの」、「可能なもの」、「同質なもの」、「善」)をそのままにしておいて、そこから出ていくというだけのことではない。「物」の世界をその外部へ開かせるというオペレーション(操作)を伴う。手術のように「物」の世界を切開して、その核をなす理性を、外部の世界へ、静かに沸騰し自己蕩尽するエネルギー流へ、接続させるのだ。「物」の世界、この生産サイクルの世界は、有用性に骨の髄まで毒された理性の世界なのである。その理性がひどく嫌悪し呪ってきたこの外部の世界へ理性を直面させて、個の延命・発展に隷属させられてきたその機能を、「役立たせる」というその機能をいったん停止させ、明晰さを倍加させるのだ。そして、外部の魅惑する生へ、この不可知のものへ、意識を差し向けるのである。「理性は意識なのであるが、理性に還元できないものを対象にしたときにはじめて完全に意識的になる」ということである(第五部第2章第10節原注(5))。

内部の「自己」が沸騰したときに、つまりあの外部エネルギーが貫流する「内奥性」が情熱で水位をあげたときに、理性は自らにこのような操作を施して、理性の外部に意識を研ぎすますようになる。そしてこのような外部への意識のなかで内部が何であったかを理解するようになるのだ。外部こそ内部であったのだと理解するようになるのである。「冷徹な明晰性が聖なるものの感覚と合体する一点」「聖なる世界を純粋な内奥性に還元する」という文言でバタイユが伝えようとしていることはおおよそこのようなことだ。

室町時代の庭園をそぞろ歩きながら新緑の樹葉の豊饒で透明な気配におそわれたときに、あるいはまた、愛する相手の熱い呼気を肌に浴び、高まる心の動きをじかに感じたときに、それが自分の内部の生の在りようだと意識してほしい。バタイユはそう願っている。

「全般経済学」はここから始まる。繰り返しこの意識の体験を生きて、幾度も繰り返して蕩尽を個の内外に見出して、やっと「全般経済学」は緒につくとバタイユは考えていた。理性を生産サイクルのなかに縛りつけたまま理性を曇らせる同時代人のなかで、「アンチ」の思想に惰眠を貪《むさぼ》って第三次世界大戦を招きかねずにいる近代の夜のなかで、一九四九年のバタイユは、さながらプロテスタントのごとく「過激主義的で反逆的な」思考に拠りながら「悲壮な徹夜の看病」に沈潜した。

9 市場経済の眠りのなかで

二一世紀の現在、一九四九年の本書は遠い世界に見えるかもしれない。

じっさい、本書刊行後、世界は目まぐるしく変化した。

一九五〇年六月には朝鮮戦争が勃発し、いわば米ソの代理戦争となって、東西の対立を激化させた。このためマーシャル・プランは西側への軍事援助という相貌を持ち始める。バタイユが危惧していたアメリカの政治的意図が明確になっていったのだ。

彼が労働への屈従を讃えた共産圏側の生産力は、一九六〇年代にはもはや完全に疲弊をきたし経済成長は鈍化する。西側の物質的繁栄との差は歴然となり、一九八五年ソヴィエト連邦はまず政治体制を民主化してから経済改革へ、つまり統制経済から市場経済へ、乗り移る方針をたてた。だがこの民主化は、ソヴィエト連邦内の統一を困難にし、諸邦の分離・独立を招く一方で、その政治と軍事の強権によってのみ維持されていた東欧各国の国内体制を大きく揺るがすことになった。一九八九年には東側から西側へ列車に乗り込んで逃れる人々が急増し、同年一一月についに、東西対立の象徴であったベルリンの壁は崩壊した。九一年にはソヴィエト連邦も解体してしまう。このソヴィエト連邦と東欧の激変の本質を見抜いたかのように中国は共産党一党支配を堅持しつつ、国内を市場経済の場へ変換した。国民の物質的欲求を満たせば、一国の体制は維持できると踏んでいたのである。東西の人々を虜《とりこ》にした物質的繁栄が、個人の、国家の、つまり単体の、枠を超え出る性質のものでないことを見抜いていたのだ。

かくして今やほぼ全世界の国々に市場経済が行き渡るようになった。取引の自由を保証するというのが表向き市場経済の本質だが、実態として際立つのは、製品とサーヴィスを提供する側が巧みに消費者の欲望をかき立て、消費者のほうも自分の欲望でこの提供者側の動向を操作するという両者の欲望の応酬だろう。そして両者の欲望の本質は利己的なのだ。企業も消費者も自らの延命と繁栄を第一に考えている。高度消費社会、大衆消費社会と呼ばれる世界では、その消費者の欲望はどんどん非生産的消費材に向けられ、まったく役に立たないものまでもが、たとえば今の日本では女性の陰毛までもが買われて消費されていく。個人の世界を富ますためにだ。単体の王国の時代なのである。その楽しげな存続のために非生産的消費も組み込まれ、この枠を超え出ることがない。スポーツも、古代ギリシアのオリンピックでは選手の実技に、そのすぐれたエネルギーの蕩尽に、オリンピアの神々の栄光を「見る」(テオーリア、観照とも。本書でバタイユは動詞「見る」(voir)をしばしば強調している。これは直接的にはキリスト教神秘家の見神体験に触発されてのことだが、淵源を遡れば、この古代ギリシアの観照へ行きつく)という宗教的欲望が差し向けられていたのだが、現代のオリンピックは、金メダルを獲得した個人への礼讃とその個人を擁した国家の自己顕揚に終始している。

10　グローバリゼーションという名の個別化

ほぼ全世界が市場経済化したことはグローバル資本主義を進捗させた。これは、個別の地域を超えて世界という展望に立っている点でバタイユの「全般経済学」に近いように見えるが、内容はまったく異なる。この新型の資本主義は、資本をどこにでも投資できるというのが新しいだけなのだ。同一の製品（たとえばコンピュータのOSやハンバーガー）を世界各地で販売できて利潤を得られるというだけの話なのである。投資家個人の利潤の追求であり、単体のための経済学なのだ。

他方で国際支援も進められているが、目につく援助は、支援する側の国益が念頭に置かれていて、陰に陽に見返りが求められている（たしかに一九八〇年フランスで設立された「世界の医療団」など医療や技術の献身的な贈与も静かに進捗しているのだが）。国連での票かせぎをもくろむ国もいれば、難民を三〇万人受け入れて自国の労働力を強化させるとうそぶく為政者もいる。移民の同化政策が何に同化させようとしているのか明瞭だろう。国家という単体のために、その人の生い育った風土の生命感覚を削ぎ落し、そこで生じた宗教心を切り捨てさせるのは、植民主義の延長であり、「アンチ」の発想を根底にかかえている。これが、その人のなかに強い反抗心を生み、「呪い」へ、「アンチ」の暴力的応酬へ、向かわせる。

総じて、非生産的消費が進捗しグローバル化が進んだ二一世紀になっても、本書でのバタイユの批判は依然、傾聴に値すると思えるのだ。「人間の精神は、学問においても生活においても、経済の諸操作を、一個の単体に引き戻して考えてしまう。その単体とは、**個別の**体系（生命体の体系にしろ企業体の体系にしろ）の基本型に則ったものなのだ。つまり経済活動は、ひとつの全体として考察されていても、目的が限定されている個別の操作にそって理解されているのである」（第一部第1章第3節）。「増加への欲求、それも可能性の限界にまで増加を導きたいとする欲求は、**個別の**存在たちの事柄であり、**個別の**利益を明示している。これは、**個別の**利益の在り方に従って**全般の**利益を考察するという習慣的な見方なのだ。だが世界はそれほど単純ではなく、そんな見方をすれば必ずや間違った展望を導入することになってしまう」（第五部第2章第5節）。

11 「呪い」を胚胎させる近代化

この展望の誤りこそ、現在のイスラム過激派によるテロリズムを招来させた淵源だろう。バタイユが危惧した第三次世界大戦は今のところ起きていない。しかし呪いが呪いを生むなかで、無差別大量殺人がやむことなく発生している。犠牲者を出した西側諸国の人々はテロリズムの非人道性を呪うが、もとをただせば彼らの単体中心主義の発想が、その非人道的な発想が、テロリストを生む温床となっていたのだ。

「イスラム国」という宗教名を国家という単体に結びつける考え方は、同じスンニ派ムスリムが支配していたオスマン帝国からは生じえなかった思考パターンなのである。このトルコ人イスラム教徒が一七世紀に東欧から中近東へ、さらに北アフリカへ版図を広げて大帝国を形成したときには、まがりなりにも多民族の生き方、多宗教の信仰がそのままに維持され、肯定されていたのだ。しかし一九世紀になると、近代化と植民地化を強力に推進させる西欧諸国のかげでこの大帝国は弱体化していく。まさしく近代西欧がもたらした国民国家主義すなわち一民族による一国家という考え方がこの多民族、多宗教の大帝国を分断させ、弱体化させた重要な一因なのである。中近東のアラブ人イスラム教徒も単一国家の樹立を夢見るようになる。イギリスは彼らのこの夢を支援し、かつ利用してオスマン帝国を揺さぶった。結局、オスマン帝国は、第一次世界大戦で敗戦国側に回っていたあおりで一九二二年には滅びる。しかしそれ以前に、オスマン帝国の崩壊を見越したかのようにイギリスはフランスとともに中近東のその広大な領土を石油の利権ほしさに機械的に四分割することを考え、実現させていった(一九一六年のサイクス・ピコ秘密協定、一九二〇年のサン゠レモ会議)。近代西欧はアラブ人イスラム教徒に単一国家樹立という好餌《こうじ》を見せ、これを目の前で引き裂いたのだ。西欧への彼らの「呪い」はここに端を発している。そして国家、民族、宗派といった単体の「物」の発想が進行していくなかで、「呪い」もまた双方で増幅していったのだ。

バタイユは一九四九年の本書を刊行した後も、加筆訂正を入れた再版本の出版を考えていた。既存のものを上回ろうとする、まさに「ハイパー」の思想家である。その草稿の一節には、本書を貫く「経済」の高い意味がこう改めて記されている。「経済とは、人間そのもののことなのだ。諸物に還元できない、そういう人間のことなのである。こうして人間は経済に還元しうるが、しかしそれはまさにこの還元が、経済それ自身が一個の物のようには捉えられないことを明示しているからなのである」（ガリマール社刊『バタイユ全集第7巻』四七二頁）。

「物」に執着するあまり理性を眠らせるこの広大な市場経済の世界のなかで、欺瞞《ぎまん》と呪詛《じゅそ》に満ちたこのグローバル社会のなかで、本書のバタイユは依然「悲壮な徹夜の看病」を続行しているように思える。

12 バタイユの魅力

最後に補遺として訳出した「消費の概念」について簡単に記しておこう。

一九三三年一月に『社会批評』誌に掲載された論文である。この雑誌は共産主義左派グループの機関誌であった。左派といえども、非生産的消費を掲げたこの論文は編集部に掲載を躊躇《ちゅうちょ》させた。このことは論文の冒頭に記された次の添え書きから察知される。「この著者は、我々の思想の基本方針に対し、多くの点で矛盾をおかしている。しかし研究雑誌たるものはこのような見解の違いを禁止すべきではないだろう」。高い見識と言ってよい。興味深いことに、編集長で同グループのリーダーであったボリス・スヴァーリンは本書第五部第1章第6節に顔を出す（また同章の第2節では同じ頃に親交のあったアレクサンドル・コジェーブの「世界帝国」の教説も示唆されていて興味を引く）。

マルクスの経済学の基本も、生産が主導して回転させる生産・蓄積・生産的消費のサイクルである。ルンペン・プロレタリアートがプロレタリアートから除外されているように、無為や放蕩、そして糞便の排泄は、彼の経済学の対象にはなっていない。これらへの考察が積極的にちりばめられている点が、一九四九年の本書にはない魅力になっている。そしてまた、初期キリスト教が古代犬儒派の反抗の流れに位置するという示唆も貴重だし、当時のパリの中産階級への批判も辛辣で面白い。

だが本書と最も異なる点は、階級闘争の問題が前面に打ち出されているところだろう。この闘争もまた労働者のエネルギーの沸騰として描かれている。だが無益な消費としてしまうと革命政権の樹立と結びつかない。バタイユは根本的な矛盾に直面している。そのことを誰よりもしっかり見抜いていたのが同グループに所属していた若き女流思想家シモーヌ・ヴェイユである。この男の革命談義はいったいどこまで革命的と言えるのか。根深い淫蕩者の戯《ざ》れ言《ごと》ではないのか。近寄らない方がいい。とくに若い女性の同士は。

バタイユはバタイユで階級闘争にこだわる理由があった。まず指摘すべきは、一九一七年のロシアにおける二月革命と一〇月革命のいまだ消えやらぬオーラである。短期間の内に二度にわたり階級闘争が実現し成就したのである。一度目は特権階級に対する中産階級の闘争として、二度目は中産階級の政権に対する労働者階級の闘争として、マルクスの描く闘争が絵に描かれたように実施され成功したのだ。ロシア共産党およびその傘下の各国共産党にとっては一九一七年の二つの革命は、もはやマルクスの理論をこれ以上なく正当化する事態として、強固な権威を放っていた。そのことがしかしマルクス主義の理論的考察とその発展を阻んでいたのだが、他方でバタイユにとっても欠かせぬ権威になっていた。

無益なことをそのままに肯定できない弱さに一九三三年のバタイユはまだ捉われている。外的な権威への執着を絶って、消費の内的体験をそのまま無益のうちに肯定できるようになるのは、やっと、一九四一年の冬に遭遇したモーリス・ブランショの助言「体験それ自体が権威である。ただしその権威は贖罪しなければならない」を得てからである。一九三三年の論文の魅力は、弱さを抱えながらも、そこから出ようとしているバタイユの実存であり、その野心と勇気なのだ。

私は大学三年のときにジャン・スタロバンスキーの名論『透明と障害』を読んで、いたく感動した覚えがある。ルソーの生涯と思想を論じたこの本は、ほとんど一頁ごとにその鋭い指摘で私を震わせた。鉛筆で傍線を引くことしきりだったのである。そのなかでもとくに私の心を打ったのは、「批評は実存が前へ出てきたところを捉えねばならない」という言葉であった。ルソーなど人一倍欠点の多い男である。嘘つきで、自己顕示欲で充満していて、被害妄想で、いじけきった男。しかしそれでも自分の生来の欠点と弱さを振り切って思想を輝かせる瞬間があったのだ。そこを捉えるべきだと、このスイスの哲学者は私に教示した。

バタイユの魅力は、根源的な欠点を抱えながらも前へ出ようとする勇気、その果敢さにある。ブランショの提言を入れたからと言って、その後のバタイユがすっかり解放されたわけではまったくない。その後の彼の最大の欠点、それは体験を文字に書いたことだ。本書最後の言葉「沈黙だけが裏切らない真実」に背き続けたということである。しかしバタイユは、この根源的な欠点を裏切りとして、罪あることとして、深く認識し反省しながら、文字ではうまく語りえないものを、エネルギーの蕩尽を、語ろうとした。二元論を多用しながらも「アンチ」ではなく「ハイパー」を求めている彼の姿を我々もまた追いかけるよう求められている。何事をも固定化し実体化する書き言葉の桎梏《しっこく》から出ようとする彼の実存の方向性を、その野心を、我々もまた捉えていきたい。

拙訳は一九四九年版の初版を底本としたが、ガリマール社版の全集にも逐一あたり参考にした。全集版には信じがたい誤植もある（たとえば第二部第2章第2節でアステカ人商人の受け取った外套の贈り物の数を八〇万としたり（huit cents ou mille の cents の語尾 s とそのあとの ou がない）、第五部第2章第7節の題名で Où が Ou になっていたり）。既訳としては、生田耕作氏の御高訳があり、たいへん勉強になり参考にさせていただいた。今回、文庫での出版ということで、拙訳が少しでも平易に、読みやすくなっていれば幸甚である。またちくま学芸文庫からはすでに本書の草稿にあたる『呪われた部分　有用性の限界』（中山元訳）も刊行されているので、参考にして頂ければと思う。

末筆ながら謝辞を述べさせて頂きたい。原文と照らし合わせながらの第三者チェックとして青木孝太氏をはじめ若い方のお世話になった。ここに深く感謝したい。そして拙訳の刊行に尽力して下さったちくま学芸文庫の渡辺英明氏に心より御礼を申し上げたい。

二〇一七年一二月

酒井　健

本書は「ちくま学芸文庫」のために新たに訳出されたものである。

基礎づけるとは何か
ジル・ドゥルーズ
國分功一郎／長門裕介／西川耕平編訳
より幅広い問題に取り組んでいた、初期の未邦訳論考集。思想家ドゥルーズの「企画の種子」群を紹介し、彼の思想の全体像をいま一度描きなおす。

スペクタクルの社会
ギー・ドゥボール
木下誠訳
状況主義――「五月革命」の起爆剤のひとつとなった芸術＝思想運動――の理論的支柱で、最も急進的かつトータルな現代消費社会批判の書。

論理哲学入門
E・トゥーゲントハット／U・ヴォルフ
鈴木崇夫／石川求訳
論理学とは何か。またそれは言語や現実世界とどんな関係にあるのか。哲学史への確かな目配りと強靭な思索をもって解説するドイツの定評ある入門書。

ニーチェの手紙
茂木健一郎編・解説
塚越敏／眞田収一郎訳
哲学の全歴史を一新させた偉人が、思いを寄せる女性に綴った真情溢れる言葉から、手紙に残した名句まで――書簡から哲学者の真の人間像と思想に迫る。

存在と時間（上）
M・ハイデッガー
細谷貞雄訳
哲学の根本課題、存在の問題を、現存在としての人間の時間性の視界から解明した大著。刊行時すでに哲学の古典と称された20世紀の記念碑的著作。

存在と時間（下）
M・ハイデッガー
細谷貞雄訳
第一編で「現存在の準備的な基礎分析」をおえたハイデッガーは、この第二編では「現存在と時間性」として死の問題を問い直す。（細谷貞雄）

「ヒューマニズム」について
M・ハイデッガー
渡邊二郎訳
『存在と時間』から二〇年、沈黙を破った哲学者の後期の思想の精髄。「人間」ではなく「存在の真理」の思索を促す、書簡体による存在論入門。

ドストエフスキーの詩学
ミハイル・バフチン
望月哲男／鈴木淳一訳
ドストエフスキーの画期性とは何か？《ポリフォニー論》と《カーニバル論》という、魅力にみちた二視点を提起した先駆的著作。（望月哲男）

表徴の帝国
ロラン・バルト
宗左近訳
「日本」の風物・慣習に感嘆しつつもそれらを〈零度〉に解体し、詩的素材としてエクリチュールとシーニュについての思想を展開させたエッセイ集。

エッフェル塔
ロラン・バルト
宗左近／諸田和治訳
伊藤俊治図版監修
塔によって触発される表徴を次々に展開させることで、その創造力を自在に操る、バルト独自の構造主義的思考の原形。解説・貴重図版多数併載。

エクリチュールの零度
ロラン・バルト
森本和夫／林好雄訳註
哲学・文学・言語学など、現代思想の幅広い分野に怖るべき影響を与え続けているバルトの理論的主著。詳註を付した新訳決定版。（林好雄）

映像の修辞学
ロラン・バルト
蓮實重彦／杉本紀子訳
イメージは意味の極限である。広告写真や報道写真、そして映画におけるメッセージの記号を読み解き、意味を探り、自在に語る魅惑の映像論集。

ロラン・バルト モード論集
ロラン・バルト
山田登世子編訳
エスプリの弾けるエッセイから、初期の金字塔『モードの体系』に至る記号学的モード研究まで。初期のバルトの才気が光るモード論考集。オリジナル編集・新訳。

呪われた部分
ジョルジュ・バタイユ
酒井健訳
「蕩尽」こそが人間の生の本来的目的である！ 思想界を震撼させ続けたバタイユの主著、45年ぶりの待望の新訳。沸騰する生と意識の覚醒へ！

エロティシズム
ジョルジュ・バタイユ
酒井健訳
人間存在の根源的な謎を、鋭角で明晰な論理で解き明かす、バタイユ思想の核心。禁忌とは、侵犯とは何か？ 待望久しかった新訳決定版。

宗教の理論
ジョルジュ・バタイユ
湯浅博雄訳
聖なるものの誕生から衰滅までをつきつめ、宗教の根源的核心に迫る。文学、芸術、哲学、そして人間にとって宗教の〈理論〉とは何なのか。

純然たる幸福
ジョルジュ・バタイユ
酒井健編訳
著者の思想の核心をなす重要論考20篇を収録。文庫化にあたり「クレー」「ヘーゲル弁証法の基底への批判」「シャプサルによるインタビュー」を増補。

エロティシズムの歴史
ジョルジュ・バタイユ
湯浅博雄／中地義和訳
三部作として構想された『呪われた部分』の第二部。荒々しい力〈性〉の禁忌に迫り、エロティシズムの本質を暴く、バタイユの真骨頂たる一冊。（吉本隆明）

エロスの涙
ジョルジュ・バタイユ
森本和夫訳
エロティシズムは禁忌と侵犯の中にこそあり、それは死と切り離すことができない。二百数十点の図版で構成されたバタイユの遺著。（林好雄）

呪われた部分 有用性の限界
ジョルジュ・バタイユ
中山元訳
『呪われた部分』草稿、アフォリズム、ノートなど15年にわたり書き残した断片。バタイユの思想体系の全体像と精髄を浮き彫りにする待望の新訳。

ニーチェ覚書
ジョルジュ・バタイユ編著
酒井健訳
バタイユが独自の視点で編んだニーチェ箴言集。ニーチェを深く読み直す営みから生まれた本書には二人の思想が相響きあっている。詳細な訳者解説付き。

入門経済思想史 世俗の思想家たち
R・L・ハイルブローナー
八木甫ほか訳
何が経済を動かしているのか。スミスからマルクス、ケインズ、シュンペーターまで、経済思想の巨人たちのヴィジョンを追う名著の最新版訳。

分析哲学を知るための 哲学の小さな学校
ジョン・パスモア
大島保彦／高橋久一郎訳
数々の名テキストで哲学ファンを魅了してきた分析哲学界の重鎮が、現代哲学を総ざらい！ 思考や議論の技を磨きつつ、哲学史を学べる便利な一冊。

表現と介入
イアン・ハッキング
渡辺博訳
科学にとって「在る」とは何か？ 科学は真理を捉えられるのか？ 現代哲学の鬼才が20世紀を揺るがした問いの数々に鋭く切り込む！（戸田山和久）

社会学への招待
ピーター・L・バーガー
水野節夫／村山研一訳
社会学とは、「当たり前」とされてきた物事をあえて疑い、その背後に隠された謎を探求しようとする営みである。長年親しまれてきた大定番の入門書。

聖なる天蓋
ピーター・L・バーガー
薗田稔訳
全ての社会は自らを究極的に審級する象徴の体系、「聖なる天蓋」をもつ。宗教について理論・歴史の両面から新たな理解をもたらした古典的名著。

人知原理論
ジョージ・バークリー
宮武昭訳
「物質」なるものなど存在しない——。バークリーの思想的核心が、平明このうえない訳文と懇切丁寧な注釈により明らかとなる。主著、待望の新訳。

ポストモダニティの条件
デヴィッド・ハーヴェイ
吉原直樹監訳
和泉浩／大塚彩美訳
モダンとポストモダンを分かつものは何か。近代世界の諸事象を探査し、その核心を「時間と空間の圧縮」に見いだしたハーヴェイの主著。改訳決定版。

ビギナーズ 倫理学
デイヴ・ロビンソン文
クリス・ギャラット画
鬼澤忍訳
正義とは何か？　なぜ善良な人間であるべきか？　倫理学の重要論点を見事に整理した、道徳的カオスの中を生き抜くためのビジュアル・ブック。

宗教の哲学
ジョン・ヒック
間瀬啓允／稲垣久和訳
古今東西の宗教の多様性と普遍性は、究極的実在に対する様々に異なるアプローチであり応答である。「宗教的多元主義」の立場から行う哲学的考察。

自我論集
ジークムント・フロイト
竹田青嗣編
中山元訳
フロイト心理学の中心、「自我」理論の展開をたどる新編・新訳のアンソロジー。「快感原則の彼岸」「自我とエス」など八本の主要論文を収録。

明かしえぬ共同体
モーリス・ブランショ
西谷修訳
G・バタイユが孤独な内的体験のうちに失うという形で見出した〈共同体〉。そして、M・デュラスが描いた奇妙な男女の不可能な愛の〈共同体〉。

フーコー・コレクション（全6巻＋ガイドブック）
ミシェル・フーコー
小林康夫／石田英敬／松浦寿輝編
20世紀最大の思想家フーコーの活動を網羅した『ミシェル・フーコー思考集成』。その多岐にわたる思考のエッセンスをテーマ別に集約する。

フーコー・コレクション1　狂気・理性
ミシェル・フーコー
小林康夫／石田英敬／松浦寿輝編
第1巻は、西欧の理性がいかに狂気を切りわけてきたかという最初期の問題系をテーマとする諸論考。〝心理学者〟としての顔に迫る。（小林康夫）

フーコー・コレクション2　文学・侵犯
ミシェル・フーコー
小林康夫／石田英敬／松浦寿輝編
狂気と表裏をなす「不在」の経験として、文学がフーコーによって読み解かれる。人間の境界＝極限を、その言語活動に探る文学論。（小林康夫）

フーコー・コレクション3　言説・表象
ミシェル・フーコー
小林康夫／石田英敬／松浦寿輝編
ディスクール分析を通しフーコー思想の重要概念も精緻化されていく。『言葉と物』から『知の考古学』へ研ぎ澄まされる方法論。（松浦寿輝）

フーコー・コレクション4 権力・監禁
ミシェル・フーコー
小林康夫／石田英敬／松浦寿輝編

政治への参加とともに、フーコーの主題として「権力」の問題が急浮上する。規律社会に張り巡らされた巧妙なるメカニズムを解明する。（松浦寿輝）

フーコー・コレクション5 性・真理
ミシェル・フーコー
小林康夫／石田英敬／松浦寿輝編

どのようにして、人間の真理が〈性〉にあるとされてきたのか。欲望的主体の系譜を遡り、「自己の技法」の主題へと繋がる論考群。（石田英敬）

フーコー・コレクション6 生政治・統治
ミシェル・フーコー
小林康夫／石田英敬／松浦寿輝編

西洋近代の政治機構を、領土・人口・治安など、権力論から再定義する。近年明らかにされてきたフーコー最晩年の問題群を読む。（石田英敬）

フーコー・コレクション
フーコー・ガイドブック
ミシェル・フーコー
小林康夫／石田英敬／松浦寿輝編

20世紀の知の巨人フーコーは何を考えたのか。主要著作の内容紹介・本人による講義要旨・詳細な年譜で、その思考の全貌を一冊に完全集約！

マネの絵画
ミシェル・フーコー
阿部崇訳

19世紀美術史にマネがもたらした絵画表象のテクニックとモードの変革を、13枚の絵で読解。フーコーの伝説的講演録に没後のシンポジウムを併録。

間主観性の現象学 その方法
エトムント・フッサール
浜渦辰二／山口一郎監訳

主観や客観、観念論や唯物論を超えて「現象」そのものを解明したフッサール現象学の中心課題。現代哲学の大きな潮流「他者」論の成立を促す。本邦初訳。

間主観性の現象学Ⅱ その展開
エトムント・フッサール
浜渦辰二／山口一郎監訳

フッサール現象学のメインテーマ第Ⅱ巻。自他の身体の構成から人格的生の精神共同体までを分析し、真の関係性を喪失した孤立する実存の限界を克服。

間主観性の現象学Ⅲ その行方
エトムント・フッサール
浜渦辰二／山口一郎監訳

間主観性をめぐる方法、展開をへて、その究極の目的（行方）が、真の人間性の実現に向けた普遍的目的論として呈示される。壮大な構想の完結篇。

内的時間意識の現象学
エトムント・フッサール
谷徹訳

時間は意識のなかでどのように構成されるのか。哲学・思想・科学に大きな影響を及ぼしている名著の新訳。詳密な訳注を付し、初学者の理解を助ける。

ドイツ悲劇の根源(上)
ヴァルター・ベンヤミン
浅井健二郎訳
〈根源〉へのまなざしが、〈ドイツ・バロック悲劇〉という天窓を通して見る、存在と歴史の〈星座〉〈状況布置〉。ベンヤミンの主著の新訳決定版。

ドイツ悲劇の根源(下)
ヴァルター・ベンヤミン
浅井健二郎訳
上巻「認識批判的序章」「バロック悲劇とギリシア悲劇」に続けて、下巻は「アレゴリーとバロック悲劇」に、関連の参考論文を付して、新編でおくる。

ドイツ・ロマン主義における芸術批評の概念
ヴァルター・ベンヤミン
浅井健二郎訳
シュレーゲルとノヴァーリスの神秘的術語群からなる言語の森に、ドイツ・ロマン主義の〈芸術批評〉概念がはらむ形而上学的思考の地図を描き出す。

パリ論/ボードレール論集成
ヴァルター・ベンヤミン
浅井健二郎編訳
久保哲司/土合文夫訳
『パサージュ論』を構想する中で書きとめられた膨大な覚書を中心に、パリをめぐる考察を一冊に凝縮。ベンヤミンの思考の核を明かす貴重な論考集。

意識に直接与えられたものについての試論
アンリ・ベルクソン
合田正人/平井靖史訳
強度が孕む〈質的差異〉、自我の内なる〈多様性〉からこそ、自由な行為は発露する。後に『時間と自由』の名で知られるベルクソンの第一主著。新訳。

物質と記憶
アンリ・ベルクソン
合田正人/松本力訳
観念論と実在論の狭間でイマージュへと焦点があてられる。心脳問題への関心の中で、今日さらに重要性が高まる、フランス現象学の先駆的著書。

創造的進化
アンリ・ベルクソン
合田正人/松井久訳
生命そして宇宙は「エラン・ヴィタル」を起爆力に、自由な変形を重ねて進化してきた——。生命概念を刷新したベルクソン思想の集大成的主著。

道徳と宗教の二つの源泉
アンリ・ベルクソン
合田正人/小野浩太郎訳
閉じた道徳/開かれた道徳、静的宗教/動的宗教への洞察から、個人のエネルギーが人類全体の倫理的行為へ向かう可能性を問う。最後の哲学的主著新訳。

笑い
アンリ・ベルクソン
合田正人/平賀裕貴訳
「おかしみ」の根底には何があるのか。主要四著作に続き、多くの読者に読みつがれてきた本著作の最新訳。主要著作との関連も俯瞰した充実の解説付。

精神現象学（上）
G・W・F・ヘーゲル
熊野純彦訳

人間精神が、感覚的経験という低次の段階から「絶対知」へと至るまでの壮大な遍歴を描いた不朽の名著。平明かつ流麗な文体による決定版新訳。

精神現象学（下）
G・W・F・ヘーゲル
熊野純彦訳

人類知の全貌を綴った哲学史上の一大傑作。四つの原典との頁対応を付し、著名な格言を採録した索引を巻末に収録。従来の解釈の遥か先へ読者を導く。

道徳および立法の諸原理序説（上）
ジェレミー・ベンサム
中山元訳

快と苦痛のみに基礎づけられた功利性の原理から、個人および共同体のありようを分析する。近代功利主義の嚆矢をなす記念碑的名著をついに完訳。

道徳および立法の諸原理序説（下）
ジェレミー・ベンサム
中山元訳

法とは何のためにあるのか？ 科学に立脚して立法と道徳を問いなおし、真に普遍的な法体系を打ち立てんとするベンサムの代表作を清新な訳文で送る。

象徴交換と死
J・ボードリヤール
今村仁司／塚原史訳

すべてがシミュレーションと化した高度資本主義像を鮮やかに提示し、〈死の象徴交換〉による、その内部からの〈反乱〉を説く、ポストモダンの代表作。

経済の文明史
カール・ポランニー
玉野井芳郎ほか訳

市場経済社会は人類史上極めて特殊な制度的所産である――非市場社会の考察を通じて経済人類学に大転換をもたらした古典的名著。（佐藤光）

暗黙知の次元
マイケル・ポランニー
高橋勇夫訳

非言語的で包括的なもうひとつの知。創造的な科学活動にとって重要な〈暗黙知〉の構造を明らかにしつつ、人間と科学の本質に迫る。新訳。

現代という時代の気質
エリック・ホッファー
柄谷行人訳

群れず、熱狂に翻弄されることなく、しかし自分自身の内にこもることなしに、人々と歩み、権力と向きあっていく姿勢を、省察の人・ホッファーに学ぶ。

リヴァイアサン（上）
トマス・ホッブズ
加藤節訳

各人の各人に対する戦いから脱し、平和と安全を確立すべく政治的共同体は生まれた。その仕組みを分析した不朽の古典を明晰な新訳でおくる。全二巻。

リヴァイアサン(下)
トマス・ホッブズ
加藤節訳

キリスト教徒の政治的共同体における本質と諸権利、そして「暗黒の支配者たち」を論じて大著は完結する。近代政治哲学の歩みはここから始まった。

知恵の樹
H・マトゥラーナ／F・バレーラ
管啓次郎訳

生命を制御対象ではなく自律主体とし、自己創出を良き環と捉え直した新しい生物学。現代思想に影響を与えたオートポイエーシス理論の入門書。

社会学的想像力
C・ライト・ミルズ
伊奈正人／中村好孝訳

なぜ社会学を学ぶのか。抽象的な理論や微細な調査に明け暮れる現状を批判し、個人と社会を架橋する学という原点から問い直す重要古典、待望の新訳。

パワー・エリート
C・ライト・ミルズ
鵜飼信成／綿貫譲治訳

エリート層に権力が集中し、相互連結しつつ大衆社会を支配する構図を詳細に分析。世界中で読まれる階級論・格差論の古典的必読書。（伊奈正人）

メルロ=ポンティ・コレクション
モーリス・メルロ=ポンティ
中山元編訳

意識の本性を探究し、生活世界の現象学的記述を実存主義的に企てたメルロ=ポンティ。その思想の粋を厳選して編んだ入門のためのアンソロジー。

知覚の哲学
モーリス・メルロ=ポンティ
菅野盾樹訳

時代の動きと同時に、哲学自体も大きく転身した。それまでの存在論の転回を促したメルロ=ポンティ哲学と現代哲学の核心を自ら語る。

精選 シーニュ
モーリス・メルロ=ポンティ
廣瀬浩司編訳

メルロ=ポンティの代表的論集『シーニュ』より重要論考のみを厳選し、新訳。精確かつ平明な訳文と懇切な注釈により、その真価が明らかとなる。

われわれの戦争責任について
カール・ヤスパース
橋本文夫訳

時の政権に抗いながらも「侵略国の国民」となってしまった人間は、いったいにどう戦争の罪と向き合えばよいのか。戦争責任論不朽の名著。（加藤典洋）

フィヒテ入門講義
ヴィルヘルム・G・ヤコプス
鈴木崇夫ほか訳

フィヒテは何を目指していたのか。その現代性とは――。フィヒテ哲学の全領域を包括的に扱い、核心部分を明快に解説した画期的講義。本邦初訳。

哲学入門
バートランド・ラッセル
髙村夏輝訳
誰にも疑えない確かな知識など、この世にあるのだろうか。近代哲学が問い続けてきた諸問題を、これ以上なく明確に説く哲学入門書の最高傑作。

論理的原子論の哲学
バートランド・ラッセル
髙村夏輝訳
世界は原子的事実で構成され論理的分析で解明しうる——急速な科学進歩の中で展開する分析哲学。現代哲学史上あまりに名高い講演録、本邦初訳。

現代哲学
バートランド・ラッセル
髙村夏輝訳
世界の究極的あり方とは？ そこで人間はどう描けるのか？ 現代哲学の始祖が、哲学と最新科学の知見を総動員。統一的な世界像を提示する。本邦初訳。

存在の大いなる連鎖
アーサー・O・ラヴジョイ
内藤健二訳
西洋人が無意識裡に抱き続けてきた「存在の大いなる連鎖」という観念。その痕跡をあらゆる学問分野に探り「観念史」研究を確立した名著。（高山宏）

自発的隷従論
エティエンヌ・ド・ラ・ボエシ
山上浩嗣訳
西谷修監修
圧制は、支配される側の自発的な隷従によって永続する——支配・被支配構造の本質を喝破した古典的名著。20世紀の代表的な関連論考を併録。（西谷修）

アメリカを作った思想
ジェニファー・ラトナー＝ローゼンハーゲン
入江哲朗訳
「新世界」に投影された諸観念が合衆国を作り、社会に根づき、そして数多の運動を生んでゆく——。アメリカ思想の五〇〇年間を通観する新しい歴史。

価値があるとはどのようなことか
ジョセフ・ラズ
森村進／奥野久美恵訳
価値の普遍性はわれわれの偏好といかに調和されるか——。愛着・価値・尊重をめぐってなされる入念な考察。現代屈指の法哲学者による比類ない講義。

カリスマ
C・リンドホルム
森下伸也訳
集団における謎めいた現象「カリスマ」について多面的な考察を試み、ヒトラー、チャールズ・マンソンらを実例として分析の俎上に載せる。（大田俊寛）

自己言及性について
ニクラス・ルーマン
土方透／大澤善信訳
国家、宗教、芸術、愛……。私たちの社会を形づくるすべてを動態的・統一的に扱う理論は可能か？ 20世紀社会学の頂点をなすルーマン理論への招待。

ちくま学芸文庫

呪《のろ》われた部分《ぶぶん》――全般経済学試論《ぜんぱんけいざいがくしろん》・蕩尽《とうじん》

二〇一八年一月十日　第一刷発行
二〇二四年十一月二十五日　第四刷発行

著　者　ジョルジュ・バタイユ
訳　者　酒井　健（さかい・たけし）
発行者　増田健史
発行所　株式会社　筑摩書房
東京都台東区蔵前二―五―三　〒一一一―八七五五
電話番号　〇三―五六八七―二六〇一（代表）
装幀者　安野光雅
印刷所　信毎書籍印刷株式会社
製本所　株式会社積信堂

ISBN978-4-480-09840-5 C0110